教育部人文社会科学重点研究基地重大项目

"中国诗歌研究史"(05JJD750.11-44011) 成果

首都师范大学中国诗歌研究中心规划项目成果

中国诗歌研究史

宋代卷

左东岭 主编

王培友 著

人民文学出版社

图书在版编目（CIP）数据

中国诗歌研究史. 宋代卷/左东岭主编；王培友著. —北京：人民文学出版社，2020
ISBN 978-7-02-015873-7

Ⅰ.①中… Ⅱ.①左…②王… Ⅲ.①诗歌研究—历史—中国—宋代 Ⅳ.①I207.22

中国版本图书馆 CIP 数据核字(2019)第 268918 号

责任编辑　董岑仕
装帧设计　陶　雷
责任印制　王重艺

出版发行　人民文学出版社
社　　址　北京市朝内大街 166 号
邮政编码　100705
网　　址　http://www.rw-cn.com

印　　刷　三河市中晟雅豪印务有限公司
经　　销　全国新华书店等

字　　数　290 千字
开　　本　880 毫米×1230 毫米　1/32
印　　张　7.875　插页 2
版　　次　2020 年 4 月北京第 1 版
印　　次　2020 年 4 月第 1 次印刷

书　　号　978-7-02-015873-7
定　　价　69.00 元

如有印装质量问题，请与本社图书销售中心调换。电话:010-65233595

总　序

处于世纪之交的中国学术界,编写各种各样的学术史成为近二十年来的流行学术操作。自20世纪初以来,中国的各种学科由于受到西方学术理念与研究方法的影响,纷纷建立起自己的研究范式,并运行了近百年,其中取得了巨大的学术成就,也存在着种种的问题与缺陷,因此有必要对其进行总结与检讨,以便完善学科的建设与提升研究的水平。从此一角度看,学术史写作的流行便是可以理解的一种学术选择。然而,在这二十多年的学术史编写中,到底对于学术的研究提供了何种帮助,又存在着哪些问题,或者说我们到底需要什么样的学术史,似乎还较少有人关注。我认为,总结学术史的写作就像学术史的写作一样重要,因为及时检讨我们所从事的学术工作,会使后来者少走弯路而提升学术史的研究水平。

一、近二十年学术史写作的检讨

学术史的清理其实是学术研究的常规工作,任何一个领域的问题研究,都必须首先从学术史的清理做起,否则便无法展开自己的研究。但中国学术界大规模、有意识的专门学术史研究,是从20世纪80年代末开始的,其标志性的成果是天津教育出版社组织编辑出版的"学术研究指南丛书",从20世纪80年代末至90年代中期,该丛书出版了数十种各学科的学术史"概述"类著作,其中不少著作至今仍是所在学科研究的必读书。现在回头来看这套大型研究史丛书,我们依然应该对其表示敬意,因为它的确对当时及后来的学术研究具有重要的贡献与推进。总结起来说,它具有下面几方面的主要特点:

一是起点较高。作为一套大型的研究指南丛书,其着眼点主要是为研究者提供入门的方法以便能够把握本领域的基本学术状况及研究方法,因此该丛书的"出版说明"就开宗明义地指出:

> 这套丛书将分门别类介绍哲学和社会科学各分支的研究沿革,对各学科的研究成果进行归纳和分析;对各学派或不同观点进行评介;对当前的研究动态及对未来研究趋势进行预测;还要介绍各学科特有的研究方法和手段。为了便于研究者检索,书后还附上该学科的基本资料书目及其提要和重要论文索引。这样,本书便是集学术性、资料性和工具性于一身,一册在手,即可对某一学科研究的基本情况一览无遗,足供学人参考、咨询、备览,对需要深入研究的内容,也可按图索骥,省却"踏破铁鞋无觅处"的烦恼。

从此一说明中不难看出,该丛书还不是纯粹意义上的学术史著作,其主要宗旨是作为研究的入门书,也就是所谓的"指南"性质,学术史研究当然是其重要组成部分,但不是其全部内容,这不仅从其书后附录的"基本资料书目"这些非学术史的板块可以看出,更可以从其撰写的方式显示出来。比如关于近代史的研究,该丛书既包括学术史性质的《中国近代史研究述要》[1],同时也收进去了《习史启示录》[2]

---

[1] 陈振江:《中国近代史研究述要》,天津教育出版社,1997年版。
[2] 中国史学学会《中国历史年鉴》编辑组:《习史启示录:专家谈如何学习近代史》,天津教育出版社,1988年版。

这类谈治学经验的著作。而且在体例上也还存在一些问题,比如在中国古代文学学科,该丛书共收了9种著作:赵霈霖的《诗经研究反思》和《屈赋研究论衡》、刘扬忠的《宋词研究之路》、宁宗一的《元杂剧研究概述》和《明代戏剧研究概述》、金宁芬的《南戏研究变迁》、李汉秋的《儒林外史研究纵览》、罗宗强的《古代文学理论研究概述》、袁健的《晚清小说研究概说》等。将作为学科的古代文学理论和作为文体的诗、词、小说、戏剧以及古典名著的《儒林外史》并列,颇显体例的凌乱。尽管存在这些不足,但其中有两点是应该引起足够重视的。这就是一方面要"对各学科的研究成果进行归纳和分析;对各学派或不同学术观点进行评介"的学术史清理,另一方面还要"对当前的研究动态及未来研究趋势进行预测"的研究瞻望。这两方面的要求应该说是很高的,尤其是对于研究趋势的预测就绝非一般学者所能轻易做到。

二是作者队伍选择比较严格。从该丛书呈现的实际成果来看,其作者一般都具备两个条件:在某领域已经具有较大成就的学者和当时依然处于研究状态的学者。仍以古代文学为例,其中的六位学者都在各自的领域取得了较为突出的研究业绩,但在当时又都还是中年学者,正处于学术生命的旺盛期。这或许和这套丛书的"指南"性质相关,因为刚入门者缺乏研究经验,而已经退出研究前沿的年长学者又难以跟上学术发展潮流。这种选择其实也反映在上述所言的体例凌乱上,因为是以有成就的中年学者为选择对象,当然就不能追求体例的统一与均衡,可以说这是牺牲了体例的完整性而保证了丛书的质量。当然,从8种学术史著作居然有两位作者一人呈现两种的情况看,还是包含着地域性的局限与丛书组织者学术界统合力的不足。

三是丛书质量较高。由于具有较高的立意与作者队伍选择的严格,从而在总体上保障了丛书的基本质量,其中有不少成为本领域的必读著作。比如在罗宗强的《古代文学理论研究概述》的第一编,分四个小节对古代文学理论的"研究对象""研究目的""研究历史"和"资料载籍"进行系统的介绍,使读者完整地了解该学科的基本性质与历史发展,同时还提出了自己的独立见解,认为"弄清古代文学理论的历史面貌本身,也可说就是研究的目的"①。自建国以来,古代文论的研究一直追求"古为今用"的实用目的,从而严重影响了对于其真实内涵的发掘,当时提出弄清历史面貌的研究目的,可以说是一种拨乱反正的主张。正是由于拥有这样的眼光,也就保证了学术史清理中的学术判断,从而保证了该书的质量。

自此套丛书出版之后,便持续掀起了学术史写作的热潮,仅以中国古代文学学科为例,其中冠以 20 世纪学术史名称的便有:赵敏俐、杨树增的《20 世纪中国古典文学研究史》②,张燕瑾、吕薇芬主编的《20 世纪中国文学研究》③,蒋述卓等人主编的《20 世纪中国古代文论学术研究史》④,黄霖主编的《20 世纪中国古代文学研究史》⑤,傅璇琮主编的《20 世纪中国人文学科学术研究史丛书文学专辑》⑥,李春青主编的《20 世纪中国古代文论研究史》⑦,等等。有的著作虽未

---

① 罗宗强等:《古代文学理论研究概述》,天津教育出版社,1991 年版,第 7 页。
② 陕西人民教育出版社,1997 年版。
③ 北京出版社,2001 年版。
④ 北京大学出版社,2005 年版。
⑤ 东方出版中心,2006 年版。
⑥ 福建人民出版社,2006 年版。
⑦ 山东教育出版社,2008 年版。

以此为名,其实亦属于同类性质的著作,如:董乃斌等人主编的《中国文学史学史》①,傅璇琮、蒋寅主编的《中国古代文学通论》②等,均包含有对20世纪学术史梳理的内容。还有以经典作家作品为对象的专门研究史,如以《文心雕龙》研究为题的张少康等《文心雕龙研究史》③、张文勋《文心雕龙研究史》④、李平《文心雕龙研究史论》⑤等,以杜甫为题的吴中胜《杜诗批评史》⑥,以苏轼为题的曾枣庄《苏轼研究史》⑦,以《红楼梦》为题的白盾《红楼梦研究史论》⑧、陈维昭《红学通史》⑨等。至于在此期间以综述文章形式发表的学术史研究成果,更是难以一一列举。

与"学术研究指南丛书"相比,后来的学术史的研究无疑有了长足的进展,这表现在以下几个方面:

一是更加系统而规范。比如张燕瑾等的《20世纪中国文学研究》共10卷,不仅包括了古代文学的各个朝代,而且还增添了近代、现代和当代,应该说这才是真正完整的学术史;又如傅璇琮主编的《20世纪中国人文学科学术研究史丛书文学专辑》内容更为完整丰富,共由8种构成:《中国古代小说研究》《中国戏剧研究》《中国词学研究》《中国诗学研究》《中国古代散文研究》《中国文学批评史研

---

① 河北人民出版社,2003年版。
② 辽宁人民出版社,2005年版。
③ 北京大学出版社,2001年版。
④ 云南大学出版社,2001年版。
⑤ 黄山书社,2009年版。
⑥ 中国社会科学出版社,2012年版。
⑦ 江苏教育出版社,2001年版。
⑧ 天津人民出版社,1997年版。
⑨ 上海人民出版社,2005年版。

究》《西方文学研究》《比较文学研究》,应该说文学研究的主要内容全都囊括进来了,而且分类也比较合理;再如黄霖主编的《20世纪中国古代文学研究史》共7卷,除了以分体所构成的"诗歌卷""小说卷""戏曲卷""散文卷""词学卷""文论卷"外,还由主编黄霖执笔撰写了"总论卷",对20世纪古代文学研究的总体状况与重要理论问题进行归纳与评述,从而与其他分卷一起构成了一个立体的系统。这些大型的学术史丛书,较之以前那些零打碎敲而互不统属的研究已经显示出明确的优势。

二是体例多样而各显特色。就本时期的学术著作的整体情况看,大致显示出三种体例。有的以介绍研究成果为主要目的而较少做理论的总结与评判,如张燕瑾等的《20世纪中国文学研究》、张文勋的《文心雕龙研究史》等,张文勋在绪论中就说:"对于入史的资料,采取实录的方法,保存其历史原貌。对当时的历史情况和资料的优劣,尽量做到述而不评,以便使读者进一步研究,评价其优劣,判断其是非。"①当然,并非所有的成果都是有意保持实录的特色而是缺乏判断的能力,但结果都是以介绍成果为主的写法。有的以问题为中心进行理论的总结,如赵敏俐等的《20世纪中国古典文学研究史》和韩经太的《中国文学批评史研究》等。赵敏俐以"时代变革与学术演进""文化思潮与理论思考""格局改变与领域拓展"和"文学史的研究与撰写"②来概括其著作内容,体现出明确的问题意识。韩经太则直接说:"如今已是电子信息时代,相关资料的检索汇集,实际上

---

① 张文勋:《文心雕龙研究史》,云南大学出版社,2001年版,第11页。
② 赵敏俐等:《20世纪中国古典文学研究史》,陕西教育出版社,1997年版,第1—13页。

已不再成为学术总结的难题。关键还在'问题意识'的确立。"①既然具有如此的指导原则,其著作也就理所当然地采取了以问题为章节设计的基本格局。有的则以深层理论探索为学术目的,如董乃斌等人的《中国文学史学史》并不是去介绍评判各种文学史编撰的优劣短长,而是要通过对前人经验的总结,建立自己的文学史学史,因而其关注的焦点就是:"细心地考察文学史学演进中诸种内部与外部的交互作用,实事求是地估量各种理论观念、史料工作和史纂形式的历史成因及其利弊得失,认真地探索与总结其发展规律。"②在此基础上,董乃斌还主编了另一本理论性更强的《文学史学原理研究》③的著作,显示了其重理论总结的学术路径。

三是对于学术史认识的深化。学术史的研究对象是相当驳杂凌乱的,如何选择与评价取决于研究者的知识构成与学术素养,即使面对相同的研究对象,由于研究者不同的学术背景,也会具有较大的差异。比如对于"新红学"的态度,早期的学术史多从政治的角度采取批判的态度,而近来的学术史则更多从学理的层面进行清理。比如郭豫适在评价胡适《红楼梦考证》的研究方法时说:"胡适虽然在具体进行作者、版本问题的考证中,得出了一些比较合乎实际的、可取的看法,但是我们不能因此而肯定他那实验主义的真理论和实用主义的研究方法。"④很明显,这是当时对胡适"大胆假设,小心求证"方法的关注与批判。而陈维昭在评价胡适时也说:"以胡适为代表的'新

---

① 韩经太:《中国文学批评史研究》,福建人民出版社,2006年版,第10页。
② 董乃斌等:《中国文学史学史》,河北人民出版,2003年版,第26页。
③ 董乃斌等:《文学史学原理研究》,河北人民出版社,2008年版。
④ 郭豫适:《红楼梦研究小史续稿》,上海文艺出版社,1981年版,第44页。

红学'的最本质的错误在于无视文本的创造过程和文本的阅读的不可逆性,无视叙述行为和阅读行为的解释性。"① 如果没有接触过新批评的文本理论与接受美学等开放性阐释新理论,作者不可能对胡适的新红学进行此种学理性的批评。从知识构成角度看,郭豫适依然在传统理论的层面研究胡适,而陈维昭则是用新的理论视角在审视胡适,尽管二人的评价有深浅的差异,但并无高低的可比性,因为那是处于不同时代的学术研究,只存在时代的差异而难以进行水平高低的对比。

指出上述学术史研究的新进展并不意味着目前的学界不存在问题,其实在学术史研究局面繁荣的背后,潜存着许多必须关注的缺陷甚至是弊端。这种情况可以分为两个层面。一个是大批貌似学术史研究而实则仅仅是成果的罗列,作者既未能全面搜罗成果,也缺乏鉴别拣择的能力。此类成果对于学术研究几乎毫无贡献,故不在本文的论述范围之内。另一个是许多严肃性的学术史著作与论文,对学界的进一步研究影响较大,但也存在着种种的问题,这就不能不引起足够的重视。就笔者所看到的学术史论著,大致存在着以下应该引起注意的现象。

首先是资料的不完整。竭泽而渔地网罗全部资料是学术史研究的前提,然后才能从中筛选出有价值的成果进行分析评价。然而目前的学术史著作中却很少有人将学术史资料搜集齐备的。尽管目前电脑网络的搜集手段已经足够先进便捷,但也恰恰由于过分依赖网络检索而忽视了其他检索的途径。比如目前网络数据库的内容基本上是经过授权的期刊,而在此之外却存在大量的盲点,论其大者便有未上期刊网的地方刊物成果、丛刊及论文集中的成果以及通史类中所包含的成果三种,均时常被学者所忽略。且不说那些以举例为写

---

① 陈维昭:《红学通史》,上海人民出版社,2005年版,第160页。

作方式的论著,即使那些专门提供成果索引的学术史著作,也存在此类问题。比如中国社会科学院历史研究所明史研究室编纂的《百年明史论著目录》①一书,搜集了自1979至2005年的明史研究成果,应该有足够的权威性,但本人在翻检自己的成果时却吃惊地发现有大量的遗漏。其中共收本人7篇论文和3部著作,但那一时期作者共发表有关明史研究的论文20篇,也就是说遗漏了将近三分之二的论文。遗漏部分有些是上述所言的盲区,如《阳明心学与冯梦龙的情教说》②属于论文集所收成果,《明代心学与文学》③属于论著中所包含成果。而《童心说与李贽的人生价值取向》④、《阳明心学与唐顺之的学术思想、文学思想与人格心态》⑤、《论王阳明的审美情趣与文学思想》⑥属于增刊或丛刊类成果。但不知是何原因,在知网中所收录的8篇论文竟然也被遗漏,似乎令人有些费解⑦。可以想象,如果按

---

① 中国社会科学院历史研究所明史研究室编:《百年明史论著目录》,安徽教育出版社,2012年版。
② 张晶主编:《21世纪文艺学研究的新开拓》,中国传媒大学出版社,2003年版。
③ 傅璇琮、蒋寅:《中国古代文学通论(明代卷)》,辽宁人民出版社,2005年版。
④ 《朱子学刊》第8辑,1998。
⑤ 《文学与文化》第1辑,2003。
⑥ 《文艺研究》1999年增刊。
⑦ 这8篇文章是:《耿、李之争与李贽晚年的人格心态巨变》(《北方论丛》1994年第5期)、《禅学思想与李贽的童心说》(《郑州大学学报》1995年第5期)、《从良知到性灵:明代文学思想的流变》(《南开学报》1995年第4期)、《阳明心学与汤显祖的言情说》(《文艺研究》2000年第3期)、《从本色论到性灵说:明代性灵文学思想的流变》(《社会科学战线》2000年第6期)、《内在超越与江门心学的价值取向》(《南昌大学学报》2000年第2期)、《李贽文学思想与心学关系及其影响研究综述》(《首都师范大学学报》2002年第6期)、《20世纪以来心学与明代戏曲小说关系研究综述》(《首都师范大学学报》2004年第5期)。

照该索引查找本人有关明史的研究成果,其学术史的研究将会与实际状况有较大的出入。

其次是选择的合理性。尽管在搜集研究成果时力求其全,但除了索引类著作外,谁也无法且亦无必要将所收集到的成果全部罗列出来,也就是说作者必须进行选择,何者须重点介绍,何者须归类介绍,何者可归为存目。选择的工作需要的是作者的学养、眼光以及对该研究领域的熟悉程度。比如同样是对明代诗歌研究史的梳理,余恕诚《中国诗学研究》用了"百年明诗研究历程""高启诗歌研究"和"前后七子诗歌研究"三个小节予以论述,而羊列荣《20世纪中国古代文学研究史(诗歌卷)》却仅用"关于明诗的叙述状况"一节进行介绍,而且重点叙述"公安派的现代发现"。这种选择的不同就有二人学术判断的差异,也有是否对明代诗歌研究具有实际研究经验的问题。其实,就研究史本身看,现代学术史上的明诗研究都比较偏重一首一尾,高启与陈子龙乃是其重要研究对象。从学术的误区来看,传统的研究比较重视复古派的创作而轻视性灵派的创作。应该说二人的选择都存在一定的问题。

三是体例的统一性问题。就近几年来的学术史研究看,由于规模越来越大,很难由一人单独完成,因此组织队伍进行合作研究就成为常见的方式。合作研究的模式大致有两种,导师带学生与学科老师合作,或者两种模式相结合也很常见。如果导师认真负责地制定体例与审定文稿,统一性也许可以得到保障。如果仅仅是汇集众人文稿而成,就不仅是体例统一的问题,还会具有种种漏洞诸如资料不全、选择不当、评价偏颇乃至文句错讹的存在。而学者之间的合作往往会存在体例不一的问题,因为每人的学术背景、研究习惯及文章风格多有不同,难免会有所出入。蒋述卓《20世纪中国古代文论学术研究史》是由蒋述卓、刘绍瑾、程国赋、魏中林等同仁合著的,其主要特点是将研究的历史阶段与专题研究结合起来进行论述,虽然部头不大,但却将20世纪古代文论研究的方方面面都涉及到了,是一部简明而系统的学术史著作。但如果细读,还是会发现作者之间的行文差异。蒋述卓长期从事古代文论的研究,不仅对材料相当熟悉,而且对许多专题有自己的思考,所以采用"述"与"论"相结合的方式,为此他还在"80至90年代中西比较文论研究的发展"一章里专门写了"中西比较文论研究的总体评价与展望"一节,畅谈自己的看法与设想。而在程国赋等人所撰写的"专题研究回顾"部分,却很少发表评价性的意见,尤其是《文心雕龙》研究部分,几乎就是研究成果的客观介绍。这样做当然是一种严肃的学术态度,与其因不熟悉而评价失当,倒不如客观叙述介绍,遗憾的是在体例上不免有些出入,与理想的学术史研究还有一定差距。

除了上述的种种不足之处外,同时也还存在着分析的深入性、评价的公正性、预测的先见性等方面的问题。但归结起来说,学术史的研究其实就是两个主要方面:是否准确揭示了真正有价值的学术观点与研究方法,是否通过学术史的梳理寻找出了新的学术增长点与研究空间。退一步说,即使不能指出以后的学术方向,起码也要传达与揭示有价值的学术成果。

二、《明儒学案》的启示:学术史研究的原则

学案体作为中国古代学术史编撰的一种写作模式,曾以其鲜明的特点长期被学界所关注。史学家陈祖武概括说:"学案体史籍,是我国古代史学家记述学术发展历史的一种独特编纂形式。其雏形肇始于南宋初叶朱熹著《伊洛渊源录》,而完善和定型则是数百年后。

清朝康熙初叶黄宗羲著《明儒学案》，它源于传统的纪传体史籍，系变通《儒林传》(《儒学传》)、《艺文志》(《经籍志》)，兼取佛家灯录体史籍之所长，经过长期酝酿演化而成。这一特殊体裁的史书，以学者论学资料的辑录为主体，合案主生平传略及学术总论为一堂，据以反映一个学者、一个学派，乃至一个时代的学术风貌，从而具备了晚近所谓学术史的意义。"①在中国古代，接近于陈先生所说的这种学案体著作大致有朱熹《伊洛渊源录》、耿定向《陆杨学案》、刘元卿《诸儒学案》、周汝登《圣学宗传》、刘宗周《论语学案》、孙奇逢《理学宗传》、黄宗羲《明儒学案》、徐世昌《清儒学案》等。尽管在学案体的起源与名称内涵上目前学界尚有争议，但黄宗羲的《明儒学案》作为学案体的代表性著作则是毫无争议的。梁启超就曾说："中国有完善的学术史，自梨洲之著学案始。"并且从黄宗羲《明儒学案》中总结出编撰学术史的几个条件：

> 著学术史有四个必要的条件：第一，叙一个时代的学术，须把那时代重要各学派全数网罗，不可以爱憎为去取。第二，叙某家学说，须将其特点提挈出来，令读者有很明晰的观念。第三，要忠实传写各家真相，勿以主观上下其手。第四，要把个人的时代和他一生经历大概叙述，看出那人的全人格。梨洲的《明儒学案》，总算具备这四个条件。②

就《明儒学案》的实际情况看，全书共62卷，由5个大的板块组成：师说（黄宗羲之师刘宗周对明代有代表性思想家之评价）、有传承之流

---

① 陈祖武：《学案再释》，《北京师范大学学报》2009年第2期。
② 梁启超：《中国近三百年学术史》，东方出版社，1996年版，第58页。

派学案、诸儒学案、东林学案和蕺山学案。基本上囊括了明代儒家思想的主要流派和代表性人物。每一学案则主要由三部分内容构成：首先是总序，主要对本学案之师承渊源、思想特点以及作者之评价等；其次是学者小传，包括其生平大概及为学宗旨；其三是传主主要论学著作、语录之摘编。由此，有学者从体例上将其概括为"设学案以明学脉""写案语以示宗旨"和"原著选编"①。也有学者从方法论的角度将其改为"网罗史料、纂要钩玄""辨别同异""揭示宗旨、分源别派、清理学脉""保存一偏之见、相反之论"②。这些研究对于认识黄宗羲的思想特征与学术地位均有显著的贡献，也对学案体的体例有所揭示与总结。然而，这其中所蕴含的对于当代学术史研究的启示却较少有人提及。

就黄宗羲本人在《明儒学案》的序文及发凡中所重点强调的看，"分其宗旨，别其源流"③乃是其主要着眼点。也就是说，《明儒学案》所体现的学术原则与学术精神，主要由明宗旨与别源流两个方面所构成，而且此二点也对当今学术史的研究最具启发价值。

明宗旨是黄宗羲《明儒学案》最鲜明的特色之一，但其究竟有何内涵，学界看法却不尽一致。本人通过对该书的序言、发凡及相关表述的细致解读，认为它具有三个层面的含义。

首先是对最能体现思想家或学派特征、为学方法及学说价值的高度凝练的概括。黄宗羲说：

> 大凡学有宗旨，是其人之得力处，亦是学者之入门处。天下

---

① 朱义禄：《论学案体》，《哈尔滨工业大学学报》1999年第1期。
② 李明友：《一本万殊》，人民出版社，1994年版，第90—199页。
③ 黄宗羲：《明儒学案序》，《明儒学案》，中华书局，1985年版，第8页。

之义理无穷,苟非定以一二字,如何约之,使其在我。故讲学而无宗旨,即有嘉言,是无头绪之乱丝也。学者而不能得其人之宗旨,即读其书,亦张骞初至大夏,不能得月氏要领也。是编分别宗旨,如灯取影,杜牧之曰:"丸之走盘,横斜圆直,不可尽知。其必可知者,知是丸不能出于盘也。"夫宗旨亦若是而已矣。①

此段话有三层意思:一是学者为学需有自己的宗旨,而且用简短的语句将其概括出来,以便体现自我的为学原则;二是了解这种学说也要抓住此一宗旨,才能得其精要,领会实质;三是介绍这种学说,也要能够用"一二字"概括出其为学宗旨,以便把握准确。从学术史研究的角度讲,如果研究对象本身宗旨明确,那当然对研究者是很有利的。但实际情况往往并非如此,越是大思想家和大学者,其思想越是丰富复杂,如何在这包罗万象的学说体系中提炼出其为学宗旨,那是需要经过研究者的认真思考与归纳的。黄宗羲的可贵之处是他能够遍读原始文献,经由认真斟酌,然后高度凝练地提取出各家之宗旨。正如其本人所言:"每见钞先儒语录者,荟撮数条,不知去取之意谓何。其人一生之精神未尝透露,如何见其学术?是编皆从全集纂要钩玄,未袭前人之旧本也。"②也就是说,提炼宗旨的前提是广泛阅读研究对象的全部文献,真正寻找出其为学宗旨,而不是将自我意志强加给对象,他之所以不满意周海门的《圣学宗传》,其原因就在于:"且各家自有宗旨,而海门主张禅学,扰金银铜铁为一器,是海门一人之宗旨,非各家之宗旨也。"③关于黄宗羲提炼宗旨而遍读各家全集的情

---

① 黄宗羲:《明儒学案发凡》,《明儒学案》,中华书局,1985年版,第17页。
② 黄宗羲:《明儒学案发凡》,《明儒学案》,中华书局,1985年版,第18页。
③ 黄宗羲:《明儒学案发凡》,《明儒学案》,中华书局,1985年版,第17页。

况,已有许多学者进行过考察,大都得出了肯定的结论。从此一角度出发,可知做学术史研究的第一步便是真正从研究对象的所有成果的研读中,高度概括出其学术的宗旨与精神,让人一看即可辨别出其学术的特色。

其次,宗旨是思想家或学派独创性的体现。黄宗羲认为:"学问之道,以各人自用得著者为真。凡倚门傍户,依样葫芦者,非流俗之士,则经生之业也。此编所列,有一偏之见,有相反之论,学者于其不同处,正宜著眼理会,所谓一本而万殊也。以水济水,岂是学问!"①学术的精髓在于有思想的创造,而不在于求全稳妥,因而在《明儒学案》中,就特别重视"有一偏之见,有相反之论"的学者,而对那些"倚门傍户,依样葫芦"陈陈相因的"流俗""经生"之见,则一概予以祛除。如果说提炼宗旨是学术史研究的第一步,那么辨别各家宗旨有无创造性从而决定是否纳入学术史的叙述则是其第二步。在当代学术史研究中,并不是都能做到此一点的,许多学者为了体现求全的原则,常常采取罗列成果、全面介绍的方式,结果学术史成了记述论著的流水账,其中既无宗旨之提炼,亦无宗旨之辨析。黄宗羲的这种观点,体现了明代重个性、重创造的学术精神,至今仍然具有重要的启示意义。

其三是宗旨是为学精神与生命价值追求的结合。关于此一点,其实是与其"自得"的看法密切相关的。在"发凡"中,黄宗羲除了提出宗旨的见解外,同时又提出"自得"的看法。何为"自得"?有学者认为:"'自得'坚持的是一种独立的政治精神,强调的是一种自由的心理意识。"并认为"自得"与"宗旨"的关系是:"在黄宗羲的视野

---

① 黄宗羲:《明儒学案发凡》,《明儒学案》,中华书局,1985年版,第18页。

中,只有走向阳明心学的'自得'才可以称为'宗旨',否则,不是'宗旨不明',就是'没有宗旨'。"①必须指出,"自得"固然与独立思考的学术精神密切相关,但这并非其全部内涵,而且"自得"与"宗旨"也不能完全等同。比如黄宗羲认为,王阳明之前的明代学术,"习熟先儒之成说,未尝反身理会,推见至隐,所谓'此亦一述朱,彼亦一述朱'耳"②。可见他们缺乏思想的创造性,当然也就没有"自得",但并不妨碍其学说亦有其宗旨,黄宗羲曾经将明前期同倡朱子学的吴与弼和薛瑄的不同宗旨概括为:康斋重"涵养"而文清重"践履"。当然,有"自得"之宗旨优于无"自得"之宗旨亦为黄宗羲所认可,但不能说无自得便无宗旨。其实,黄宗羲所言的自得,除了具有独立自由的精神意识外,还有两种更重要的内涵。一是自我的真切体悟而非流于口头的言说,其《明儒学案发凡》说:

> 胡季随从学晦翁,晦翁使读《孟子》。他日问季随:"至于心,独无所同,然乎?"季随以所见解,晦翁以为非,且谓其读书卤莽不思。季随思之既苦,因以致疾,晦翁始言之。古人之于学者,其不轻授如此,盖欲其自得之也。即释氏亦最忌道破,人便做光景玩弄耳。此书未免风光狼藉,学者徒增见解,不做切实工夫,则羲反以此书得罪于天下后世也。③

此处的"自得"便是由自身思考体悟而来的真切感受与认知,而且按照心学知行合一的观念,真正的"知"就包括了践履的"行",黄宗羲

---

① 姚文永、宋晓伶:《"自得"和"宗旨"——〈明儒学案〉一个重要的编撰方法与原则》,《大连大学学报》2010年第3期。
② 黄宗羲:《明儒学案》,中华书局,1985年版,第179页。
③ 黄宗羲:《明儒学案发凡》,《明儒学案》,中华书局,1985年版,第18页。

称之为"切实工夫"。与此相反的是,停留于言说的表面而无体验与行动,那便叫做"玩弄光景"。正如黄宗羲批评北方王学"亦不过迹象闻见之学,而自得者鲜矣"①。"迹象闻见"便是停留于语言知识的层面而无真切的体验,也就是没有"自得"。二是自我境界的提升与人格的完善,也就是心学所言的自我"受用"。用黄宗羲的话说就是:"夫先儒之语录,人人不同,只是印我之心体,变动不居,若执定成局,终是受用不得。此无他,修德而后可讲学。今讲学而不修德,又何怪其举一而废百乎?"②在此,语录与受用、讲学与修德都是通过"自得"而联系起来的。这也难怪,心学本身就是修身成圣的学问,如果不能实现修身成圣的"受用",便是"玩弄光景"的假道学。所以黄宗羲在概括阳明心学时才会说:"自姚江指点出'良知人人现在,一反观而自得',便人人有个做圣之路。"③

将为学宗旨的鲜明特征、思想创造和自得受用结合起来,便是心学所说的"有切于身心",也就是有益于身心修为,有益于砥砺人格,有益于提升境界,有益于圣学追求。这既是其为学宗旨,也是其为学目标。黄宗羲以此作为《明儒学案》衡量学派的标准,既合乎其作为心学后劲的身份,也符合明代心学的学术品格。以此反观现代的学术史研究,就会发现存在明显的缺失。也许我们并不缺乏对学者思想特征与学术创造的归纳论述,但大都将其作为一种专业的操作进行衡量评说,而很少关注其是否"有切于身心",也就是对学者的学术追求和社会责任、人文关怀以及性情人格之间的关系极少留意。

---

① 黄宗羲:《明儒学案》,中华书局,1985年版,第636页。
② 黄宗羲:《黄梨洲先生原序》,《明儒学案》,中华书局,1985年版,第9页。
③ 黄宗羲:《明儒学案》,中华书局,1985年版,第179页。

我认为在对人格境界与社会关怀的重视方面也许我们真的赶不上黄宗羲。

别源流是黄宗羲《明儒学案》第二个要实现的目标。所谓别源流，就是要理清学派的传承与思想的流变。从黄宗羲《明儒学案》的实际操作上看，其别源流分为四个层面：一是梳理明代一代学术源流，二是寻觅明代心学学脉，三是阳明心学本身的学脉关系，四是学者个人思想的演变过程。关于黄宗羲考镜源流的业绩，贾润在其《〈明儒学案〉序》中指出：

> 盖明儒之学多门，有河东之派，有新会之派，有余姚之派，虽同师孔、孟，同谈性命，而途辙不同，其末流益歧以异，自有此书，而分支派别，条理粲然，其余诸儒也，先为叙传，以纪其行，后采语录，以列其言。其他崛起而无师承者，亦皆广为罗列，靡所遗失。论不主于一家，要使人人尽见其生平而后已。①

"分支派别，条理粲然"八个字，可以说高度概括了《明儒学案》在别源流方面的特点。黄宗羲在别源流的过程中，始终坚持两点，即兼综百家的包容性和兼顾优劣的公正性。尽管他是王门后学，但并不忽视其他学派的论述，这便是其巨大的包容性；而对于他最为看重的心学大师王阳明，既赞誉其"故无姚江，则古来之学脉绝矣"，同时又指出："然致良知一语，发自晚年，未及与学者深究其旨，后来门下各以意见掺合，说玄说妙，几同射覆，非复立言本意。"②以会合朱陆的方式纠正阳明及其后学的偏差，乃是刘宗周为学之核心，黄宗羲对阳明

---

① 黄宗羲：《明儒学案》，中华书局，1985年版，第12页。
② 黄宗羲：《明儒学案》，中华书局，1985年版，第179页。

的批评显然也受到其师刘宗周的影响,但同时也是他本人的真实看法与辨析源流的基本学术原则。

当然,学界也有对黄宗羲《明儒学案》的负面评价,比如钱穆就对黄宗羲在选取诸家言论的"取舍之未当"深致不满,并认为其"于每一家学术渊源,及其独特精神所在,指点未臻确切"。至于造成如此弊端之原因,钱穆则认为是黄宗羲"乃复时参以门户之见,义气之争。刘蕺山乃梨洲所亲授业,亦不免此病"①。至于《明儒学案》是否真的存在如钱穆所言缺陷,以及钱穆对黄宗羲之诟病是否恰当,均可进一步进行深入的讨论②。在此需要强调的是黄宗羲别源流的原则及其依据。

黄宗羲之所以重视"分其宗旨,别其源流",是他认为明代思想界最为独特的乃是学者之趋异倾向,也就是表达自我的真实见解与学术个性。他说:"有明事功文章,未必能越前代,至于讲学,余妄谓过之。诸先生学不一途,师门宗旨,或析之为数家,每久而一变。……诸先生不肯以懵懂精神冒人糟粕,虽浅深详略之不同,要不可谓无见于道者也。"③从横的一面,同一师门的宗旨可以分化为数家;从纵的一面,时间长了必然会发生变化。学术的活力就在于这种差异性和变动不居。这些不同派别与见解也许有"浅深详略之不

---

① 钱穆:《中国学术思想史论丛》卷七,安徽教育出版社,2004年版,第260页。
② 已有学者撰文指出,钱穆此论并不恰当,认为其原因在于:"由于钱穆的学术思想由'阳明学'逐渐转向'朱子学',其在晚年对阳明学多有指摘,故批评黄宗羲守阳明学门户,对《明儒学案》的评价由大加赞赏转向多有贬斥。"见张笑龙《钱穆对〈明儒学案〉评价之转变》,《广东社会科学》2013年第3期。
③ 黄宗羲:《明儒学案序》,《明儒学案》,中华书局,1985年版,第7页。

同",但其可贵之处在于不肯重复前人的陈词滥调而勇于表达自我对"道"的真知灼见。所以他反复强调:"羲为《明儒学案》,上下诸先生,深浅各得,醇疵互见,要皆功力所至,竭其心之万殊者,而后成家,未尝以懵懂精神冒人糟粕。"①何为"懵懂精神"?就是缺乏独立思考的能力而人云亦云,就是"倚门傍户,依样葫芦"的迷信盲从。只有那些"竭其心"的有得之言,尽管可能"醇疵互见",却足以成家。黄宗羲所要表彰的,正是这些所谓的"一偏之见""相反之论"。黄宗羲此种求真尚异的观念,是明代心学流行的必然结果,是学者崇尚自我和挑战权威精神的延续,所以他才会如此说:"古之君子宁凿五丁之间道,不假邯郸之野马,故其途亦不得不殊。奈何今之君子,必欲出于一途,使厥美灵根者,化为焦芽绝港。"②思想的创获来自艰辛的探索与思考,犹如开山凿道之不易。而如果使所有的学者均纳入同一模式的思想,就只能导致"焦芽绝港"的思想枯竭。学术的多样性乃是探索真理的必要性所决定的,因为"学术不同,正以见道体之无尽也"③。坚持思想探索,倡导独立精神,赞赏学术个性,鼓励流派纷争,这是黄宗羲留给我们最有价值的思想启示。

自黄宗羲之后,以学案体撰写学术史者虽然不少,但能够与其比肩者却绝无仅有。且不说清人徐世昌《清儒学案》和唐鉴《清学案小识》这类以堆积资料为目的的著作,它们既无宗旨之精炼提取,又无学脉之总体把握,即令是今人钱穆之《朱子新学案》、陆复初之《王船山学案》、杨向奎之《新编清儒学案》、张岂之之《民国学案》等现代学

---

① 黄宗羲:《黄梨洲先生原序》,《明儒学案》,中华书局,1985年版,第10页。
② 黄宗羲:《黄梨洲先生原序》,《明儒学案》,中华书局,1985年版,第10页。
③ 黄宗羲:《明儒学案序》,《明儒学案》,中华书局,1985年版,第7页。

术史著作,虽在思想评说、范畴辨析、问题论述及资料编选诸方面各有优长,但在学脉梳理及论述深度上皆难以达到《明儒学案》的高度。

在文学领域的学术史研究中,有两套丛书近于学案体的特征,它们是陈平原主持的"20世纪中国学术文存"(湖北教育出版社)和陈文新主持的"中国学术档案大系"(武汉大学出版社)。前者共拟出版20种研究论集,自21世纪初至今已基本完成;后者动议于十年之前,如今也已出版有十余种。从编写目的看,二者都重视文献的保存,都以选择优秀成果作为主体部分,这可视为是对《明儒学案》原著摘编方式之继承。从编写体例上,"文存"由导论、文选和目录索引三个部分组成,"学术档案"则由导论、文选、论著提要和大事记四部分构成。导论相当于《明儒学案》的总论部分,但由于是针对一代学术而言,不如《明儒学案》的简要精炼。目录索引与大事记是受现代学术观念影响的结果,故可存而不论。至于论著提要则须视各书作者之学术眼光与概括能力而定,就本人所接触的几册看,大致以截取各书之内容提要而来。如果以黄宗羲的明宗旨与别源流的两个标准来衡量这两套丛书,它们显而易见是远远没有达到《明儒学案》的水平。因为文选部分尽管通过选优而保存了名家的代表作,却必须通过每位读者自己的阅读体味来了解其学术特色。"学术档案"的情况略有改变,其选文之后附有作者生平、学术背景、内容简介与评述、作者著述情况等,但大多是情况介绍而乏精深之论①。至于别源

---

① "学术档案"各书体例不甚统一,选文后有的是情况简介,有的则是对选文的学术评价,如王炜的《〈金瓶梅〉学术档案》的每篇选文之后都有一篇学术导读,就该文及学术思想、研究方法进行评价,应该说是基本达到了"明宗旨"的要求。

流更是这两套丛书的短板,就我所接触到的导论部分而言,只有王小盾在《词曲研究》的导论中简略提及了任二北的师承关系及台湾高校的注重师承传授,其他著作则盖付阙如,似乎别源流已经被置于学术史研究之外。当然,在此需说明两点:一是在此并没有责备丛书主持人和各书作者之意,因为其他的学术史著作也都没有关注此一问题;二是别源流的问题之所以被现代学术史研究所遮蔽,是因为学术研究中的师承观念与学派意识逐渐淡化,从而难以为学术史研究提供丰富的研究案例与内容。但又必须指出,学术研究中师承观念与学派意识的缺位并不能完全成为学界忽视该问题的借口,因为寻找研究中存在的问题与缺陷同样是学术史研究的重要组成部分。对此将留待下节展开论述。

三、学术史研究的三个层面:总结经验、寻找缺陷与提出新的学术增长点

黄宗羲是明清之际的大思想家,《明儒学案》是中国历史上的经典学术史著作,所以应该对其进行认真研究,从中受到有益的启示。但是,学案体毕竟是古代的产物,面对更为丰富复杂的研究对象,就不必从体例上再去刻意模仿这样的著作,而是要吸取其学术思想与撰写原则,从而弥补当今学界学术史研究之不足。就现代学术史研究看,我认为有三个层面的内容必须具备并对其内涵进行认真的辨析。

首先是总结经验。其实也就是通过对学术研究过程的清理使读者明白前人提出了何种观点,解决了哪些问题,运用了什么方法,取得过什么成就,存在过什么教训,等等。既然是学术史,就需要具备

"史"的品格,也就是必须写出历史的真实内涵,包括历史现象的真实反映和历史发展过程中关联性的揭示。其实,黄宗羲所归纳的明宗旨和别源流两个原则正是反映真实与揭示历史关联性的精炼表述。需要指出的是,《明儒学案》只是明代儒学发展的学术史,属于思想史的范畴,因此其主要目的便是总结提炼各家的主要思想创获以及学派之间的关系。而现代学术史所面对的研究对象要更加丰富,因而对其历史真实内涵的把握与关联性的揭示也更为复杂。

就现代学术史写作的一般情况看,学界大都采取纵向以时间为坐标而分期叙述,横向则以地域、学者或问题作为基本单元进行分类介绍。此种历史与逻辑相结合的结构方式乃是学术史写作的主要套路,基本能够承担学术经验总结的叙述功能。但也并非不存在问题,因为无论是以作者为基本单元还是以问题为基本单元,都需要经过作者的筛选与拣择,那么什么能够进入学术史的叙述框架就成为作者所操持的话语权力,不同立场、不同眼光、不同标准,甚至不同师承与学派,就会有理解判断的差异,争议的产生也就在所难免。于是,便有了学术编年史的出现。编年史的好处在于以编年的方式将与学术相关的内容巨细无遗地网罗其中,能够全面展示学术发展的过程。只不过这种学术编年史的写作目前还仅限于中国古代,而且也只有梅新林等人的《中国学术编年》这一部书。能否用编年史的方式进行现代学术史的写作,当然可以继续进行讨论与实验,但可以肯定的是,编年史无论如何也不能代替传统的学术史研究,因为突出重点几乎和展示全面同等的重要,否则黄宗羲以突出主要学脉的《明儒学案》也不会受到学界的广为赞誉了。

从总结经验的角度看,目前存在的最主要的问题不在于学术史的编写体例,而是对于明宗旨与别源流的把握是否到位。从明宗旨的角度,存在着一个突出主要特征与全面反映真实的问题。无论是一个历史时期、一个流派还是一位学者,其学术研究都会存在这样的矛盾。作为学术史研究,就既要抓住主要特征以显示其学术观念、研究方法及研究结论的独特贡献,又要照顾到其他方面以把握其完整面貌。比如在研究民国时期现代文学观念的形成时,人们自然会更多关注受西方文学理论与方法影响较深的那些学者,以探索中国现代学术史是如何从中国传统的文章观念而转向现代纯文学观念的学术操作的。但是同时又不能忽视,当时还有许多学者依然在运用传统的文章观进行研究。那时既有刘经庵只把诗歌、戏曲与小说作为研究对象的《中国纯文学史》,因为作者的文学观念是"单指描写人生,发表情感,且带有美的色彩,使读者能与之共鸣共感的作品"[1]。但也有陈柱收有骈文甚至八股文的《中国散文史》,因为作者的文学观念是"文学者治化学术之华实也"[2]。从当时的学术观念看,刘经庵是进步与时髦的,但从今天的学术观念看,陈柱也未必没有自己的道理。如果从提供历史经验上看,二者都有其学术价值;如果从展现历史真实上看,就更不能忽视非主流声音的存在。从别源流的角度,目前的学术史研究可能存在的问题更大。尽管现代学术史上真正形成学术流派的不多,但却不能忽视学术思想的传承与分化,甚至一个学者也会有学术思想形成、发展和变化的过程。学术思想的变化往往会导致其研究对象的选择、学术方法的使用以及学术立场的改变等等变化。只有把这些变化过程交代清楚了,才能从中总结学术研

---

[1] 刘经庵:《中国纯文学史》,江苏文艺出版社,2008年版,第1页。
[2] 陈柱:《中国散文史》,江苏文艺出版社,2008年版,第1页。

究与时代政治、环境风气、研究条件之间的复杂关系等历史经验,同时也才能把历史发展的过程性梳理清楚。无论是在所接受的学术训练的系统性上,还是所拥有的研究条件上,我们的时代都要更优于黄宗羲,理应在明宗旨和别源流上比他做得更好,但遗憾的是在许多方面黄宗羲依然是我们无法超越的楷模。

在总结历史经验上,目前的学术史研究还存在着一个更大的误区,这便是对于历史教训的忽视。几乎所有的学术史在写到"文革"十年时,都用了"空白"二字来概括本时期的特征,而内容上更是一笔带过。有不少学者甚至在处理建国后十七年的学术史时,也采取了类似的态度。从成果选优的角度,这样做当然有其道理,因为你无法在此时找到值得后人学习与参考的学术成果与学术方法。然而,学术史研究不同于学术研究,学术研究上没有价值的东西未必在历史经验的总结上也毫无价值。学术史研究中要淘汰和忽略的是大量平庸重复、缺乏创造力的书籍文章,也就是黄宗羲所说的"倚门傍户""依样葫芦"的低劣制作,而不是缺陷和错误。因为从学理上讲,历史乃是一个连续不间断的时间链条所构成的,如果失去其中的一个链条,哪怕是一个有问题的链条,也将会破坏历史发展的连续性。一位新诗研究专家在谈到自己的研究经验时说:

> 在撰写《中国新诗编年史》过程中,我越来越感到,面对20世纪的新诗,只是从艺术和诗的角度进入会感到资源十分匮乏,像新民歌运动、"文革"诗歌等,20世纪很大一部分新诗作品并不是艺术或诗的,但如果站在问题的角度加以审视,其独特和复杂怕是中国诗歌史上任何一个时期都不能相比的。我力求这部编年史能更多地包含和揭示近一个世纪新诗发展过程中的问题

及问题的复杂性。①

这是就文学史研究而言的,其实学术史研究又何尝不是如此。站在学术价值的立场看"文革"或十七年,固然是研究史的低谷甚至"空白",但站在总结教训与探索问题的立场上,也许包含着繁荣期难以具备的研究价值。比如说建国后一直以极大的声势批判胡适的新红学,可是新红学所确立的自传说与两个版本系统的学术范式却始终左右着《红楼梦》研究界,最后反倒是新红学的主要成员俞平伯对新红学的研究范式提出了颠覆性的看法。这其中所包含的政治与学术研究的关系到底有何价值?又比如在所谓"浩劫"的年代,许多学者辍笔不作或跟风趋时,钱锺书却能沉潜学问,写出广征博引、新见时出的百余万言的《管锥编》,这是他个人例外呢,还是其他人定力不够?也是一个值得研究的问题。在人文学科研究中,闭门造车固然封闭保守,趋炎附势肯定丧失品格,那么在社会关怀与学术独立的关系中学者到底如何拿捏才是恰当?这些都是研究学术中的重大问题,也是至今学者必须面对的问题。从此一角度讲,对于历史教训研究的价值绝不低于对于研究成绩的表彰。可惜在这方面我们以前的关注实在太少。

其次是寻找缺陷。所谓寻找缺陷就是检点现代学术史研究中存在的不足,其中大到研究范式的运用、研究价值的定位、学术盲点的寻找,小到某个命题的把握、某一材料的安排、某一术语的使用等等。在目前的学术界,无论是对学术史的研究还是当今的学术批评,往往是赞赏多而批评少,总结经验多而寻找缺陷少。究其原因,其中既有

---

① 刘福春:《还原历史的丰富与复杂》,《文学评论》2014年第4期。

水平问题,也有学风问题。但是对于学术史研究来说,寻找缺陷的意义绝不低于总结经验,因为寻找不出缺陷就不能提出新的学术路径,也就不能进一步提升研究的水平。

其实在学术史研究中确实还存在着很多需要纠正的弊端与不足,就其大者而言便有以下数种。

(一)研究模式的缺陷。比如现代文学史的研究模式是建立在西方的学术理念与研究方法的学理基础上,从根本上说是西方近代以来理性主义思潮的产物。这种理性主义的研究范式以逻辑的思维与证据的原则作为其核心支撑,用中国古人的话说叫做言之成理与持之有故。没有这样的研究范式,中国的学术研究就不能从传统的评点鉴赏转向现代的理论思辨与逻辑论证,也就不能具备现代学术品格。然而,这种理性主义思潮基本是以自然科学为依托的,所以带有浓厚的科学色彩。其中有两点对现代学术研究具有根深蒂固的负面影响,这便是生物学上的进化论与物理学上的规律论。表现在历史研究中,就构成以文体创造为演进模式的"一代有一代之文学"的文学史理论,而表现在研究目的上则是寻找各种各样的文学史规律,诸如唐诗繁荣规律、《红楼梦》创作规律、旧文学衰亡规律等等。直至今日,这种研究模式依然在发挥巨大的影响力而左右着学者的思维方式。其实,自然科学的理论在进入人文学科领域时,是需要进行检验和调整的,否则就会伤害到学科自身。因为文学史研究不能以寻找规律为研究目的,他必须以总结历史上人们如何以审美的方式满足其精神需求作为探索的目标,然后才可能对当今的精神生活提供有益的历史经验。同理,"一代有一代之文学"的线性进化理论也不符合文学发展的实际,因为随着人类社会的发展,日益丰富的生活带来人们更为丰富的情感世界,于是也就需要更多的文学样式与方法来满足其精神需求，那么文学史的发展过程就只能呈现为文体如滚雪球般的日益复杂多样，而不是进化论式的相互替代。不改变这种研究范式，我们只能依然沿着冯沅君的老路，把诗歌史只写到宋代，而永远找不到明清诗文研究的合法性来。

（二）流派研究的缺失。学术史研究是对学术研究实践的描述与归纳，这乃是学界的常识。从此一角度说，现代学术史研究中流派观念的淡漠与研究的弱化似乎是必然的。黄宗羲《明儒学案》在别源流方面之所以做得足够出色，是因为明代思想界学派林立、论争激烈，从而保持了巨大的思维活力，黄宗羲面对如此活跃的学术实践，当然将流派研究作为自己的主要特色。清代缺乏这种思想活力，建国伊始便禁止文人结社讲学，当然也形不成学界的流派。研究清代的学术史，似乎也理所当然地写不出《明儒学案》那样的著作。那么，现代学术研究是否也可以因学术流派的缺少而走清人的老路，自动放弃流派的研究？这里又是一个误区。学术研究实践中流派的缺乏只能导致经验总结的缺位，因为没有这样的实践当然无法去归纳与描述。然而，正因为研究实践中缺乏流派的意识与现实，学术史研究才更应该去指出这种致命的缺陷。因为思想创造的动力来自于流派的竞争，学术研究的活力也来自于流派的论争，因此缺乏流派的学术研究是没有活力、没有个性的研究。作为学术史的研究，理应去发掘学术史上珍贵的流派史实，探讨流派缺失的原因，并强调形成新的学术流派之于学术研究的重要。就此而言，学术史研究不仅仅是学术实践经验的反映与总结，也应该肩负起纠正学术研究弊端的重要职责。

（三）人文精神的缺失。自现代学科建立以来，追求科学化与客观化一直成为学界的目标，这既与科学主义的影响有关，也与建国后政治时常干预学术的政治环境有关,更与研究手段的日益技术化有关。学术研究的这种科学化倾向也深深影响了学术史的研究,使得学术史研究不仅未能纠正此一缺陷,反而变本加厉地强化了这种倾向。其实,以人文学科的研究属性去追求科学性与客观性,本身就陷入一种尴尬的悖论。反思一下中国的历史,哪一种重要的思想流派不具备经国济世的人文关怀?拿最为后人所诟病的强调思辨性的程朱理学与偏于名物训诂考证的乾嘉汉学,其实也并不缺乏社会的使命感。理学固然重视修身,但《大学》的八条目依然从格物致知通向治国平天下的终极目标;乾嘉学派固然重视名物的考证,但其大前提依然是"反经"以崇尚实学的济世胸怀。从现代史学理论看,科学性与客观性受到日益巨大的挑战,正如美国史学理论家海登·怀特所言:"近来的'回归叙事'表明,史学家们承认需要一种更多地是'文学性'而非'科学性'的写作来对历史现象进行具体的历史学处理。"[①]无论从历史的事实还是学科的属性,人文学科的研究都应该拥有区别于自然科学与社会科学的特征。但是令人遗憾的是,面对20世纪以来日益严重的科学化与技术化倾向,学术史的研究并未能尽到自己的责任。尤其是在文学研究领域,本来是最具有情感内涵和人文精神的学科,如今却随着计算机技术的运用变成了靠数理统计与堆砌材料以显示其客观独立的冷学科。我曾经在《中国古代文学研究转型期的技术化倾向及其缺失》一文中说:"如果中国古代文学的研究既缺乏理性思辨的智慧之光,又没有打动人的人文精神,更没有流畅生动的阅读效果,而只是造就了一大批头脑僵硬的教授与

---

① 〔美〕海登·怀特著,陈新译:《元史学:十九世纪欧洲的历史想象》,译林出版社,2004年版,第5页。

目光呆滞的博士,这样的古代文学研究不要也罢。"①不过,要真正纠正这种人文精神的缺失,尚须整个学界的努力,尤其是学术史研究的努力。

以上三点只是作为例子来说明学术史研究中寻找缺陷的重要,至于更多更具体的研究缺陷,需要投入更多的精力。而重要的是学术史研究者需要具备挑剔的眼光与批评的勇气,将学术史研究视为推动学科发展的动力而不是表彰优秀分子的光荣榜。

其三是提出新的学术增长点。从近二十年所呈现的学术史研究成果来看,其主体部分大都是对已有成果的介绍与评价,一般也都会在最后有一部分文字表达对未来的瞻望,但对于现存问题的检讨就要明显薄弱一些。正是由于对现存问题的分析认识不够具体深入,因而对未来的瞻望也大多流于浮泛,更不要说提出新的学术增长点了。其实,未来瞻望与提出新的学术增长点并不是同一层面的内容。未来瞻望具有全局性与宏观性,表达了学术史研究者的一种愿望或理想;提出学术新增长点则是对下一步研究的观念、方法与路径的认真思考,因而必须与当前的研究紧密衔接。

就《文心雕龙》的研究看,目前已出版三部学术史著作,可以将其作为典型个案以讨论提出学术增长点的问题。张文勋《文心雕龙研究史》的导论部分设专节"《文心雕龙》的未来走向",提出了三点努力的方向:一是面向世界以弥补西方理论之不足,二是面向现代以建设新的文学理论并指导创作,三是面向群众普及以扩大影响②。这是典型的理想表达,基本都是在"实用"的层面,与专业研究存有

---

① 《文学遗产》2008年第1期。
② 张文勋:《文心雕龙研究史》,云南大学出版社,2001年版,第6—10页。

较大距离,也就未涉及学术增长点问题。张少康等人撰写的《文心雕龙研究史》在其结语"《文心雕龙》研究的未来展望"中,设有六个小节:1.发展史料与理论并重的研究;2.从文化史角度看《文心雕龙》;3.从中西比较的角度来研究《文心雕龙》;4.从理论联系实际的角度,用历史的比较的方法研究《文心雕龙》;5.让"龙学"研究走向世界;6.培养青年"龙学"家,扩大和加强《文心雕龙》的研究队伍①。在这六个小节中,前三个方面是对已有研究特点的总结与强调,后两个方面是一种希望的表达,真正属于新的学术增长点的乃是第四小节,作者要求《文心雕龙》范畴研究要与实际创作乃至其他艺术领域结合起来,不能就理论而研究理论。李平《文心雕龙研究史论》在其绪论部分的第四节"'龙学'研究存在的问题与发展前景",尽管所用文字不多,但在行文方式上却颇有特色,即作者已将学术增长点的提出与未来瞻望分两段文字写出。在学术研究方面提出三点建议:一是继续研究思想、理论上有争议的问题,二是做好总结性的工作,三是应加强对港台及海外《文心雕龙》研究成果的介绍和翻译工作。而在瞻望部分则提出:一要培养后续力量,二要更新理论方法,三要创造良好学风,四要加强国际合作交流。李平的好处是思路清晰,大致将学术建议与理想表达区分开来。其不足在于提出的建议较为浮泛,反不如张少康的意见更有针对性。之所以会出现思路清晰而建议浮泛的矛盾,乃是由于作者尚未发现研究中存在的深层问题,比如他认为《文心雕龙》研究现存问题是:1.成果数量减少;2.成果质量下降;3.研究队伍后继乏人②。这些问题当然是真实存

---

① 张少康等:《文心雕龙研究史》,北京大学出版社,2001年版,第587—596页。
② 李平:《文心雕龙研究史论》,黄山书社,2009年版,第19—21页。

在的,但是却均属现象描述,并未深入至学术研究的学理层面,当然难以提出具体的解决办法了。

从以上这些学术史著作写作经验的总结中,可归纳出以下关于提出新的学术增长点的一些原则:第一,学术增长点的提出范围应该是专业的学术问题,而且必须有很强的现实针对性。所谓针对性,乃是建立在对前人学术研究中所存留问题的清醒认识之上的。没有对前人研究缺陷的发现与反思,就不可能提出有价值的学术增长点。第二,提出新的学术增长点必须对于当前的学术发展大势具有清醒的判断与认识,任何学术的进展与转型都不是孤立进行的。就拿《文心雕龙》研究来说,它理应与中国古代文论研究甚至中国古代文学研究的发展紧密关联。20世纪的中国古代文论研究,必须首先借鉴西方的理论方法才能建立起自己的体系,而西方理论方法也会留下与中国古代研究对象不能完全融合的弊端。因此,近二十年来的学术转型就是要回归中国文论本体,寻找到适合中国古代研究对象的理论方法。在《文心雕龙》研究中,几十年来一直运用西方的纯文学观念去解读归纳刘勰的文章观。如此研究,可能会导致越精细而距离刘勰越远的尴尬局面。从专业研究的层面讲,所谓国际化、世界化的提法都是与此学术转型背道而驰的。《文心雕龙》首先要解决的乃是学术理念与研究方法的问题,此一点不解决,《文心雕龙》研究不可能走出误区。第三,新的学术增长点的提出必须具有实际可操作性。对于那些无法实现或者过于高远的希望,最好不要在学术增长点里提出来,因为这无助于问题的解决和研究水平的提升。比如要解决《文心雕龙》研究中以现代文学理论观念比附刘勰文章观的问题,仅仅倡导回归中国本体是远远不够的。我们更要提出回归的具体方法与路径。我曾经在《文体意识、创作经验与〈文心雕龙〉

研究》一文中提出,对于像"神思"这一类谈创作构思的理论范畴,最好能够结合中国古代相关的文体和刘勰本人的创作经验进行讨论,方可能揭示其真实的内涵。我认为这是研究《文心雕龙》的基本路径,因为刘勰的理论观点是以其自我的创作经验和熟悉的文章体裁作为思考对象的,离开这些而妄加比附就会流于不着边际。如果用以上这些原则来衡量目前的学术史研究,可能大多数成果还不够尽如人意。

总结经验、寻找缺陷与提出新的学术增长点,这是学术史研究互为关联的三个基本层面。尽管由于学术史写作的目的、规模与专业的不同,或许会在三者的比例大小上多有出入,但如果缺乏任何一个层面,我认为就不能称得上是严肃的学术史研究,或者说就会成为对于推动学术研究发展起不到应有作用的学术史研究。

四、学术史研究者的基本条件:学术素养与研究经验

目前学界关于学术史的研究存在着两种流行的误解。一是认为学术史研究的价值低于专业问题的研究,二是认为学术史研究相对比较容易。而且二者互为因果,造成了许多学术的混乱。比如博士论文的选题,近年来许多人都选择了研究史、接受史及影响史方面的题目,其中原因固然复杂,但重要原因之一乃是认为学术史研究较之本体研究相对容易一些。就目前所呈现的成果而言,学术史类的博士学位论文的确显得较为浅显易做,很多人也以此取得了学位。但我认为博士学位论文的选题依然不宜选研究史方面的题目,原因便是其选题动机是建立在以上两点误解之上的。讨论学术史研究与专题研究价值的高低本身就是一个伪命题,因为不同性质的研究所体现的价值是完全无法放在同一层面比较高下的。专题研究从解决某领域的学术问题上是学术史研究无法相比的,而学术史研究对于学科的自觉、观念方法的总结与初学者的入门等方面,又是专题研究所无法做到的。从这一角度说,两类选题的难易程度也难以一概而论,专题研究需要的是研究深度,而学术史研究需要的是综合系统。因此,我一直认为博士论文选题不宜选择学术史方面的题目,原因就是博士生最重要的目标乃是对专业研究能力的培养,这种培养当然也离不开学术史的清理工作,但其主要精力要放在文献解读、问题发现、论题设计与系统论证上。而且博士生属于刚入学术门径阶段,他们无论专业修养还是学术眼界,都还缺乏驾驭全局的能力,使其无法写出真正合格的学术史论著。我想借此说明的是,学术史研究并不是什么人和什么学术阶段都可以随便涉足的,它需要具备应有的基本条件。这个条件包括学术素养与研究经验两个方面。

先说学术素养。所谓的学术素养简单地说就是学养,也就是长期的学术积累所形成的专业知识、认识能力、学术视野以及学术判断力等等。因为在从事学术史研究时,研究者必须要面对两类强劲的对手,一类是学术研究的对象,一类是学术实力雄厚的学界前辈或同仁。学术史研究者必须要具备与之接近的学养,才有资格与之进行学术对话并加以评说。所谓学术研究的对象,就是指历史上那些杰出的思想家、历史学家、文学家、批评家等等,他们无论在思想的深邃性、知识的丰富性乃至感觉的敏锐性上大都是一流的人物。如果学术研究者要判断其他学者对这些人物的研究评说是否合适到位,首先自身必须对这些历史人物有基本的理解与认识,否则便只能人云亦云。比如说《文心雕龙》一书,历来被称为体大思精的中国古代文论名著,研究这部著作的论文已有四千余篇,论著数百部,其中存在许多有争论的问题。如果要做《文心雕龙》的学术史研究,需要什么样的学养呢？这就要看作者刘勰拥有何种学养才能写出《文心雕龙》，我们又需要何种学养才能阅读和认识《文心雕龙》。罗宗强曾写过一篇《从〈文心雕龙〉看刘勰的知识积累》的文章，专门探讨刘勰读过什么书，构成了什么样的学养。文章认为，刘勰几乎读遍了他之前和同时的所有经、史、子、集的著作，并能够融汇贯通，从而形成了自己丰富的思想体系与敏锐的审美感受力，所以能够对前人的著作理解准确、评价精当。其中举了关于刘勰"折中"思想的例子，学界对此曾展开过学术争议，先后发表了周勋初的《刘勰的主要研究方法——"折中"说述评》[1]、张少康的《擘肌分理，惟务折中——论刘勰〈文心雕龙〉的研究方法》[2]、陶礼天《试论〈文心雕龙〉"折中"精神的主要体现》[3]、高华平《也谈"惟务折中"——刘勰〈文心雕龙〉的研究方法新论》[4]等论文，或言崇儒，或言重道，或言近佛，各执己见，难以归一。罗宗强在详细考察了刘勰的知识涉猎与思想构成后说："我以为周先生的分析抓住了刘勰思想的核心。我是同意的。同时，我也注意到其他学者的分析在结论之外，实际上接触到思想发展过程中的复杂现象。诸种思想在刘勰知识积累的过程中不知不觉地交融形成了他自己的见解。正因为此一种交融，才为学术界对《文心》的许多理论观点做出不同的解读提供了可能。"[5]我想，如果没有深厚的文史修养，是无法对学界的不同观点做出这种圆融的评判的。中国历史上有不少这样的大家，像"读书破万卷，下笔如有神"的杜甫，

---

[1] 《古代文学理论研究》第十一辑，上海古籍出版社，1986年版。
[2] 《学术月刊》1986年第2期。
[3] 《镇江师专学报》2000年第1期。
[4] 《齐鲁学刊》2003年第1期。
[5] 罗宗强：《晚学集》，南开大学出版社，2009年版，第18页。

儒释道兼通的苏轼,以及百科全书式的《红楼梦》等等,都不是可以轻易对其拥有发言权的。既然对研究对象没有发言权,那又有何权力对研究他们的学者说三道四呢!

学术史研究者除了要面对历史上的各种大家之外,他还必须同时要面对学界许多实力雄厚的一流学者。以一人之力要去理解、论述和评价众多学有专长的研究大家,其难度可想而知。在此一层面,不仅学术史研究者需要具备雄厚的专业基础,更需要具备现代的各种理论素养以及对于不同学派、不同领域以及不同研究方法的相关知识。要读懂一本著作,不仅需要弄懂其学术结论的创新程度与学术贡献,更需要了解其所运用的学术方法以及背后所支撑研究的学术理念。这就是学界常说的,阅读学术著作和论文,要具有看到纸的"背面"的能力。凡是真正做过研究的人都清楚,要真正了解掌握一种研究理论都不是一件容易的事情,更何况要去理解把握各种理论方法与学术流派?比如说,在现代学术史上对于胡适学术研究的评价争议甚大,除了其中的政治因素外,对其"大胆假设,小心求证"的学术思想的理解也有直接关系。胡适处于中西文化交流的时代大潮中,其学术观念与研究方法也试图将中国的乾嘉之学与西方的实证主义结合起来,并用之于研究实践中。陈维昭《红学通史》就专列一节谈"新红学"的知识谱系,认为胡适学术思想的核心是"以'科学精神'演述乾嘉学术方法,以'自然主义''自叙传'去演述传统的史学实录观念"。正是由于有了这样的认识,所以才会有如下评价:"胡适所演述的传统学术理念有二:一是实证,二是实录。实证以乾嘉学术为代表;实录则是传统史学的基本信念与学术信仰。实证的'重证据'的科学精神有其现代性。但是'实录'

显然是一种违背现代史学精神的陈旧观念。"①这样的评价不能说可以被所有人所接受,但起码它是一种学理性的分析,是真正的学术史研究,比前人仅从意识形态角度的否定更令人信服。而要进行如此的评价,则不仅需要研究者具有古代小说专业研究的素养,而且还要具备中国古代史学史的修养以及把握当代史学理论的进展,同时还需要了解中国现代学术建立的具体过程。我们必须明白,凡是在学术上取得突出成就与影响巨大的学者,肯定有其独特的学术理念与研究方法,如果对其缺乏认知,则对他们的研究评论无异于隔靴搔痒。

学养是任何一个专业研究领域都需要具备的,但作为学术史研究的学者,需要更为宽广的知识背景与学术视野,因为他会面对更多的一流研究对象与一流学者,如果不能具备相应的学养,就缺乏与之进行交流的资格,更不要说去评价他们。可以毫不客气地说,没有一流的学养,就不会是一流的学术史研究者。也正是在此一角度,我认为刚进入学术门径的年轻学者不宜单独进行学术史的研究。

再说研究经验。所谓的研究经验,是指凡是要从事某个学术领域学术史研究的学者,应该对该领域具有较为丰富的专业研究体验及成果,尤其是对本领域的学术理念与学术进展有较为深切的把握与体会。研究经验与学术素养既有联系又有区别,学术素养是学术史研究的基础,主要体现为对于研究对象的理解能力与概括能力。研究经验则是对某研究领域的熟悉程度与参与过程,主要体现为对于本领域学术重点与研究难度的深刻认识,尤其是对于其学理性与

---

① 陈维昭:《红学通史》,上海人民出版社,2005年版,第144—146页。

前沿问题的把握。之所以要求学术史研究者拥有一定的研究经验,是由下面两个主要原因所决定的。

第一,只有拥有研究经验,才能将该领域中有创造性的成果与观点选择出来并作出恰当评价。比如唐代文学的研究,已经具有悠久的历史与大量的研究成果,而且依然会有大量的成果不断涌现。目前学术界最大的问题,也是学术史研究的最大难度,乃是对于重复平庸研究成果的淘汰,以及对于有创造性成果的推荐。这些工作都不是仅靠一般的材料是否可靠与文字论证水平的高低可以轻易识别的,而必须对该领域具有长期的沉潜研究的经验,才能沙里淘金般地识别出那些有贡献的优秀成果。这就是黄宗羲所说的明宗旨的环节,有无宗旨可以靠学养去提炼概括,而宗旨之有无独创性则要靠所拥有的学术前沿领域的研究经验来加以辨认。关于此一点,可以从目前学界名人写序这种现象中得到说明。现在的学术著作序言近于学术评价,可以视为是该书最早的学术史研究成果。但遗憾的是,真正评价恰当者却寥寥无几,溢美之词倒是比比皆是。更严重的是,在以后的学术史研究中,许多缺乏研究经验者又会以这些"学术大佬"的评价为依据,去为这些著作进行学术定位,从而造成积重难返的学术虚假评价。为什么会造成此种"谀序"的现象?其中除了人情因素之外,我认为作序者缺乏该领域的研究经验乃是主因。当年李贽曾讽刺其论争对手耿定向是"学问随着官位长",现在则是学问随着职称长或者叫学问随着年龄长,以为成了博导和大佬就什么都懂,于是就到处写序。殊不知术业有专攻,每个人都有属于自己的专业领域,离开自己熟悉的专业领域而去评价其他学术著作,自然不能真正认识该书的学术创获。但"学术大佬"毕竟是有学养的,可以驾轻就熟地说一些虽不准确但又不大离谱的门面话,于是似是而非的序言也便就此诞生。缺乏研究经验的学术史研究就像名人作序一样,看似头头是道,实则言不及义。

第二,只有拥有研究经验,才能真正了解该领域的学术难点,并提出新的学术研究方向。按照上节所言的学术史研究的总结经验、寻找缺陷与提出新的学术增长点的三个层面,缺乏研究经验的学者在总结经验层面或许可以勉为其难地进行操作,但一旦进入第二、三层面,就会陷入茫然无知的境地。比如关于明代诗歌史的研究,明清两代学者始终处于如何复古的讨论之中,而进入现代学术史之后,依然在沿袭明清诗评家的传统思路,围绕复古与反复古的论题展开论述。岂不知明诗研究的最大问题是,几乎所有人都在按照一个凝固的标准也就是唐代诗歌的标准来衡量明诗创作,而忽视了自晚唐以来产生的性灵诗学的实践与理论,明清诗论家视性灵诗为野狐禅,而现代研究人员也深受《四库全书提要》以来传统观念的影响,只把性灵诗学观念作为反复古的一端加以肯定,而对其建设性的一面却多有忽视。其实,从中国诗歌发展的全过程来看,从中国古代诗歌与现代诗歌的关联性看,性灵诗学都是具有不可忽视的正面价值,是以后应该大力加强研究的学术空间。我想,只有真正从事过明代诗歌研究的人,才会具有这样的体验,才会提出这样的问题,才能开辟出新的学术研究空间。其实,岂但明诗研究如此,看一看目前的几部诗歌研究史,几乎都将叙述的重点集中在汉魏唐宋,而到了元明清的诗歌研究多是略而论之,草草了事。我们不能说这些学术史的作者缺乏学养,而是缺乏元明清诗歌史的研究经验。因为从来没有真正进入过这些领域从事专业的研究,所以无论是在对该时期诗歌史的价值判断,还是研究难度,都不甚了了,当然会作出大而化之的处理。因此,在我看来,要成为合格的学术史研究者,既要有足够的学养,又要有足够的研究经验,而且经验比学养更重要。

在目前的学术史研究中,情况相当复杂。从作者身份看,既有著名学者领衔的大型学术史写作,也有专题研究者在科研项目、学位论文研究中的学术史梳理,更有一些初学者无知者无畏的试笔之作;从成果形式看,既有多卷本的大型丛书,也有各领域的专门学术史论著,更有形形色色的综述、述略及史论的论文。这些研究除了低水平的重复之作外,应该说对于各领域的学术研究都有一定程度的贡献。但是,在我看来,我们真正需要的学术史是:研究者需要具有明确的学术原则与研究目的,他所提供的研究成果应对各领域的学术研究的学术观点、研究方法、学术贡献及发展过程作出了清晰的描述,对学术研究中存在的方向偏差、理论缺陷、不良学风及学术盲点进行了清楚的揭示,对将来的学术研究中可能解决的问题、采用的方法及拓展的新空间进行明确的预测,从而可以将当前的研究提升至一个新的层面。而要实现这样一种目标,学术史的研究者就必须拥有足够的学术素养与研究经验。

五、中国诗歌研究史:学术史写作的新实验

"中国诗歌研究史"是我们承担的教育部重点人文社会科学研究基地的重点项目,从2005年立项至今已有将近九年的时间。在此过程中,学界已经出版了余恕诚的《中国诗学研究》(2006)和黄霖主编、羊列荣撰写的《20世纪中国古代文学研究史(诗歌卷)》(2006),如今再推出这样一套诗歌研究史的著作,其意义何在?难道是因为它有220万字的巨大规模,从而对学术史的梳理更加细致而具体吗?一部学术著作的价值与贡献,理应由读者和学界去评判,而不是由作者饶舌。但是,在此有两点还是有必要事先作出交代。

首先是本项目不是一个孤立的课题,而是互为补充的三个重点项目中的一个。它们是"中国诗歌通史"(国家社科基金重点项目)、"中国诗歌研究史"和"中国诗歌研究资料汇编"(教育部重点人文社会科学研究基地重点项目)。"中国诗歌通史"已由人民文学出版社于2012年出版,用11卷的篇幅描述了中国诗歌从先秦两汉至当代的发展过程,其中包括了少数民族的诗歌创作。"中国诗歌研究资料汇编"是选编20世纪的优秀诗歌研究成果以及全部学术成果的目录索引。"中国诗歌研究史"则是对于20世纪中国诗歌研究经验的总结,尤其是学理性的探讨。按照黄宗羲学术史的撰写原则与模式,"中国诗歌研究史"的重点在于"明宗旨"与"别源流",即对20世纪中国诗歌研究的主要发展线索与重要研究成果进行比较详细的梳理与介绍,当时所设定的目标是:"第一,结合时代变化和社会思想变化,以中国诗歌研究范式的演变为经,侧重于对学术理念、理论内涵与研究方法的发掘,整理出一条清晰的中国诗歌史的研究过程;第二,采取广义的诗歌概念,写出一部包括词曲等各种诗体在内的系统完整的中国诗歌研究史;第三,打通古今与中西,以最新的学术视野,站在21世纪的学术高度,从学理性上总结中国诗歌研究从古代走向现代、从单一封闭走向中西融合的历史进程。"至于是否实现了当初的设想,可由读者进行检验。三个项目中的"中国诗歌研究资料汇编"则相当于黄宗羲的论著言论摘编,其目的是保存20世纪中国诗歌研究的优秀成果与论著出版发表信息,同时读者也可以借此来检验诗歌研究史的提炼与评价是否准确。三个重点项目的完成既是首都师范大学中国诗歌研究中心一个阶段工作的小结,也是我们个人学术研究的阶段性交代。

其次是本书作者队伍的特殊情况与独特的编撰模式。正如上面所说,本项目是与另外两个项目互为支撑的,其中重要的一点就是它们是同一个作者群体。尽管在研究过程中也曾有个别的调整与变动,但其主体部分始终保持了完整与稳定。在此我要特别强调的是,这个作者群体是完全符合上述所言学养与经验这两项学术史研究者的必备资质的。从学养上看,几乎所有的撰写者与主持人都是目前活跃在学术研究前沿的成熟学者,其中许多人是各领域的国内一流学者,具有各自鲜明的学术思想、研究方法与学术背景,并都拥有丰富的研究成果。我想,这样的学养保证了他们的学术眼光与判断力,有资格对其研究对象的成果进行学术分析与评价。从研究经验上看,这个作者群体与《中国诗歌通史》几乎是完全一致的。他们的学术史研究乃是和相应历史段落的诗歌史研究交替进行的。从2004年"中国诗歌通史"立项到2012年最终完成,曾经召开过9次编写组的学术研讨会,每次都会对研究中存在的问题展开充分的讨论,同时也会对诗歌研究史的各种疑难问题进行讨论。应该说各卷负责人都具有丰富的研究经验,都始终处于各自研究领域的学术前沿,都对各自领域中的学术进展、难点所在及创新之处了然于胸。在诗歌通史的写作中,有过许多新的想法,也遇到过种种困难,更留下过些许遗憾,而所有这些都可以留待学术史的研究中去重新体味与总结。我想,此一群体所撰写的学术史,虽不敢说是人人认可的,但都应该是他们的真切体验与学术心得,会最大限度地避免空虚浮泛与隔靴搔痒。如果说在学术史研究中经验比学养更重要的话,广大读者不妨认真听一听这些学者的经验与体会,或许不至于空手而归。

在这将近十年的学术生涯中,尽管夜以继日地学习与工作,潜心地进行思考与研究,但数十人的劳动成果也就是这样三套著作,不免陡生白驹过隙的焦虑与感叹。作为个人,用了十年的时间思索,对于学术史研究才有了上述的点点体会,而且还很难说都有价值,真是令人有光阴虚度的感觉。

左东岭
2014 年 8 月 12 日完稿于北京寓所

目　录

中国诗歌研究史
宋代卷

20世纪宋代诗歌研究综论 …………………………………（ 1 ）
第一章　"宋初三体"诗歌研究 ……………………………（ 12 ）
　　第一节　民国时期学者对于"宋初三体"的研究 ……（ 12 ）
　　第二节　1949—2000年前后的"宋初三体"研究 …（ 14 ）
第二章　欧阳修及其同时代诗人诗歌研究 ………………（ 24 ）
　　第一节　梅尧臣、苏舜钦及其诗歌研究 ………………（ 24 ）
　　第二节　欧阳修的文学思想及其诗歌创作研究 ……（ 39 ）
　　第三节　王安石及其诗歌研究 …………………………（ 47 ）
第三章　北宋前期词研究 …………………………………（ 56 ）
　　第一节　晏欧词研究 ……………………………………（ 56 ）
　　第二节　张先、晏几道词研究 …………………………（ 66 ）
　　第三节　柳永词研究 ……………………………………（ 72 ）
第四章　苏轼及其诗词研究 ………………………………（ 83 ）
　　第一节　苏轼思想及诗歌研究 …………………………（ 83 ）
　　第二节　苏轼词研究 ……………………………………（ 94 ）
第五章　黄庭坚与江西诗派研究 …………………………（101）

1

第一节　黄庭坚及其诗歌研究 …………………………（101）
　　第二节　江西诗派研究 ……………………………………（113）
第六章　周邦彦、李清照词研究 ……………………………（119）
　　第一节　周邦彦与清真词研究 ……………………………（119）
　　第二节　李清照及其"易安词"研究 ……………………（126）
第七章　南渡诗词的发展态势研究 …………………………（134）
　　第一节　陈与义诗歌研究 …………………………………（134）
　　第二节　南渡词坛研究 ……………………………………（137）
第八章　中兴诗坛研究 ………………………………………（142）
　　第一节　陆游诗歌研究 ……………………………………（142）
　　第二节　范成大诗歌研究 …………………………………（150）
　　第三节　杨万里及"诚斋体"研究 ………………………（154）
第九章　辛弃疾与中兴词人群体研究 ………………………（160）
　　第一节　辛弃疾及其词作研究 ……………………………（160）
　　第二节　中兴词人群体研究 ………………………………（170）
第十章　诗家别派研究 ………………………………………（176）
　　第一节　两宋理学诗及相关问题研究 ……………………（176）
　　第二节　僧诗与道诗研究 …………………………………（185）
第十一章　南宋中后期诗词研究 ……………………………（189）
　　第一节　"永嘉四灵"与江湖诗派研究 …………………（189）
　　第二节　姜夔、吴文英词研究 ……………………………（196）

20世纪宋代诗歌研究综论

自清末以来,宋代诗歌研究作为传统学术研究的重要组成部分,开始伴随着学术分化而成为中国文学史、文学批评史、诗歌史等重要的观照对象。自然,清末宋代诗歌研究,受到了当时各种文化思潮的影响。乾嘉学术、西学东渐带来学术研究方法的传入,以及西方学科分类的崭新学术视野,都对彼时宋代诗歌研究起到了重要的影响。随之而后,由于"五四"之后来自西方的新观念、新方法的日渐风行,人类学、进化论、美学等新的研究理念与研究方法开始影响到宋代诗歌研究,涌现出王国维、鲁迅、胡适等著名学者。十九世纪三四十年代,开始出现了大量的专门性的宋代诗歌研究著作及研究论文,除了朴学的研究方法仍然得到推崇之外,考据与分析并重,注重历史文献的梳理,重视唯物史观指导下的辩证思维研究方式,得到重视,涌现出胡云翼、梁崑、吴梅、王易、薛砺若、吕思勉、刘大杰、夏承焘、龙榆生、钱锺书等著名学者。而1950—1980年代,因为政治制度及其指导思想的原因,尤其是政治运动对研究者及其学术的影响,自三四十年代开始风靡的宋代诗歌研究热潮,却很快消歇了。标签式的研究方式、重视斗争性与人民性的研究取向,几乎成为这一时期的标识。所幸的是,自1949年前而入新中国的一些学者,在这一时期以文献考证、目录整理等方式,留下了一些不尚空谈的著作。这一时期,朱东润、钱锺书、李啸仓、谭正璧、刘永济、夏承焘等学者的学术著作,可作代表。1980年后，伴随着政治上的改革开放而带来的学术革新，也影响到宋代诗歌研究。一些老一辈的学者学术激情迸发，而新一辈学者也逐渐形成了各具特色的治学路数，涌现出朱东润、唐圭璋、程千帆、沈祖棻、邓广铭、刘乃昌、曾枣庄、王水照、缪钺、叶嘉莹、吴熊和、黄宝华、杨庆存、王兆鹏、莫砺锋、刘石、周裕锴、韩经太、杨海明、胡明、刘扬忠、施以对、钟振振、钱志熙、程杰、沈松勤、张鸣、张毅等著名学者。经过三十多年的努力，宋代诗歌的研究队伍空前壮大，宋代诗歌的研究水平出现了可喜的进步。

宋代诗歌研究方面的学术史研究著作，已经出版了陈有冰主编的《新时期中国古典文学研究述论》、张毅主编《宋代文学研究》、崔海正主编的《中国历代词研究史稿》等几部研究史类著作，以及近二十年来几乎每年都有的《宋代文学研究年鉴》等。因此，下文只对近百年来的宋代诗歌研究的分期及其特征进行归纳，而对其中的研究文献不作展开性说明。

一、百年来宋代诗歌研究的分期及特征

从研究史的角度而言，可以把百多年来的宋代诗歌研究分为三大阶段来研究。从总体上看，百多年的宋代诗歌研究也大致表现出三大特征：

第一阶段：1900—1949年。这一时期，是严格意义上的包括宋代诗歌研究在内的现代学科设立与建构的时期。这一时期，传统意义上的朴学研究方式开始让位于由西学东渐而传入的各种西方治学方法，由此，出现了宋代诗歌研究的第一个学术丰产期。

清末以朴学为基本研究方法的一批学者，为百多年来宋代诗歌研究奠定了基础。如清代"同光体"的代表人物陈衍，编选了《宋诗精

华录》,著有《石遗室诗话》,推崇宋诗"清而有味,寒而有神,瘦而有筋力",这自然是自南宋以后的"唐宋诗之争"的延续。但这一主张对当时的宋诗研究而言,极有号召力。而20世纪初朱祖谋辑校的《彊村丛书》,为日后的宋词研究提供了重要的文献基础。后来龙榆生、杨铁夫、刘永济、唐圭璋、吴熊和等人,皆受惠于朱氏。清末时期,受朴学治学理念及方法的影响,当时的学者大都以诗话、词话、选编等传统形式来表达其研究心得。林传甲《中国文学史》讲义、谢无量《中国大文学史》、曾毅《中国文学史》等,都是以"书目提要"式的方式来撰写的。

20世纪20年代前后,伴随着西方学术研究理念与研究方法的不断传入,一些学者开始重视采用新的研究方法来开展宋代诗歌研究。王国维《宋元戏曲考》虽是对戏曲的专门研究之作,但已经采用了科学的分类与归纳的方法,对中国戏曲的形成和发展历程、规律等进行了研究,其中就涉及宋代诗歌中的"宋之乐曲"。胡适的《词选》对词的起源提出了新的见解,认为词起源于民间,又根据其发展分词为三个阶段:歌者之词、诗人之词、词匠之词等,体现出进化论的研究理念。吕思勉《宋代文学》则是第一部从体裁角度研究宋代文学的带有史的性质的研究著作。此后,柯敦伯《宋文学史》、刘经庵《中国纯文学史》、梁昆《宋诗派别论》等,也都是从体裁方面来展开对宋诗的论述。

30年代,胡云翼《宋诗研究》已经开始从宋代政治、学术、文风等角度,通过对代表性作家及文学流派的叙述,来勾勒宋代诗歌的发展历程。宋词研究有刘毓盘《词史》、吴梅《词学通论》、王易《词曲史》、胡云翼《中国词史大纲》、薛砺若《宋词通论》等,对宋词的代表性作家、宋词流派等有所叙述。

40年代,研究者普遍重视了从唯物史观出发,对宋代诗歌作出史的阐述,尤其是重视从文学本位出发,突出文学批评、文学发展、文学规律的探讨,宋代诗词研究因此取得了很大进展。刘大杰《中国文学发展史》、钱锺书《谈艺录》、缪钺《诗词散论》等,可谓代表。

总的看来,在这一阶段,宋代诗歌研究者因应着时代风潮,而又立足文献考索,注重从代表性作家、重要文学流派等出发来探讨宋代诗词的发展历程和规律,取得了很大成就。尤其是,这一时期众多研究者通过对宋词文献版本、作者行实、词与音乐关系等方面的探讨,提升了宋词在中国古代文化中的地位,拓展了宋代文学研究的空间,其影响是很大的。

第二阶段:1949—1980年。这一时期,由于政治及意识形态等方面的原因,尤其是极"左"地片面理解的马克思、列宁主义的影响,文学研究让位于服务政治,人民性、革命性、群众性的政治标签,成为很多宋代诗歌研究者从事研究的目的和前提。受此影响,研究对象、研究目标被筛选,文学研究往往成为服务政治的工具而存在。机械的、庸俗的研究目的作指导,产生了很多今天看来不符合历史客观性的研究成果。

有研究者已经指出这一时期宋代诗歌研究的情况:"20世纪50年代后的中国内地宋代文学研究进入了停滞期乃至凋敝期。这个事情包括宋代文学在内的整个古代文学研究,在指导思想上要求破除传统的历史文化观念,执行'吸收其民主性的精华,剔除其封建性的糟粕'这个研究古典文学的总方针。做到'古为今用,推陈出新',一切从阶级斗争的观点出发,让学术研究为阶级斗争服务,为当时的政治斗争服务。"[①]因此,这一时期,王安石、陆游、辛弃疾、李清照、文天

---

① 陈有冰:《新时期中国古典文学研究述论》,商务印书馆,2007年版,第5页。

祥等人受到重视,而西昆体、江西诗派、朱熹、理学诗、姜夔、吴文英、永嘉四灵、江湖诗派等被冷落或者被否定。

这一时期仍然产生了很少的有着重要影响的作品。如中华书局上海编辑所出版的《古典文学研究资料》就选取了陆游、李清照等进行资料汇编与整理,极大地方便了后来的研究者。这一时期,邓广铭的《辛稼轩诗文钞存》、钱锺书《宋诗选注》、齐治平《陆游传论》、于北山《陆游年谱》、朱东润《陆游研究》、夏承焘《唐宋词人年谱》、邓广铭《稼轩词编年笺注》、唐圭璋《辛弃疾》《两宋词人时代先后考》《全宋词》等,成为代表性的研究或者整理成果,惠及后人良多。

这一时期,虽然宋代诗词研究与同其它古代文学研究领域一样,受到了一些负面因素的影响,但有赖于一批从三四十年代而延续其学术惯性的学者的努力,产生了一批重要的学术著作,也为新时期的学术重新焕发生机做好了准备。

第三阶段:1980—2000年左右。

这一时期,宋代诗词研究同中国古代文学其它研究领域一样,迎来了快速发展的机遇。版本整理、文献考证、单个作家研究、文学流派研究、宋代诗歌与宋词的历史贡献研究等,研究疆域不断扩大。一些为前人忽略了几百年的研究内容也得到发掘。如宋初晚唐体研究、宋代理学诗与理学诗派的研究、宋末晚唐派诗歌研究等,都陆续成了新时期研究的热点。研究专著、论文数量繁多。以"中国知网"统计,自1980年代初期每年发表的不到一百篇文章,猛增到2000年的1200篇以上。据相关书目文献统计,20年间出版的宋代诗歌研究专著超过了200本。这一几何数级的增长,是非常惊人的。这一时期,从研究方法而言,文献整理、考据辨析、诗歌母题研究、文化生态与诗歌品格研究、文学观念研究等,可谓各有千秋。

总的来看,上述把近百年来宋代诗词研究的历程分为三期是比较客观的。通过对这三期的研究情况进行梳理,可以看出,上述第一、二期研究者所得研究成果,在近期出版的陈有冰《新时期中国古典文学研究述论》、张毅主编《宋代文学研究》、黄霖《20世纪中国古代文学研究史》等研究史类著作中已经有比较详细的分析。但对于1980—2000年间的宋代诗词研究情况,已有研究稍显简略。

通过对上述三个时期宋代诗词研究的历程进行梳理,可以发现近百年来宋代诗词研究有下列特征:

第一,宋代诗词研究的学术地位,由学术边缘,到学术热点,再到客观学术研究的境遇,是不断变化的。受到自南宋以来的唐宋诗之争的影响,一般认为宋代诗歌较之唐代诗歌史较为逊色的。虽然清末"同光体"诗人对此有激烈批评,但直到1949年后,毛泽东仍然说宋诗"味同嚼蜡",可见人们对宋诗地位的看低,绝不是可以轻易改变的。尤其是,自清初顾炎武发起而为乾嘉学者所抨击的宋明理学,终于为戴震、阎若璩等人以实证的朴学方法"证伪"之后,宋明理学的学术地位便一落千丈了。连带而及,宋代诗词,尤其是其中大量的具有理学气息和表征理学思维方式的南宋诗词,便随之为清代中期之后的文人所看低了。由此之故,清末学者对于宋代诗词的研究,无论从研究者的数量上,还是研究所取得的成果方面,较之先秦文学研究、唐代文学研究等,是远为逊色的。而历经百年的努力后,宋代诗词研究已经成为当下中国古代文学研究的热点之一。

第二,宋代诗歌研究,在研究领域上由重点作家研究到非主流作家、偏僻问题研究过渡。经过近百年的努力,宋代诗词研究已经在代表性作家、重要文学流派及文学风尚等方面有了大致一致的认识。随着研究的不断深入,当前研究重点已经开始向非主流作家、偏僻问题研究转移。举例来讲,由于近百年来理学诗、理学诗派等受到理学地位变化的影响,自清末到20世纪末,宋代诗词研究基本上是忽略的。但近十多年来,宋代理学诗、理学诗派研究已经引起了研究者的高度注意。宋代理学诗表征的哲学——诗歌会通问题、道德界自然界的统一性问题、理学诗诗境的构建方式与主题类型等,都引起了研究者的注意。这说明,宋代诗歌的研究得到了极大的推进。

第三,宋代诗词研究,近百年来在研究理念与研究方法上由注重平面的展现到多层面的文化研究演变。1900—1949年,宋代诗词研究基本上呈现出朴学方法的研究、进化论的研究与泛文化学的研究共存的情形。但在大多数时期里,注重客观的叙述,注重发展的史的展开,注重代表性作家的个体研究,是这一时期研究的主流特点。而1950—1980年,宋代诗词研究又表现为政治因素及极左意识形态的制约,文学研究成为为政治服务的工具,片面理解的马克思主义成为文学研究的指导和标准。1980年之后,伴随着思想的解放,意识形态的、文化艺术本位的,乃至文化哲学的研究方法,都为研究者所使用,可以说,基于文化生态的相关部类而对宋代诗词进行研究,已经成为新时期研究者熟悉的研究理念与研究方法。可以判断,基于泛文化学的第二次思想解放浪潮,必将推进宋代诗词研究的继续深入。

二、新时期宋代诗歌研究应该注意的问题

近百年来,两宋诗歌研究取得了比较多的研究成果,但是存在的问题也不少。迄今为止,学术界对宋代诗词研究的若干问题,比如说理学诗、理学诗派等问题的认识,尚未取得统一;对于一些重要诗人词人的历史地位、文化贡献等也没有形成共识。其它如诗歌与哲学关系、破体与尊体的文化价值等,在认识上还有差异。在判断诗歌优

劣、文学史贡献等方面,立足文学艺术本位还是文化本位,仍然没有取得共识。另外,从宋代诗歌研究方法而言,存在的问题也不少。以宋代诗歌研究中的理学诗、理学诗派、理学家文道观念为例,对近百年来的研究情况作分析,可以很好地看出存在的若干问题。

从近百年来学术界对于理学家文道观念及其相关问题的研究来看,比较突出的是,大多数研究者缺乏以历史的辨证的美学的眼光审视相关问题,往往以静止的、机械的、分割的研究方法,以西方文学概念、范畴来界定相关问题。

就拿一些学者对于"理学诗派"的认定来说,两宋历史上并没有对这一概念有明确表述,但有学者却以宋末《濂洛风雅》和《文章正宗》为标志,而把"理学诗派"确立定位在南宋后期,这显然是不符合实际情况的。显然,按照西方文论中的文学"流派"概念来界定"理学诗派",与两宋理学诗派的历史地累积形成这一实际情况不相侔合。又以"理学诗"这一概念来讲,很多学者试图从整体上予以界定其涵义,但"理学"本身就是一个发展的过程,罔顾这一背景来界定理学诗,就会产生静止的、机械割裂的错误。

又如,宋代诗歌研究者的学术素养也有待于提高。绝大多数研究者对理学诗及理学诗派的研究存在着很难逾越的界限,绝大多数文学研究者的理学乃至儒学素养比较匮乏,研究时一旦涉及理学问题,就往往显得力不从心甚至不知所云;而理学研究者因为文学素养的缺乏,在研究与理学诗及理学诗派相关问题时,往往很难深入其中,特别是对具体理学诗篇的把握经常有挠不着痒处之嫌,在理学诗界定、理学诗的诗境、理学家审美诉求等方面无从触及。传统文论中的"诗言志""诗缘情",以及现代西方的殖民理论、权力话语理论、生态文化理论等都难以全面解释理学诗、理学诗派等在诗歌审美、诗境构建,以及理学家文道观念与其诗学实践及其关系问题。显然,要对理学诗及理学诗派进行符合学理地、深入地研究,研究者当从理学素养与诗歌素养以及诗学素养等方面全面提升研究水平。

再如,一些学者受长期以来的极左思想等影响,因为把理学定位为"唯心主义"而有先验地看低理学的倾向,这一态度直接导致了研究者对理学诗、理学诗派的过低或者错误判断。这里应该注意的是,一些研究者对经典马克思主义理论尚未能够较为全面地把握,更遑谈关注20世纪中叶以来西方新马克思主义学者的理论贡献和探索。须知包括马克思主义理论都是发展的哲学。因此,对中国历史文化现象的研究,还是存有"历史之同情",立足严谨的文献考察与思辨,不贬低不拔高,审慎得出结论为宜。更为严重的是,很多学者在研究理学诗及理学诗派时,特别是在研究理学与诗歌关系时,仍然存在"两张皮"等生拉硬扯现象,如对理学与诗歌发生关系的途径、关节点等问题,缺少学理性的探讨,习惯于推究理学对诗歌的"影响""作用",而从理学与诗歌发生关系的学理性渠道如理学家思维方式、理学认知与体验的方式与诗歌表达方式的同一性等进行研究,则往往被忽视。一些研究者极少有人关注到理学对与诗学概念范畴的潜转、转移、变化的作用,也很少有人注意到理学诗及理学诗派对于理学传播、理学体系构建等问题的重要价值。作为两宋理学诗及理学诗派研究中的重要问题,对此进行研究,很可能会因此促进学术的发展。

可以说,理学诗、理学诗派问题,涉及中国传统文化的诗性品格、审美类型,以及理性文化的诗性价值判断等问题。这一问题,最终都归结为文化史上被持续关注的"自然界"与"道德界"的统一性问题,而这一问题是关于哲学的理论元点问题和哲学归宿问题,横亘于整个哲学的起始与发展历程,对此进行的研究表明,其研究之路是非常之艰辛的。西方伟大的哲学家如康德等人莫不对此投入了几乎是毕生的精力来论证其统一性存在。须知如果"自然界"与"道德界"不能实现理论元点的统一性,则哲学的自律性和客观性就会受到质疑。理学诗、理学诗派问题也可以验证西方数千年来受到持续关注的"哲学"与"诗"关系问题。而这一问题又是西方文化传统中颇为纠结的重要问题。可见,缺少了对上述问题的深入研究,显然是中国古代文学研究乃至中国传统文化研究的缺失,也必会削弱中国传统文化在世界文明中的重要价值和应有的地位。对此进行研究,有利于深入揭示中国文化传统中的民族文化特质性要素,探讨中国文化中的诗性品格及其成因,以发扬文化传统,重构当代文化信念、文化精神。

由上可见,要想继续推进宋代诗歌研究的进一步发展,就必须拓展研究视域,从文化史的角度来观照宋代诗歌的文化价值、文学特质。要在努力占有、梳理文献材料的基础上,不断提升对文献的辨析、使用能力;要站在世界文化、世界文学比较的视野下,观照宋代诗歌,提升研究的境界。只有如此,才可以推进宋代诗歌研究的进一步发展。

除此之外,两宋文献存量丰富,研究者很难全面把握,文献的真伪、辑佚、版本等问题亦复不少。这些问题的存在,从另一方面也显出了宋代诗歌研究的学术品位和学术分量。

需要说明的是,受篇幅所限,《中国诗歌研究史》(宋代卷)仅涉及宋代诗歌发展史上的主要代表人物及诗派、词派,而舍弃了对若干诗人、词人及重要诗歌事件的研究史梳理,与之相应的家族门第、党争、外交、唱酬交游等文化生态研究也无法展开。这些遗憾和不足,只能留待将来修订时再来弥补了。同时,鉴于叙述的需要,部分新世纪以来发表的成果,实与宋代诗歌研究的学术史动态密切相关,本书亦不全阙出。

第一章 "宋初三体"诗歌研究

"宋初三体"是入宋后陆续出现的主要诗歌流派,一些重要的诗人大都是"宋初三体"的代表性诗人,其诗歌创作代表了宋初八十余年的主要诗歌创作成就。百年间学者对"宋初三体"及其代表性诗人的相关研究,经过了一个从文献梳理、文学史定位研究,到文学的文化生态研究的研究过程,对"宋初三体"诗歌特性及其历史定位的研究有了很大进展。总的来看,1980年代之前,对"宋初三体"的研究较少,很多问题未及展开,大量的研究成果都出在1980年代之后。

第一节 民国时期学者对于"宋初三体"的研究

这一时期,大部分研究只是介绍性的评析,研究重点大致停留在对"宋初三体"作家的分类与定位、基础文献的整理等方面,而对深层次的研究问题则付之阙如。但值得注意的是,这一时期学者对"宋初三体"诗风及其代表性作家历史定位的认识影响非常深远,有些已经成为主流文学史的经典表述。

王禹偁历史定位问题算是当时的争论热点之一。当时研究成果如李维《诗史》说王禹偁"时西昆方盛,元之独能立异,开有宋风气之先","以疏放矫西昆"①,对王禹偁的历史贡献进行了再评价,这显然受到了清代吴之振《宋诗钞》的影响。但按照王禹偁生活年代来推算,王应早于西昆体诸人。因此,1930年代,梁昆《宋诗派别论》将王禹偁划分为宋初的"香山派"②,其认识无疑比较接近历史真实。但是,因为吴之振《宋诗钞》的广泛影响,一些文学史家对王禹偁文学史地位的判断,仍然与李维等一致。这一问题的探讨,一直持续到1949年之后。

民国时期,"西昆体"的研究,也是"宋初三体"研究的热点。这一时期重要的论文,主要有张树德《论西昆体与欧梅以下诗体》③、郑爱居《西昆酬唱集诸诗人年谱合编》④、程千帆《西昆诗派述评》⑤、郑时《西昆酬唱集校释序例》⑥、王延杰《西昆体之盛衰》⑦、李遁《西昆体及其反动》⑧等。其中,郑爱居对西昆诗人的年谱整理为后人研究西昆体奠定了文献基础。而程千帆的文章,也为后来他编著的《两宋文学史》所采用,成为20世纪学术界对于西昆体诗派的经典表述之一。李遁为郑振铎的笔名,其文章的篇名及若干观点,为后来他所撰写的插图本《中国文学史》所采用,成为文学史上经典的表述之一,在国内外都产生了巨大影响。

民国时期,学者们对"晚唐体"诗派的研究,主要集中于林逋及

---

① 李维:《诗史》,原石棱精舍1928年版,东方出版社,1996年版,第166、168页。
② 梁昆:《宋诗派别论》,商务印书馆,1938年版。
③ 张树德:《论西昆体与欧梅以下诗体》,《金声》1卷1期,1931年5月。
④ 郑爱居:《西昆酬唱集诸诗人年谱合编》,《归纳》2期,1933年11月。
⑤ 程千帆:《西昆诗派述评》,《文艺月刊》7卷2期,1935年6月。
⑥ 郑时:《西昆酬唱集校释序例》,《华北日报图书周刊》1936年3月。
⑦ 王延杰:《西昆体之盛衰》,《师大月刊》26期,1936年10月。
⑧ 李遁:《西昆体及其反动》,《江汉思潮》5卷2期,1936年11月。

其诗歌上。而对林逋诗的评价,大都与其为人联系起来。李维《诗史》强调,林逋"性喜梅,好赋诗,……诗孤澹清逸,一如其人,在北宋初自成一家"①。吕思勉《宋代文学》则强调,"宋初学晚唐者,林逋诗格最为清俊"②,认为林逋诗格气骨高俊。柯敦伯认为,林逋诗"澄澹高远,如其人,其咏梅诸什,尤脍炙人口"③。在这一时期的文学史类著作中,又以钱基博《中国文学史》对林逋的评价最为精到:"宋初之时,一为台阁贵人之诗,润色升平,词取妍华,杨亿为弁冕,而刘筠、钱惟演以盛羽翼。一为江湖散人之诗,装点山林,格尚清迥,潘阆开其前路,而种放、魏野、林逋以播声气。而逋妻梅子鹤,尤以擅誉千古云。"④不过,钱基博的这一判断,过于突出了林逋的地位,又对当时首开宋代诗歌风尚的白体诗派有所疏忽,其论述具有局限性。大致而言,民国时期对林逋诗歌的研究,基本是沿袭了北宋中后期诗话的评价,基本与《四库全书总目》相一致,至于"晚唐体"总体诗歌风貌及其形成原因、艺术表现方式等问题的研究,则要到1980年后才开始引起学术界的重视。

第二节　1949—2000年前后的"宋初三体"研究

1949—1980年间,大陆学术界对于"宋初三体"的研究,总体而

---

① 李维:《诗史》,原石棱精舍1928年版,据东方出版社,1996年版,第167页。
② 吕思勉:《宋代文学》,商务印书馆,1931年版,第50页。
③ 柯敦伯:《宋文学史》,商务印书馆,1934年版,第90页。
④ 钱基博:《中国文学史》,原1939年湖南国立师范学院排印本,中华书局,1995年版,第478页。

言处于相对停滞状态。"文革"十年学术研究荒疏,成果极少且主要研究倾向为"派性"斗争服务,可不关注。在1949—1966年间,大陆学界对于"宋初三体"的研究,只有子涯《王禹偁〈畲田词〉》①、程弘《王禹偁和西昆体》②、夏承焘《林逋的诗与大中祥符的"天书"》③等极为少数的文章尚可注意。

其中值得一提的倒是建国后出版的几本文学史对于王禹偁问题的研究。这一时期学术界对王禹偁晚唐体的研究,可视作是三四十年代的继续。1962年出版的中国社会科学院文学研究所编《中国文学史》提及"宋初诗文主要继承了晚唐五代的风气,词藻典丽而内容空虚,以致形成了西昆体","只有王禹偁以他清俊的才华和丰富的创作为宋初文坛带来了更多的新鲜的气息"④。这一时期,只有少数学者对沿袭已久的王禹偁的历史定位提出质疑,如钱锺书《宋诗选注》指出了吴之振《宋诗钞》把王禹偁放在西昆体之后的弊病⑤。这一研究结论,是颇为重要的。关于王禹偁历史定位问题的争论,一直延续到80年代初。曹旭《学林漫步》(二集)强调,把王禹偁看作反对西昆体代表的说法是有问题的,显然是对50年代钱锺书研究结论的补充⑥。这一时期,尽管如霍松林等人仍然坚持王禹偁在"反西昆派及其继承者的斗争中取得胜利,为王安石、苏轼、陆游等杰出诗人

---

① 子涯:《王禹偁〈畲田词〉》,《天津日报》,1957年2月22日。
② 程弘:《王禹偁和西昆体》,《光明日报》,1959年10月11日。
③ 夏承焘:《林逋的诗与大中祥符的"天书"》,《文汇报》1962年7月7日。
④ 社科院文研所主编:《中国文学史》(二),人民文学出版社,1962年版,第548—550页。
⑤ 钱锺书:《宋诗选注》,人民文学出版社,1958年版,第23页。
⑥ 曹旭:《学林漫步》(二集),中华书局,1981年版。

铺平了纵横驰骋的形式主义道路"①，但是学术界已经公认，王禹偁的文学活动及其文学贡献，在时间上早于"西昆体"。

1980年后，大陆学术界的研究视野逐渐开阔，学者们从各个方面展开了对"宋初三体"及其代表性作家的研究。很多学者从宋初的政治、文化以及诗歌本身的发展规律中探讨"宋初三体"产生的条件与尊奉范式，总结"宋初三体"的诗歌特征。在80年代初期，引领学术界开始重视宋代诗歌及"宋初三体"研究的，要以陈植锷与尹恭弘、闻叶彬等人关于王禹偁与宋代诗风的系列论辩论文为发端。1982年，陈植锷发表了《试论王禹偁与宋代诗风》②，在文章中他具体分析了宋初文坛的实际情况，强调王禹偁在北宋诗文革新运动中的地位，这对于引领当时学术界展开对"宋初三体"的研究有重大意义，是新时期的一篇重要论文。不过，正如陈植锷后来对尹恭弘质疑文章所做的重申所指出的，因为"文献理解的差距"等原因，而在某些观点上有失误。但是，由此文导引出学术界对"宋初三体"等宋代文学一些问题的关注，事实上开启了学术界重视宋代文学研究的新风尚。在陈文发表不久，1983年尹恭弘发表了有对陈植锷文的商榷文《对〈试论王禹偁与宋代诗风〉的意见》，对陈植锷的若干观点提出了不同的意见，他对陈文"认为王禹偁死后，白体诗派仍有影响，一直到《西昆酬唱集》出版方歇，扩充额为五十年之久"，"把晚唐体派拉后三十年"，对陈文批评文学研究所《文学史》对宋初诗文的批评等也表示了反对的意见③。而后来陈氏又有《宋初诗风续论——兼

---

① 霍松林：《文艺散论》，人民文学出版社，1962年版，第548—550页。
② 陈植锷：《试论王禹偁与宋代诗风》，《中国社会科学》1982年第2期。
③ 尹恭弘：《对〈试论王禹偁与宋代诗风〉的意见》，《中国社会科学》1983年第1期。

答尹恭弘同志》①,承认了其文章中有失误,但又重申了他对于宋初文坛的基本判断。此文因其文献使用等方面存在问题,也引起了当时学者的质疑。闻叶彬有《对〈宋初诗风续论〉的几点意见》,提出陈文存在的几个重要文献问题的疏漏,如陈文引《骑省集》组诗说明宋初诗风问题,引冯延巳评文之语"凡人为文皆事奇语,不尔则不足观,惟徐公率意而成,自选精微",指出陈文有意截取了冯延巳评文之语而省略其评徐铉之诗的评价语言等,对陈文的疏漏进行了批评。这一问题的争论,对引领当时"宋初三体"及宋代文学研究起到了重要作用。上述研究,开启了后来学者对"宋初三体"研究的先声。后来尹恭弘于1985年又发表《论宋初的主要诗风》②、白敦仁发表《宋初诗坛及"三体"》③等,都算是对陈、尹等人学术论争的回应。赵齐平《宋诗臆说》(北京大学出版社,1993年)为宋诗作品赏析的结集,作者注意从艺术审美风格的把握入手,联系宋诗史的研究。其中对"宋初三体"的风貌及其在宋诗发展脉络中的地位等,亦多有涉及。

总体来看,1980—2000年前后,学界对"宋初三体"研究所取得的成果更为显著,主要表现为下述三个方面:

一是关于"宋初三体"诗人的尊奉诗歌范式、学习目的及其艺术取法问题的研究。很多学者从宋初的政治、文化以及诗歌本身的发展规律中探讨"宋初三体"产生的条件与尊奉范式,总结"宋初三体"的诗歌特征。

---

① 陈植锷:《宋初诗风续论——兼答尹恭弘同志》,《中国社会科学》1983年第1期。
② 尹恭弘:《论宋初的主要诗风》,《中国古典文学论丛》第2辑,人民文学出版社,1985年版。
③ 白敦仁:《宋初诗坛及"三体"》,《文学遗产》1986年第3期。

"宋初三体"出现最早的是"白体"。学者对"白体"的产生背景、条件等方面的研究,是近几十年来成果比较突出的。如张海鸥提出,宋人学习白居易诗体的主要原因有三:"一是学白居易作唱和诗,切磋诗艺,休闲解颐。""二效白诗浅切随意,不求典实的作法。""三效其旷放达观、乐天知足的生活态度,以及借诗谈佛、道义理。"他指出,宋太宗对"白体"的爱好和倡导,是"白体"诗流行的主要原因。①曾祥波指出:"中唐政治首先出现的重视'内外制'词臣的崇文倾向对中唐文学产生了重要影响。这一倾向因唐末五代战乱而暂时中断。赵宋太宗、真宗两朝重倡崇文之治,在职官制度层面恢复、加强了对知制诰、翰林学士'内外制'词臣的重视。因此,宋诗呈现出了一种矜持、从容、闲适、成熟的'中年气质'。"②上述研究成果,涉及对"白体"产生的文化环境、士人心态、"白体"特征等方面,拓展了学者对于"白体"的认识,引领了宋代诗歌研究者开始重视从文化生态角度研究"宋初三体"诗歌的产生根源。

　　关于"西昆体"的研究,近三十年出现了一些很有分量的成果。其中,秦寰明《西昆体的盛衰与宋初诗风的演进》③、宁大年《虽为雕章绘句亦尝吟咏性情——对西昆体的再认识》④的算是两篇比较早的对"西昆体"进行研究的文章。秦文注意到把西昆体放在宋初诗风的演

---

① 张海鸥:《宋初诗坛"白体"辨》,《中山大学学报》2000年第3期。
② 曾祥波:《从宋初政治的崇文倾向看宋诗气质的形成》,《北京大学学报》2004年第3期。
③ 秦寰明:《西昆体的盛衰与宋初诗风的演进》,《南京师范大学学报》1989年第1期。
④ 宁大年:《虽为雕章绘句亦尝吟咏性情——对西昆体的再认识》,《承德师范专科学校学报》1988年第2期。

进中来审视,已经注意到时代政治、文化思潮对诗派诗风形成的巨大影响。宁文则立足文学本位展开研究,这样的研究方法,都为后来的"西昆体"研究指引了方向。新时期一些研究者因为具备了辨证的、逻辑的以及史学的学养,注重从诗歌发展史的链条中,观照"宋初三体"的生成背景、功用、价值等问题,因此,发现了前人所未能注意的问题,一些新说尽管有不太完美之处,但所阐发的观点是值得重视的。总的看来,百年间学术界对于"晚唐体"的艺术取法范式及其特征、文学史贡献等方面的研究,有重要突破,有些甚至带有强烈的对历史上已有的陈说的翻案倾向。尤其是,经过上个世纪以来的学术探讨,学术界已经对西昆体开辟宋诗风貌的价值、作用有了新的认识,这是值得注意的。

与"白体""西昆体"的研究成果相比,学术界对于"晚唐体"的研究是相当薄弱的。可能是"晚唐体"诸诗人组成人群较为复杂,诗风又不太统一,以及"九僧"诸人难以考订行实等方面的原因,学术界对"晚唐体"的研究成果较少。已有的研究文章大致推崇林逋、魏野等人,但成果不多。较为突出的论文大致注重对"晚唐体"的艺术特征及其历史地位的研究。如喻芳强调,宋初晚唐体诗人大部分是隐逸之士,他们的诗歌在贾岛奇僻清冷诗风的基础上又向平淡闲远发展,在平淡的艺术追求上实开宋诗的先河。晚唐体隐逸诗人孤高傲世的绝世风神甚至成了宋代乃至后来人们心目中品质高洁的象征。考虑到"晚唐体"对于启迪、开启宋代士人追摹疏野狂逸、清淡枯瘦审美风尚,以及对于引导宋代士人学习、追摹晚唐诸人诗体诗风的重大作用,显然学术界对于"晚唐体"的研究是远远不够的。①

---

① 喻芳:《孤高傲世的绝世风神——宋初晚唐体隐逸诗人的思想情怀》,《西华师范大学学报》2003年第5期。

二是文学的文献研究取得长足进步。近三十年来,学术界开始注意到对"宋初三体"后期代表性作家的文献考索与研究,出现了很多值得重视的研究成果。白体的文献研究,有一些突破。代表作有张海鸥《宋太宗尚文雅考》①及《宋初诗坛"白体"辨》②、李朝军《晁迥年谱简编》③等。西昆体的文献研究,也已经出现了不少的研究成果。如王瑞来《〈宋景文集〉版本源流考》④、王韫佳《王禹偁、杨亿诗用韵考》⑤、许振兴《〈全宋文〉杨亿佚文辑校商榷》⑥、许琰《〈西昆酬唱集〉的编定及选诗》⑦。受到上述论文的启发,近二十年来,后期西昆体代表性诗人宋庠、胡宿、文彦博、晏殊等人的出身、交游、行实等,成为"宋初三体"文献考察的热点之一。晚唐体的文献研究,出现了一些重要的研究成果,如李一飞《林逋早年行踪及生卒考异》⑧等。

总的看来,近三十年来学术界对"宋初三体"诗人行实、交游、学术承传等进行了若干研究,一些长期存在的学术疑难问题得到解决,这对深入研究"宋初三体"诗人及其诗歌创作作了很好的学术积累。不过,就总体而言,学术界对"宋初三体"诗人及其诗歌创作的文献研究,较为重视代表性作家和前期作家,而对其后期作家的文献考察尚有不足。如对李至、钱惟演、魏野、寇准、潘阆、宋祁、宋庠以及"九

---

① 张海鸥:《宋太宗尚文雅考》,《广州大学学报》1992年第2期。
② 张海鸥:《宋初诗坛"白体"辨》,《中山大学学报》2000年第6期。
③ 李朝军:《晁迥年谱简编》,《乐山师范学院学报》2005年第8期。
④ 王瑞来:《〈宋景文集〉版本源流考》,《古籍整理研究学刊》1988年第4期。
⑤ 王韫佳:《王禹偁、杨亿诗用韵考》,《古汉语研究》1992年第3期。
⑥ 许振兴:《〈全宋文〉杨亿佚文辑校商榷》,《古籍整理研究学刊》1994年第4期。
⑦ 许琰:《〈西昆酬唱集〉的编定及选诗》,《历史文献研究》总第30辑。
⑧ 李一飞:《林逋早年行踪及生卒考异》,《中国韵文学刊》2000年第1期。

僧"等人的行实、遭际等,还有些关注度不够,一些问题没有解决。

三是代表性作家及作品的文化生态研究,受到特别重视。一些文章把"宋初三体"作为一个整体来考察其在诗歌发展史上的承前启后地位及价值。在这方面,值得重视的有两篇文章。一篇是王水照先生1994年发表于《文学遗产》第3期的《北宋洛阳文人集团与地域环境的关系》,一篇是李炳海先生发表于《东北师大学报》1995年第4期的《净土法门盛而梅花尊——宋代梅花诗及其与佛教的因缘》。王水照强调,洛阳文化、园林等文化积淀与文化环境,对洛阳文人集团的形成以及对诗歌意象等产生了直接的作用,洛阳的名山大川也为诗人写作诗歌提供了活动天地。此文是引领新时期从文化生态角度,对地域作家、文学品格等进行研究的力作[1]。李炳海则强调,林逋是宋代梅花诗的奠基人,评论他的梅花诗成为当时文人的热门话题。宋代梅花诗和前代作品的差异不仅反映在量上,而且还有质的不同。宋人专注于梅花的洁净不染,把它奉为花族首领。他们面对梅花主要不是宣泄感情,而是经受洗礼,心灵得到净化。宋代是净土信仰广泛传播的时期,社会上出现崇尚洁净的风气,这是宋代梅花诗昌盛并形成特定意蕴的根本原因。净土信仰以梅花意象为载体,许多梅花诗也出现朝佛教回归的趋向[2]。王水照、李炳海两位先生的文章,因为研究理念与研究方法的先进性,因此在当时就产生了重大影响。稍后,一些论文也开始从不同侧面对"西昆体"的文化生态环境进行了深入研究。如姚礼群、张伟《宋代钱氏家族人才状况

---

[1] 王水照:《北宋洛阳文人集团与地域环境的关系》,《文学遗产》1994年第3期。

[2] 李炳海:《净土法门盛而梅花尊——宋代梅花诗及其与佛教的因缘》,《东北师大学报》1995年第4期。

初探》①、慈波《〈西昆酬唱集〉与宋诗演进》②等。这些文章,在一定程度上是王水照、李炳海先生研究路数的继续深化与发展。

可以说,近三十年来,学术界对"宋初三体"代表性诗人的研究取得了很大进展,表现在:对"宋初三体"作家的关注度增加,一些为前人研究所忽视的作家开始受到关注;一些学者的研究视域不再仅限于传统意义上的文学、史学研究,文化学、地理学、气候学等多学科交叉研究已经开始出现;对"宋初三体"诗人行实、作品作年、政治事件与作者作品的关系等,都有一些考证。尤其是,一些学者开始从文化生态与文学品格生成等发生关联的渠道、途径等方面,来考察"宋初三体"风貌及其形成原因,这就极大地推进了相关研究的深入开展。学术界对于"宋初三体"的文化价值、产生环境、诗歌特征、文学史地位等问题,在若干方面形成了基本共识。有赖于学者们对这一研究领域的辛勤劳动,使我们对于"宋初三体"的产生原因、诗歌品格的生成及其演变历程、代表性作家的诗风等问题有了更为清晰的认识。

不可否认,近三十年来,一些学者对"宋初三体"的文化生态环境及其相关问题的研究,也存在着很多不足。一些研究者在对相关问题进行研究时,没有从学理的逻辑性出发来考察"宋初三体"诗歌品格与文化生态之联系,研究过程缺少逻辑性和关联性,所得研究结论难以令人信服。对"宋初三体"诗歌特质及其历史地位等问题的研究,仍然还有继续深入的空间。如为"西昆体"诸人开辟并为黄庭坚等人

---

① 姚礼群、张伟:《宋代钱氏家族人才状况初探》,《宁波大学学报》1998年第1期。

② 慈波:《〈西昆酬唱集〉与宋诗演进》,《浙江学刊》2001年第1期。

所继承的"昆体工夫"在宋代诗歌史上具有极为重要的地位,"晚唐体"诗人疏野枯淡、闲适乐隐的文化心态、"白体"诗人诗歌的俗化特征对于宋代士人的影响、钱惟演晚年之"哭"与降臣的左右支绌的人生悲哀等,这些问题并没有得到很好的解决。又如林逋诗歌中的乐游山水情趣、寇准诗歌中的凄悲取向等,都潜涵着宋初士人重要的文化心理。

第二章 欧阳修及其同时代诗人诗歌研究

欧阳修不但以其诗词文俱善的文学创作成为有宋一代的巨擘,同时也对宋代文化、文学的发展起到了巨大的作用。正是由于欧阳修的文学创作成就和较高的政治地位,加之他乐于赏拔、奖掖人才,所以在他周围团结了一大批人才。除了其杰出的文学创作对时人的影响之外,欧阳修还在知贡举期间,大力打压太学体等不良文风,提拔了大批富有才学之士,为宋代文学的发展指明了方向。另外,欧阳修勤于政事,吏才干练,志高行洁,果敢忠直,也为其赢得了盛名。正是这些因素,欧阳修成为北宋中期事实上的文坛领袖。欧阳修与同时期的梅尧臣、苏舜钦等人一起,以其杰出的诗歌创作成就,初步奠定了宋诗的面目,欧梅等人的诗歌,成为宋诗重要的诗歌范型样式。因此之故,欧阳修及其同时代诗人的研究,一直是近百年来宋代诗歌研究的热点之一。

第一节 梅尧臣、苏舜钦及其诗歌研究

民国时期,学者对梅、苏及其诗歌的研究,除了20世纪初夏敬观《梅宛陵集校注》之外,成果极少。寥寥无几的学术研究成果,多集中在对梅苏诗歌的文学史定位及其诗歌艺术特色等方面,其中对前者的研究成果更多一些,少量著作论及梅苏的艺术特色,罕有成果对

梅苏作品编年、著作考论等基本文献问题加以关注。而对梅苏文学史地位的研究，又大多基于两宋诗论及前人的评论。

民国时期，关于梅苏文学史地位的评价，是有一些不同看法的。一派对梅苏的文学史地位给予高度肯定。这其中要以谢无量《中国大文学史》为最早，该书提出："至苏子美兄弟及梅尧臣出，而后诗体一变。子美兄弟又与穆修伯长、尹师鲁诸人为古文，而文体一变。"①这一评论实际上祖述于欧阳修等人对于梅苏诗歌的评价，并没有什么新见。而后，柯敦伯《宋文学史》又补充说："梅尧臣之诗，刘克庄称为宋诗开山祖师，有梅圣俞出，然后桑濮之淫哇稍息，风雅之气复续。……叶燮谓开宋诗之一代面目者，始于梅尧臣、苏舜钦二人。然两人风格实不相同。"②基本上也是祖述欧阳修、刘克庄等人的观点。后来钱基博总结说："自苏舜钦始窥李杜，而宋诗之势始雄，气始舒；至梅尧臣专攻韩孟，而宋诗之体始峻，笔始遒。"③对梅苏文学史地位的论断大致不错，但总结苏舜钦学李杜、梅尧臣学韩孟而具备了相应的诗体风格，则明显有误。

另外一派则主张不宜过高肯定梅苏的文学史贡献。较早地表达其意见的是方孝岳，他讲："《后山诗话》说，开宋诗风气的人是梅圣俞，不是欧阳修，这话固然不错，但实在梅圣俞的诗，也完全亏得欧阳修的提倡。梅圣俞并且自叹再作诗三十年，亦不能赶得上欧阳修的《庐山高》。"④这一判断实际上是有问题的，且不说梅尧臣是否出于自谦还是另有原因，只就一首诗而比较欧梅诗歌的高下，是没有说服

---

① 谢无量：《中国大文学史》，中华书局，1918年版，第15页。
② 柯敦伯：《宋文学史》，商务印书馆，1934年版，第96页。
③ 钱基博：《中国文学史》，中华书局，1995年版，第515页。
④ 方孝岳：《中国文学批评》，世界书局，1936年版，第70页。

力的。稍后，罗根泽亦云："（梅尧臣）的诗名也与欧阳修的鼓吹有关，苏、梅的努力创作诚然不可磨灭，可是假使没有欧阳修的揄扬，则声名影响恐怕都要减损。"[1]同期，顾随也认为："苏舜钦子美、梅尧臣圣俞，欧阳修甚推崇此二人，盖因欧阳修感到西昆之腐滥，梅苏二人开始不作西昆之诗，……然可惜非生气而为生硬。……宋诗之生硬盖矫枉过正。苏梅二人开宋诗先河，在诗史上不可忽略，然研究宋诗可不必读。"[2]仔细考察这些对梅、苏诗歌史地位的评价，可见研究者多是基于推扬欧阳修作用或者唐诗判断标准来得出结论的，这种脱离历史语境的判断，当然会失去其客观性和进步性。

民国时期对梅苏诗歌艺术特色的探讨，成果并不多，其基本的结论也大多沿袭两宋诗话的评价，但亦有一些著作对梅苏诗歌的艺术风格有精当的分析。关于梅尧臣诗歌艺术风格的研究，较有代表性的是梁崑在《宋诗派别论》的评价。他说："然则圣俞之诗格，曰古淡、曰平淡、曰清切、曰清新、曰古硬、曰古健、曰奇瑰，可以概之矣。窃意古淡、平淡、清切、清新，皆得之韦苏州，古硬、古健、奇瑰，皆得之韩昌黎。"[3]他认为吴之振《宋诗钞》评价梅诗"起初喜为清丽闲肆平淡，久则涵演深远，间亦琢削，出以怪巧，然气完力余，益老以劲"最为恰切。梁崑对于梅尧臣诗歌的分析，能够在总结前代已有认识的基础上有所推进，对后来学者对梅诗风格的研究极有启发意义。关于苏舜钦诗歌艺术风格的研究，要以钱基博《中国文学史》较有代表

---

[1]　罗根泽：《中国文学批评史》（三），上海古籍出版社，1984年版，第61页。
[2]　顾随：《顾羡季先生诗文讲记》，台湾桂冠图书服务有限公司，1992年版，第271页。
[3]　梁崑：《宋诗派别论》，商务印书馆，1938年版，第42页。

性:"苏舜钦既放废不用,则发奋为诗歌,其原出于李白,溯西昆台阁之艳靡,而返之浑,异江湖散人之瘦炼,而放之豪,感激顿挫,发其郁积","盖宋诗至舜钦而后矫靡为雄,变仄以大,其气疏,其词放。"[1]把苏舜钦诗歌风格概括为"浑""豪""雄""疏""放",比较贴合苏诗实际,分析切中肯綮,十分精当。这一评价,也成为后来文学史上对苏舜钦诗歌的基本判断而影响至今。后来钱锺书《宋诗选注》、社科院文学研究所《中国文学史》及游国恩主编《中国文学史》等,大致沿袭了钱基博的上述判断。

　　1949—1976年间,学术界对梅尧臣、苏舜钦及其诗歌的研究,成果很少。其中梅尧臣的研究,只有谢晓笼《梅尧臣的诗是北宋社会阶级矛盾的真实反映》[2]、朱东润《关于梅尧臣诗的一些议论》[3]、霍松林《谈梅尧臣诗歌题材、风格的多样性》[4]等。研究的着眼点,除了强调斗争性、社会性之外,大致是对梅尧臣诗歌的简单介绍,其基本格局尚达不到民国时期的研究水准。与之相应,这一时期出版的代表性的文学史类著作,虽也对梅苏诗歌的艺术性有所关注,但大都以斗争性、人民性和革命性的社会学视角来评价梅苏及其文学史贡献。相对坚守文学本位对梅苏诗歌进行研究的,还是要提及钱锺书的《宋诗选注》。他说苏舜钦"观察力虽没有梅尧臣那样细密,情感比较激昂,语言比较畅达,只是修辞上也常犯粗糙生硬的毛病。陆游诗的一个主题——愤慨国势削弱、异族侵凌而愿意'破敌立功'那种英

---

[1] 钱基博:《中国文学史》,中华书局,1995年版,第495、497页。
[2] 谢晓笼:《梅尧臣的诗是北宋社会阶级矛盾的真实反映》,《文史哲》1956年第8期。
[3] 朱东润:《关于梅尧臣诗的一些议论》,《文汇报》1962年9月5日。
[4] 霍松林:《谈梅尧臣诗歌题材、风格的多样性》,《文学遗产增刊》第11辑。

雄抱负——在宋诗里恐怕最早见于苏舜钦的作品。"①在对梅尧臣诗歌进行简单评析时又说:"梅尧臣反对这种(西昆体)意义空洞语言晦涩的诗体,主张'平淡'。"强调梅尧臣"要矫正华而不实、大而无当的习气,就每每以一本正经地用些笨重干燥不很像诗的词句来写琐碎丑恶不大入诗的事物"②。这一研究结论,在当时是颇为另类的,但可惜的是,由于政治因素的冲击,他的这一可贵认识并没有引起应有的重视。1962年出版的中国科学院文学所编的《中国文学史》(二)亦指出:"在反对西昆体的斗争与奠定宋诗一些特色方面,梅尧臣和苏舜钦都起过相当的作用。"③游国恩等主编的《中国文学史》(三)认为:"苏舜钦和梅尧臣齐名,时称苏、梅。……苏舜钦虽曾以'会将趋古淡'自勉,但他的诗终究是粗犷豪迈的,和梅尧臣的委婉闲淡显然不同。梅诗对统治阶级罪恶的揭露是比较和平含蓄的,而苏诗指陈时弊,则直截痛快,略无隐晦。"④上述两种文学史基本反映出这一时期文学研究界对于梅尧臣、苏舜钦诗歌研究的总体取向。这一时期,特殊时代的政治烙印对于文学研究的影响是显而易见的,那就是以社会政治的判断代替了文学本位的研究。从总体来看,这一时期学术界对于梅苏及其诗歌的研究,较之民国时期并没有多少进步。

1980—2000年前后,梅、苏及其诗歌研究,出现了一大批值得重视的成果。从总的情况来看,学术界对于梅尧臣、苏舜钦及其诗歌的

---

① 钱锺书:《宋诗选注》,人民文学出版社,1958年版,第21页。
② 钱锺书:《宋诗选注》,人民文学出版社,1958年版,第16页。
③ 中国科学院文学所编:《中国文学史》(二),人民文学出版社,1962年版,第557页。
④ 游国恩等主编:《中国文学史》(三),人民文学出版社,1964年版,第31页。

研究,重要发布于以下研究领域:

一是梅苏生平及其思想、作品编年等研究取得重要进展。

朱东润先生1980年代前后对于梅尧臣及其诗歌的研究,既有文献梳理,又有艺术性的研究成果,研究呈现出层次性、系统性的特点,对于新时期以来的梅尧臣及其诗歌研究具有奠基之功,引领了学术界对于梅尧臣及其宋诗研究的风尚。在朱东润先生的成果问世之后,一些学者以补正等方式,对梅尧臣及其诗歌进行了研究。

朱东润先生关于梅尧臣及其诗歌的研究,用力甚勤,成果也颇为厚重。他于1979年出版了《梅尧臣传论》,1980年11月出版《梅尧臣集编年校注》,1984年出版的《梅尧臣评传》等,对于梅尧臣生平及其作品编年、文学史贡献等,进行了全面梳理。其中,《梅尧臣集编年校注》是朱东润先生以20年时间精心研究所得,也是80年代后具有标志性的宋代诗人诗集整理性的成果。经过朱东润整理,梅尧臣生平事迹基本明确。朱先生在其著作中强调指出,梅尧臣的叔叔梅询对于梅尧臣的成长具有重要作用;梅尧臣、欧阳修都是在西昆体诗人的影响下成长起来的;嘉祐二年(1057)欧阳修知贡举,梅尧臣为阅卷官,对苏轼很赏识等。在《梅尧臣集编年校注》中,朱东润使用了多种方式来对梅尧臣诗歌进行编年。他在民国时期夏敬观所作《梅宛陵集校注》的基础上,重视把梅尧臣诗歌与他生活的时代事件结合起来,对梅尧臣诗歌创作的年代作了考证,在全书之前有"叙论四篇,对于评价、编年、版本、原注四个方面,分别作出比较全面的交代"[①]。此书中,其"叙论"部分对于古籍整理而言,非常有启发性且学术分量很重。叙论一"梅尧臣诗的评价"以史诗互证、知人论世、

---

① 朱东润:《梅尧臣集编年校注》,上海古籍出版社,1980年版,第3页。

诗歌与文艺批评结合等方法,从前人对于梅尧臣诗歌的评价、思想认识和艺术成就、诗歌缺陷等方面,对梅尧臣的诗歌作出了基本合乎实际的评价。在叙论二"如何进行编年"中,朱先生又提出了具体的编年方法,他沿着夏敬观提出的编年意见继续前进,朱先生根据《宛陵集》卷五十九的诗作,整理了梅诗写作年代的大致线索,对《宛陵集》相关各卷进行了编年,又根据《宛陵集》编撰线索进行考察,总结出六条编撰的办法,如"作者在这首诗里提到自己的年龄的,作为这年的作品"、"咏叹那年国家大事的,作为这年的作品"、"咏叹那年人事动态的,作为这年作品"等[①]。另外,他又采用他校的办法,以欧阳修《欧阳文忠公文集》为标准给梅尧臣诗歌创作"定点",在对具体的作品定位时,朱东润先生能够整合相关文献作出审慎决定,如关于梅诗中的"插花"诗等的编年处理等就是采用了这一办法。在叙论四"原注和由原注引起的推测"中,他又对原注的一些问题进行了考察。可以说,经过朱东润先生的整理,梅尧臣及其诗歌创作年代大部分问题已经解决。后来尽管一些学者对朱文进行了一定的补正,但总体上并没有达到朱东润先生的高度。如李之亮《关于梅尧臣交游的几个问题》[②]又对朱东润《梅尧臣集编年集注》一书中关于梅尧臣交游的七个具体问题进行了考证。李一飞《梅尧臣早期事迹考》[③],对梅尧臣三十岁之前的事迹进行了考证。当然,受特殊时代的影响,朱东润先生在整理梅尧臣诗集中也有一些缺陷,如他在叙论一"梅尧臣诗的评价"强调,"梅尧臣作为地主官僚阶级的一员,他和人民的生

---

① 朱东润:《梅尧臣集编年校注》,上海古籍出版社,1980年版,第40页。
② 李之亮:《关于梅尧臣交游的几个问题》,《中州学刊》2001年第6期。
③ 李一飞:《梅尧臣早期事迹考》,《文学遗产》2002年第2期。

活有一定的距离,因此不能了解人民的生活,也就当然不能成为人民的诗人"①。这显然是先验论与阶级斗争论的思想。

与梅尧臣及其诗歌编年等已经取得的巨大成就而言,苏舜钦及其诗歌编年等研究成果并不多。谭行《试论苏舜钦及其诗歌》②,对苏舜钦生平、思想、事迹等有较为充分的考证。李佩伦《高风亮节诗文瑰伟——试论北宋诗人苏舜钦及其诗》③、朱杰人《苏舜钦籍贯及世系考》④、陈植锷《苏舜钦生卒、籍贯考》⑤也有对相关问题的考察。经过上述考察,有关苏舜钦籍贯身世、行实事迹等问题基本清晰。

二是重视梅尧臣、苏舜钦文学观念的研究。

对梅尧臣诗学思想的研究,1980 年代取得了重要进展。吕美生《梅尧臣"平淡美"新探》认为,"状难写之景,如在目前;含不尽之意,见于言外",这是梅尧臣对其"平淡"之"韵"最精当最恰切的说明。认为这一观点是在刘勰"情在词外曰隐,状溢目前曰秀"的艺术见解基础上,根据自己时代提出的"韵"的审美范畴加以发挥而来的⑥。张海鸥从文化学角度对梅尧臣诗歌审美观点如"状景""含意"等主张的文化心理成因进行了分析,力求揭示出其中蕴涵的历史文化背景⑦。

---

① 朱东润:《梅尧臣集编年校注》,上海古籍出版社,1980 年版,第 7 页。
② 谭行:《试论苏舜钦及其诗歌》,《学术论坛》1979 年第 Z1 期。
③ 李佩伦:《高风亮节诗文瑰伟——试论北宋诗人苏舜钦及其诗》,《固原师专学报》1981 年第 2 期。
④ 朱杰人:《苏舜钦籍贯及世系考》,《上海师范大学学报》1981 年第 2 期。
⑤ 陈植锷:《苏舜钦生卒、籍贯考》,《苏州大学学报》1985 年第 2 期。
⑥ 吕美生:《梅尧臣"平淡美"新探》,《学术界》1987 年第 5 期。
⑦ 张海鸥:《梅尧臣的诗歌审美观及其文化心理成因》,广州大学学报 1988 年第 1 期。

应该说,关注梅尧臣文学观念,进而对生成这一观念的背景、历史文化渊源等进行探讨,标志着学术界研究的一个新的风向。类似研究在这一时期逐渐成为风尚,重要文章如祝德纯《简论苏舜钦诗歌的"情"与"气"》重点研究了苏舜钦在诗歌创作中如何言"情"使"气",表现的是什么样的"情"和"气"等问题①。吴大顺则认为,"苏舜钦晚期处于一种既愤慈又愧疚,既痛苦又达观,既焦躁不安又自适无奈的矛盾心态之中。这种矛盾心态导致其诗风由雄健豪放向沉郁悲凉演变,从而进一步推动了诗人创作的发展。"②梁桂芳强调苏舜钦推崇杜诗的历史贡献,指出苏舜钦以"'雄豪'论杜对于宋诗重平淡、瘦劲,喜欢以议论、才学、文字为诗等特色的形成,均有开辟之功,在一定程度上开启了宋调先声。"③上述论文,立足基本文献,重视联系诗歌观念与创作来探讨梅尧臣的诗学主张,具有启发价值。尤其是其中一些论文重视联系作者的文化心态和诗学主张的关系,从文化生态、文人心态等多个方面来探讨梅尧臣诗学主张的实际涵义及其产生原因,把梅尧臣的诗学主张放置于诗歌发展史的链条上来考察,所得结论比较客观。而王运熙、顾易生主编的《中国文学批评通史》,则标志着这一时期学术界对于梅尧臣、苏舜钦文学观念研究所达到的高度。该书指出梅尧臣"强调《诗经》、《离骚》中批判现实的传统",重视"直辞鬼胆惧,微文奸魄悲",向往"平淡"之境等,又指出陈

---

① 祝德纯:《简论苏舜钦诗歌的"情"与"气"》,《中国文学研究》1990年第3期。

② 吴大顺:《论苏舜钦晚期心态及其诗风》,《井冈山大学学报》2001年第2期。

③ 梁桂芳:《"雄豪"论杜及其与宋代诗歌的流变》,《杜甫研究学刊》2004年第2期。

师道《后山诗话》载梅尧臣"以故为新,以俗为雅"的诗学主张①。在论及苏舜钦诗歌观念时,强调苏舜钦有"重道轻文"的倾向,诗歌具有"不平则鸣"的特征,以及苏舜钦对于诗歌奇秀、豪迈、健劲风格与磅礴、潇洒意气的特殊爱好②。这些研究所得结论,是这一时期学术界对于梅尧臣文学观念研究的标志性成果。

三是重视对梅、苏诗歌内容、主题、意象、风格等诗歌本体问题的研究。

1980年代,一些学者延续了五六十年代从社会政治的角度研究文学的传统,仍然注重从革命性、斗争性和阶级性的角度来考察梅苏诗歌。如朱东润就讲:"梅尧臣在青少年的阶段中,是先后受到叔父与岳父的教导的,但11世纪的初年,外患的影子逐步淡下来了……尧臣30岁初到洛阳的情况是这样的,……他曾都留在象牙塔里。"朱东润认为,梅尧臣的战斗性是非常强烈的,但其本性不是如此,而是由于他所处的环境、敌人的进攻以及统治阶级的腐朽,把他"从一个仁厚乐易的诗人转化为矛头高举的战士"。从朱先生的文章可见,文学的研究一旦受制于政治需要,所起到的负面影响是多么大。这一研究思想甚至影响到九十年代出版的文学史著作。如孙望、常国武《宋代文学史》也以人民性、斗争性和革命性来观察梅诗,写道:"梅尧臣诗歌的现实内容丰富,题材广泛。有的诗表露了关切国事的热烈感情……更为突出的是诗人关怀和同情农民的生活,对封建官吏奴役人民表示极大的愤慨。这在他早期的诗歌,如《田家四时》

---

① 王运熙、顾易生主编:《中国文学批评通史》(肆),上海古籍出版社,1996年版,第85—88页。
② 王运熙、顾易生主编:《中国文学批评通史》(肆),上海古籍出版社,1996年版,第88—91页。

《伤桑》《观理稼》《新茧》《田家》《陶者》等作品中得到了充分的反映,具有深刻的现实意义。"①

当然,进入1980年代以后,更多的学者开始以文学艺术本位的客观的研究,来展开对梅苏诗歌的研究,取得了很大进展。其标志性的成果则是1995年章培恒等人主编的《中国文学史》,其中写道:"政治题材只占梅尧臣全部诗作中的一小部分。他的诗歌内容非常广泛,而且是有意识地向各种自然现象、生活场景、人生经历开拓,有意识地寻找前人未曾注意的题材,或在前人写过的题材上翻新,这也开了宋诗好为新奇、力避陈熟的风气,为宋诗跳脱出唐诗的笼罩找到一条途径。"又说:"在以琐碎平常的生活题材入诗时,很容易显得凡庸无趣味,于是梅尧臣常以哲理性的思考贯穿其中,加深了诗歌的内涵,使之耐人寻味。"②应该说,章培恒等主编的《中国文学史》对于梅尧臣诗歌特质及其文学史地位的评价,精当而要言不烦,反映出上个世纪学术界研究的最新成果。在此之后,袁行霈主编的《中国文学史》(三)也写道:"梅尧臣更值得注意的题材走向是写日常生活琐事,因为这体现了宋代诗人的开拓精神","梅诗中更多的作品则成功地实现了题材的开拓,把日常生活中的琐屑小事写的饶有趣味"③。较之章培恒主编的《中国文学史》对于梅尧臣诗歌特征的叙述,相对简单了些。

在1980年代,对梅尧臣诗歌艺术风格及其文学特质进行研究的论文,较为重要的还有一些。其中较有代表性的是陈光明、秦裘明等

---

① 孙望、常国武:《宋代文学史》,人民文学出版社,1996年版,第78页。
② 章培恒、骆玉明主编:《中国文学史》(中),复旦大学出版社,1996年版,第334页。
③ 袁行霈主编:《中国文学史》(三),高等教育出版社,1999年版,第55、56页。

人的几篇文章。他在《论梅尧臣诗歌的平淡风格》中写道:"我认为梅尧臣所倡导和追求的确实是一种积极反映现实、干预生活的平淡诗风,尽管不是所有的梅诗都具有这种特征,……但却掩盖不了他平淡的风格",文章还分析了梅诗在炼意、语言锤炼和用典等方面的特征,具体阐释了梅诗的"平淡"风格①。这篇文章是较早地对梅诗艺术风格探讨的文章。随后,秦裘明也撰文考察了历代对于梅尧臣诗歌风格的认识,探讨了梅诗风格的发展演进过程,认为梅诗"其风格有一个演变过程,似可以景祐元年他最后一次应举落第为界,划成前后两个不同的时期,而对于梅诗基本风格的确定,应该以景祐元年以后进入成熟阶段的诗歌为依据。"②文章最后,总结出梅诗的风格是"朴拙苦淡"。该文立论严谨,客观公允,是研究梅诗风格的重要代表性文章。张毅《宋代文学思想史》也从士人文化心态的角度,论及梅诗的风格:"在一些看似平淡的诗里,往往蕴含着'忧思感愤之郁积',给人以曾经沧海的成熟感……诗里反映的是一种经过沉淀的情感,除去了一时的表面的冲动,将经过思考的深一层的心理感受用一种冷静客观不动声色的平淡风格表现出来。"③程杰在《宋诗"平淡"美的理论和实践》中也强调指出,梅尧臣的"作诗无古今,惟造平淡难"作为宋人"平淡"诗观的经典表述,可以梅尧臣自己所说的"古淡"概括更为准确。他认为"古淡"是宋初复古思潮在审美理想上的反映,文章指出,平淡不仅是艺术问题,更是感情问题,其本质在于"顺物""寄适"④。上述研究成果,基本奠定了新时期学术界对于梅

---

① 陈光明:《论梅尧臣诗歌的平淡风格》,《湘潭大学学报》1984年第2期。
② 秦裘明:《论梅尧臣诗歌的艺术风格》,《南京师大学报》1986年第2期。
③ 张毅:《宋代文学思想史》,中华书局,1995年版,第78页。
④ 程杰:《宋诗"平淡"美的理论和实践》,《南京师大学报》1995年第4期。

诗风格研究的基础。除此之外,这一时期研究梅诗风格的重要文章,尚有张福勋《看似寻常最奇崛,成如容易缺艰辛——梅尧臣诗平淡发微》[1]、陈光明《不作浮靡风月诗,直辞千载耐沉思》[2]等。

这一时期,较之学术界对于梅尧臣诗歌风格及艺术特征的研究而言,有关苏舜钦及其诗歌艺术的研究,成果就少一些。一些学者从诗歌的文学本位出发,对苏诗的艺术性进行研究。较早的研究成果是李曰刚的《中国诗歌流变史》。他在书中写道:"苏舜钦诗于社会黑暗之揭发,较尧臣尤为大胆坦率……此类作品,大多以古风出之",如《庆州败》,嬉笑怒骂,冷讥热嘲,"此为北宋诗歌中形式主义精神之最精体现"。苏舜钦的诗,"以明朗流畅之语言,反映其磊落郁塞之情怀,表达其激昂壮烈之感情,形成其雄健奔放之独特风格。"[3]此后,张晶《豪犷哀顿与冷峻沉着——论苏舜钦诗的艺术风格》强调,苏诗在豪犷中又渗透着悲凉的色彩,表现出沉郁的风致,此外苏诗还有"多见于近体诗中的那种冷峻清幽、忧愤沉着的格调",文章从表情方式、艺术境界、语言特色等分析了苏诗的艺术特征[4]。程千帆、吴新雷则总结为,"苏舜钦诗具有强烈的政治感情而以明快豪迈的语言来表达,这是他比较显著的特色。"表述比较简略。此外,这一时期较有代表性的研究成果还有一些。如王锡九就

---

[1] 张福勋:《看似寻常最奇崛,成如容易缺艰辛——梅尧臣诗平淡发微》,《内蒙古师大学报》1990年第3期。

[2] 陈光明:《不作浮靡风月诗,直辞千载耐沉思》,《湘潭大学学报增刊》1986年第1期。

[3] 李曰刚:《中国诗歌流变史》,台湾文津出版社,1987年版,第550页。

[4] 张晶:《豪犷哀顿与冷峻沉着——论苏舜钦诗的艺术风格》,《文学遗产》1985年第2期。

苏舜钦七言古诗的基本特色作了简要的论述,并对形成这一特色社会的、文学的,和诗人的性格气质、身世遭遇等诸因素,也作了若干探讨①。李萍强调,梅尧臣在意象运用上并不热衷于某一特定意象,而是对某些意象群表现出极大的兴趣。通过对其诗歌中使用率较大的"苍""楚"和"洛"等意象群进行分析,探讨了梅诗从自然、文化色彩、心态情感上青苍老暗的色泽,对梅诗风格有新的认识②。从苏舜钦诗歌艺术特征角度对梅苏诗歌进行研究的重要论文还有:胡问涛、罗琴《论苏舜钦诗歌的艺术特色》③等。

一些学者注意从比较的角度,探讨梅尧臣、苏舜钦诗歌风格等方面的独特性。在这方面,朱杰人的研究值得注意。他在通过对梅、苏两人的诗歌理论、诗歌创作及其艺术风格等作比较研究,明确了梅诗具有"深远闲淡"的艺术风格,并认为这一风格的形成不是偶然的。除了与其出身、经历、师承关系、个人气质等因素有关外,还与梅尧臣力图矫正当时的西昆体影响分不开④。同样采用比较研究的还有尚永亮、刘磊。他们认为,欧阳修、梅尧臣等人对韩孟诗派的接受不仅可从个体接受的角度去考察,更须从群体角度认识其特殊意义。推名、唱和、联句、拟作是欧梅群体接受的主要方式;诗歌表现手法和形式技巧、美学风格、创作理论等是其接受的主要内容;特殊的社会文化环境、革新诗风的强烈愿望、相似的生命体验和知己之情是其接受

---

① 王锡九:《论苏舜钦的七古》,《扬州师院学报》1992年第3期。
② 李萍:《论梅尧臣诗歌的意象群色泽》,《南京工业职业技术学院学报》2004年第6期。
③ 胡问涛、罗琴:《论苏舜钦诗歌的艺术特色》,《重庆师院学报》1995年第2期。
④ 朱杰人:《北宋诗人梅尧臣和苏舜钦的比较研究》,《上海师范大学学报》1985年第1期。

的背景原因①。王秀春强调,北宋天圣明道年间,一股新的文学力量崛起于文坛,梅尧臣、欧阳修和苏舜钦是其中的佼佼者。天圣、明道间是他们诗歌创作的起点。他们分别从汴京和洛阳起步,自觉矫正西昆之弊,揭开了诗文革新运动的序幕,也开始了诗歌史上由唐音转为宋调的历程,为宋诗发展奠定了基础②。近年来,一些学者注意对梅、苏诗中的某些题材进行研究,取得了若干研究成果。苏舜钦诗研究较为重要的成果则有:王忠礼《苏舜钦政治诗浅议》③、墨铸《纵横诗笔见高——略论苏舜钦及其爱国诗篇》④等。

总的来看,对梅尧臣、苏舜钦诗歌艺术性的研究,大致以传统的诗歌风格、意象、审美追求等切入,重视引用传统文论的相关判断来作证明,有一定价值。但部分论文也存在简单化、套式化的研究倾向,明显表现出某些当代古代文学研究者文学理论及当代学术视野的某些不足。

四是对梅、苏诗的历史地位进行研究。一些学者注重从接受史的角度,探讨梅尧臣的历史影响。张明华、魏宏灿强调梅尧臣对陶渊明的接受有三个层次,即用典、模仿和借鉴,其中价值最大者在于通过学陶建立起自己的独特诗风⑤。聂巧平、李光生试图以方回《瀛奎

---

① 尚永亮、刘磊:《欧、梅对韩、孟的群体接受及其深层原因》,《四川大学学报》2005年第4期。
② 王秀春:《北宋天圣明道年间欧、苏、梅的诗歌创作》,《求索》2002年第6期。
③ 王忠礼:《苏舜钦政治诗浅议》,《四川师院学报》1981年第2期。
④ 墨铸:《纵横诗笔见高——略论苏舜钦及其爱国诗篇》,《徐州师范学院学报》1982年第4期。
⑤ 张明华、魏宏灿:《论梅尧臣诗对陶渊明的接受》,《广西社会科学》2004年第2期。

律髓》推崇梅尧臣五律为例,从"诗味"的角度进行探源,认为梅诗有"味"是方回所云"宋代第一"的根本原因;"诗韵"是方回评点梅诗之"味"的另一说法。由此,文章对梅尧臣诗歌地位进行了确认[①]。

作为襄助欧阳修诗文改革的重要代表性人物,梅、苏以其杰出的诗歌创作成就和进步的诗歌创作主张,为唐宋诗转型做出了杰出贡献,宋诗风貌、特质等得以初步形成。从这个意义上讲,如何认识梅、苏及其诗歌主张、诗歌创作,绝不仅仅是对单个作家或者文学主张的研究,而应该重视梅、苏诗学思想、诗学主张与诗歌表现及其风貌生成等多方面的探讨。由此而言,就已有学术界对梅、苏及其相关学术问题的探讨来看,研究视野仍需要进一步拓展,"文献——文本——文化"研究链条环节中的"文化"研究,应该引起学者的重视。尤其是应该重视梅、苏在唐宋诗转型、宋诗风貌中的作用,以及作为文人诗歌创作者的代表,在宋代诗歌表现出的"宋贤精神"中的位置。这些问题,希望能够引起学术界的重视。

第二节　欧阳修的文学思想及其诗歌创作研究

作为从北宋文化转型期的代表性人物,欧阳修以其杰出的诗文创作理论及创作成就,影响了一代文学风尚。不过,与对苏、黄等人的丰厚研究成果相比,百多年来,学者对欧阳修及其诗文理论与创作的相关研究,并不充分。

民国时期,对欧阳修及其文学思想、诗歌创作的研究,主要集中

[①] 聂巧平、李光生:《论〈瀛奎律髓〉对梅尧臣五律的评点》,《西南大学学报》2004年第2期。

于对欧阳修的文学史地位及时代贡献、欧阳修诗歌的历史渊源及特征、欧阳修的文学观念、欧阳修的词体创作等四个方面。在这四个方面中又以对欧阳修的词体创作研究成果较多,这固然是民国时期重视对宋词研究的风尚所致,但亦应看到,欧阳修的词体创作在其诗歌创作中的地位及其历史贡献也是重要原因。

民国时期,对欧阳修文学史地位及其时代贡献的研究,是在继承前人的认识基础上进行的。这一时期学术界对于欧阳修文学史地位的判断,在很大程度上继承了历代的评价而又有新的认识。大致而言,民国学者对于欧阳修文学史地位及其时代贡献的研究,大多肯定其历史贡献而对其诗歌的艺术造诣持有保留态度。早在欧阳修生活的时代,苏洵、王安石、苏轼等人都有对欧阳修文学贡献及诗文风格的评价,历代诗话及文献目录学著作如《直斋书录解题》《四库全书总目》等亦有精当评论。柯敦伯《宋文学史》进而评价说:"宋代文坛,修为巨擘,四六诗词,亦所兼擅,尤于古文居于承先启后之重要地位……故论宋代诗文者,莫不知欧阳之后有曾、王、三苏,曾、王与欧阳皆江西人,三苏皆出欧阳门下,故是时领袖文坛以承先启后,舍欧阳修其谁耶。"[①]较之历代评论,柯敦伯更为细致。但民国时期,一些研究者也对欧阳修的诗歌创作成就评价有所保留,并不认为他的诗歌创作与其时代贡献相一致。如刘经庵《中国纯文学史纲》提及:"(欧阳修)彼不惟在诗上有所创新,在古文上亦有很大贡献,实可称为有宋一代的文宗。欧阳修的古文是学昌黎的,其诗亦然,不过除韩诗外又参以李杜,故其诗雄深雅健,毫无西昆绮靡之敝。"该书特地提到欧阳修评价自己所作的《庐山高》与《明妃曲》,认为欧阳修所得

---

① 柯敦伯:《宋文学史》,商务印书馆,1934年版,第25页。

意者"《庐山高》今人莫能为,惟李太白能之,《明妃曲》后篇,太白不能为,惟杜子美能之,而于前篇则子美亦不能,惟吾能之也",认为欧阳修"其自许有如斯者",而对欧阳修诗歌有贬抑之意①。

对欧阳修诗歌渊源、特征及其贡献的研究,也是民国时期对于欧诗研究的关注重点之一。民国学者普遍承认,欧诗成就较之后来者如王安石、苏、黄等稍逊,而其历史贡献值得重视。但对于欧诗文学史地位及其历史贡献的评价,民国时期学者亦延续了持续千年的前人对于欧诗的判断,仍然表现出一些差异。钱基博、顾随等人则对欧诗采取一分为二的看法,既肯定其贡献,又点出其不足。如钱基博《中国文学史》中说:"欧阳修与苏、梅过从久,其诗出入二家,则以舜钦豪放之笔,写尧臣瘦炼之句;而敩李白之振奇,同韩愈之俶;非不欲为李也,欲为李而仅得韩也;人巧可阶,天才难为也。""由修而拗怒,则为黄庭坚,为陈师道;由修而舒坦,则为苏轼,为陆游。诗之由唐而宋,惟修管其枢也。"②此中所论,虽大多为推测之辞,实不足以论定欧诗之贡献,但其重视把欧诗放在当时的文化环境中来观照,值得注意。顾随继之对欧诗的评价,更为严厉精刻:"欧文不似韩而好,诗学韩似而不好,其缺点乃以文为诗。此自工部、退之已然,至欧更大显,尤其在古诗。故宋人律绝尚有佳作,古诗则佳者颇少,即因其为诗的散文,有韵的散文。此在宋亦成为风气。"他认为欧阳修自负其《庐山高》非太白不能为,可以说"太白诗真不像欧"③。顾氏所论,已

---

① 刘经庵:《中国纯文学史纲》,东方出版社,1996年版,据北平著者书店1935年版再版,第106页。

② 钱基博:《中国文学史》,中华书局,1995年版,第515、520页。

③ 顾随讲,叶嘉莹整理:《顾季随先生诗词讲记》,台湾桂冠图书有限公司,1992年版,第272页。

有推重唐诗而轻宋诗的味道,他对欧诗的批评是有些过分了。

1949年到1980年间,学术界对欧阳修及其诗歌的研究,虽处于基本停滞的状态,但几部文学史著作却异军突起,对欧阳修诗歌风格、历史定位等方面的探讨,已经超越了三四十年代的水平。1962年刘大杰修订的《中国文学发展史》对欧阳修的诗歌进行了精当的分析,他说:"欧阳修的诗是具备韩愈特点的。他处处是用散文的手法来创作诗歌,流动自然,无论字句意义,都如说话一般的明浅通达;而骨肉又丰厚有力,丝毫没有西昆体那种艳丽气与富贵气。但是他又不像韩愈那样故作盘空硬语,奇文怪字,走到艰苦险僻的地步,这正是他的艺术特色。"①在此之后,1963年出版的游国恩等主编的《中国文学史》,肯定欧阳修改革文风,强调欧阳修"使文章和他关心的'百事'联系起来,在一定程度上摆脱'道统'观念的影响,写出了一些反映现实生活、为现实政治服务的文章"②。在评价欧词时,该书又指出欧阳修的词"收在《六一词》和《醉翁琴趣外篇》中的有二百多首",部分词受"冯延巳影响较深,同时也受当时民间俚曲的影响",认为"欧词里还有部分直接表现个人抱负的作品",对欧词的历史地位予以高度的肯定③。

对欧阳修及其诗歌创作的研究,在1980年后,开始出现勃发之势。在欧阳修文道观念、欧诗历史贡献及成就、欧诗艺术风格及渊源、欧词研究等都有了很大进展。从研究成果来看,大致集中于几方面:

一是对欧阳修文学观念及其诗学理论的研究。美中不足的是,

---

① 刘大杰:《中国文学发展史》,人民文学出版社,1962年版,第669页。
② 游国恩等:《中国文学史》(三),人民文学出版社,1964年版,第25页。
③ 游国恩等:《中国文学史》(三),人民文学出版社,1964年版,第45页。

欧阳修是集文学、哲学、经学、史学于一身的大家,但其还是作为"文章之士"而"因文入道"的人物,学术界缺少从这一视角对其诗学思想、诗歌创作观念等进行透视的研究。作为"文章之士"的代表人物,欧阳修的诗歌主张、诗学观念等具有不同于"理学之士"与"儒学之士"群体的某些特征。另外,学术界也缺少从诗学史的发展脉络中观照欧阳修诗学主张的来源、贡献及影响等方面的研究。

二是对欧阳修思想及文化人格的生成条件、特征等进行研究。这一时期,学术界对欧阳修思想及文化人格的研究,殊为寂寞。据张燕瑾、吕薇芬《20世纪中国文学研究》统计,只有梁容若《欧阳修》、刘子健《欧阳修的治学与从政》、袁行云编的《欧阳修》、刘德清《欧阳修论稿》、蔡世明《欧阳修的生平和学术》、洪本健《醉翁的世界:欧阳修评传》,以及洪本健编的《欧阳修资料汇编》等[1]。但这些专著大多为知识性的搜集与介绍,而离深层次地把握欧阳修思想及文化人格尚有距离。新时期较早地谈及欧阳修人格与其文学关系的,要算莫砺锋、郑晓江等人。莫砺锋文章主要论述了欧阳修在道德情操和学术修养两方面的人格特征,指出欧阳修的文学创作成就及领导北宋诗文革新的业绩都与其人格有深刻的内在联系[2]。总的来看,百多年来学界虽对欧阳修思想特征及其形成原因等进行了细致考察,但对欧阳修文化心态的总体特征及其形成原因、欧阳修人格特征及其诗文表现等,尚缺少深入研究。

三是对欧阳修诗歌创作、诗歌特性及其生成原因的研究。1980

---

[1] 张燕瑾、吕薇芬:《20世纪中国文学研究》,北京出版社,2001年版,第647页。
[2] 莫砺锋:《论欧阳修的人格与其文学业绩的关系》,《中国文学研究》1997年第4期。

年代后,对欧阳修诗歌风格的探讨,成为当时欧诗研究的一个热点。其中,赵仁珪的观点值得注意。他强调,欧阳修关于"道"的观点对其诗歌创作产生了重要的影响,主要表现为四点:一是以"百事"为道,把"切于世事""养生送死"作为王道之本,这就拓宽了诗歌取材;二是使诗歌创作的形式体现出二个特点,即古体诗比重增大,以及古、近体诗风迥异;三是积极向上的人生态度决定了其诗歌格调上的一些特点,"有时洋溢着乐观豪爽的情调,有时又充满了沉郁深重的愤激之情。"①四是以议论为诗。这篇文章虽然对欧阳修"道"的理解有一定片面性,但结合欧阳修文道观与诗歌创作来分析其艺术风格的成因,颇有新意。稍后,秦寰明强调,"欧诗抨击时政没有苏诗那样激烈,感叹民瘼没有梅诗那样深切,艺术风格也没有梅、苏那样鲜明,但欧诗的价值以及在当时的诗歌革新中所起的作用是苏、梅所不能替代的。"其原因一是在于欧阳修的地位和影响,二是由于欧阳修"创作实践力求避免当时诗风的一些偏失,包括苏诗的犷悍与梅诗的过于粗拙,而使诗歌归于雅化,使士人之诗具备廊庙之声的资格,获取更多的人文品格",欧诗"人文意象开始取代自然意象在诗歌创作中的主导地位",因此,欧诗对宋诗产生和发展是有贡献的②。此文是研究者在新时期里对欧诗研究的一篇标志性的文章,至此欧诗的重要历史贡献得到研究者的公认,此后单独对欧诗艺术风格及文学史地位进行研究的文章,基本绝迹了。从文化生态角度来观照欧诗特质及其生成,代表着欧阳修诗歌研究乃至宋诗研究的重要学术

---

① 赵仁珪:《欧阳修的文道观及其对诗歌创作的影响》,《武汉师院学报》1984年第3期。

② 秦寰明:《论北宋仁宗朝的诗歌革新与欧、梅、苏三家诗》,《文学遗产》1993年第1期。

进步,依此切入,就能够深入把握欧诗的诗歌史价值和贡献,发掘欧诗的独特性。由于新的研究视角和研究理念所带来的欧诗崭新研究领域,应当是欧诗研究的重要新方向。对欧阳修诗歌的题材、内容、主题、风格等文学本体或文学本位的研究,历来是欧诗研究的热点和重点之一。其中,尤其是对欧诗进行题材的分类研究,是近些年研究者仍然关注的。对欧诗风格方面的研究,如吕肖奂认为,欧阳修在诗歌理论上,追求并推崇"奇险""险怪",在诗歌创作上也努力尝试写"奇险""险怪"风格的诗歌。欧阳修的诗歌在审美追求和创作效果上之所以会有如此大的差异,主要是由欧阳修的个性和修养造成的[①]。新时期以来,一些学者从多维视角对欧阳修诗歌进行研究。可以预料到,立足欧诗本体的研究仍然会是欧诗学术研究的一个重点。随着学者研究素养和研究水平的提升,未来可以从欧诗的内容、形式以及审美、文化精神等方面,考察欧诗的独特性、创作规律及历史贡献等,不断提升欧诗研究的水平。

四是对欧阳修诗歌创作的历史地位的研究。1980年代以来,学术界对欧诗历史地位及其贡献的研究,在很大程度上是与对"西昆体""太学体"的研究相联系而进行的。这一时期,陈尚君对欧诗历史地位的研究,具有代表性。他认为欧阳修和石介对于西昆体的看法是有较大分歧,欧阳修对于杨刘等人表示了钦仰,"从未像石介那样大张旗鼓地呵斥杨、刘等人",同时他还指出,倡导诗文革新的几位领导者与西昆作者关系密切,曾得到过西昆体的启蒙[②]。这一

[①] 吕肖奂:《欧阳修诗歌审美追求与创作效果的矛盾》,《社会科学研究》2005年第2期。

[②] 陈尚君:《欧阳修与北宋文学革新的成功》,载《研究生论文集》,江苏人民出版社,1983年版。

看法,可能是对曾枣庄《北宋古文运动的曲折进程》①一文的反驳。曾文认为"欧阳修早年经历了一个从学西昆体到反西昆体的过程"。对曾文观点有所驳正的还有葛晓音。她强调,"欧阳修等人倡导的诗文革新,并非针对西昆体而发,而是针对真宗、仁宗朝北宋诗坛上一片歌咏升平的颂声,提出了承平之世诗文仍应以兴讽怨刺为主的重要思想,这就比唐代文人强调世治而颂,世乱而怨的观念大大前进了一步","他们对杨刘时文的形式反倒采取了一种通达而又辩证的态度","欧阳修革新时风与文风的最终目的,还是要培养一代士大夫忧国忧民的思想、耿直清正的品格,以及合于时用的才能",偶俪声病"只是艺术形式问题,也可以为古道所用"②。此文论述合乎史实,算是对欧阳修文学史地位的客观肯定。在这一时期,重要的研究成果尚有:程千帆、吴新雷《两宋文学史》、张毅《宋代文学思想史》、程杰《北宋诗文革新研究》等著作。

上述可见,学术界对于欧阳修诗歌的研究取得了很大进展。举凡欧阳修诗歌主张与诗学思想、欧诗的本体研究、欧阳修诗歌风貌的生成研究、欧阳修的人格心态与诗作表现关系研究等,都引起了研究者的关注。其中,文化生态与诗歌关系研究、文人心态研究、文学本体研究、欧诗价值及其历史地位等研究,是研究的重点所在。可以预料,鉴于欧阳修及其诗歌的重要地位,对欧阳修及其诗歌的研究仍然将是宋代文学研究的一个重心所在。就已有研究而言,下一步研究可能会在欧诗风貌生成的文化生态因素、欧诗在诗歌史发展链条中的环节价值及其与韩愈李白等人诗歌的关系、欧梅苏诗歌比较与互

---

① 曾枣庄:《北宋古文运动的曲折进程》,《文学评论》1982年第5期。
② 葛晓音:《北宋诗文革新的曲折历程》,《中国社会科学》1989年第2期。

相影响、欧阳修诗学主张与其哲学思想的关系等方面,取得更大突破。

第三节　王安石及其诗歌研究

以嘉祐五年(1060)梅尧臣去世为标志,北宋中期诗坛呈现出相当寂寥的局面。这一时期,距离苏舜钦已经去世10多年,新一代杰出的诗人如苏轼、黄庭坚等尚幼,除欧阳修外,诗人虽多而有独特面目者少。于此之际,王安石以其多样化的诗歌实践,成为北宋中期诗坛的标志性诗人。自上个世纪初期以来,由于王安石强调"文"对"道"的功用性要在具体的社会实践中表现出来,加之其诗歌创作所取得的高度艺术成就,以及众所周知的历史原因所造成的推扬政治改革家等多个因素的共同影响,因此,学术界对王安石及其诗歌的研究始终是一个学术热点。

梳理研究史可见,民国时期对王安石及其诗歌创作的研究,已经取得了若干进展。从现存文献来看,民国时期,对欧阳修及其诗歌的研究已经初步展开。这一时期的一些主要研究成果,为1980年后新时期王安石及其诗歌研究奠立了基本的格局。自从清人蔡上翔《王荆公年谱考略》[1]问世以后,民国时期先后出版了梁启超的《王荆公》[2]、柯昌颐《王安石评传》[3]、熊公哲《王安石政略》[4]等,对王安石的生平、事迹、诗文等有了较为深入的探讨。这些研究成为后来相关

---

[1] 蔡上翔:《王荆公年谱考略》,中华书局,1959年版。
[2] 梁启超:《饮冰室合集》第7册,专集第27《王荆公》,中华书局,1989年版。
[3] 柯昌颐:《王安石评传》,商务印书馆,1933年版。
[4] 熊公哲:《王安石政略》,商务印书馆,1937年版。

研究的重要参照。值得注意的是,这一时期罗根泽、朱东润、胡适、郑振铎等人对王安石文学思想的探讨,已经非常深入,大致奠定了文学批评史关于王安石文学思想的基本评定。罗根泽强调,王安石的文论属经世派的政教文学说,他接受了范仲淹、李觏、曾巩等人关于文学功用的说法,重视经世致用而鄙薄诗赋,认为王安石"治教政令的渊源出于经,斟酌损益则在于己,因此王安石提倡治教政令的文章,同时又强调文章自得"①。罗氏此论大致抓住了王安石文学思想重视功用的一面,但是对王安石文学思想重视"道"用的一面强调不够。对此,朱东润强调,王安石论文以适用为主,而以礼教治政为范围,此王安石之言文与自古文人之不同处,"论诗而处处以礼法适用为准,则见解之偏,概可见矣",并特别指出,王安石论律诗"拘忌弥多,生趣萧索"②。看到了王安石论诗与"文人"论诗的差异自是朱东润先生的高明之处,但是把王安石以"礼法治教"论诗而看作"见解之偏",正好说明了朱氏的文学批评观有一定局限性。这就为1980后学术界继续深入探讨王安石文学思想作了铺垫。民国时期,一些学者对王安石诗歌也有一些研究。其中,胡云翼认为,"少年时期的安石诗,不免浮露浅薄,……到了老年时期的安石诗,便迥然又是一番风格了。因为政治上的失意,志气的衰颓,人情世故看得越多,性情也含蓄了,自然去掉了少年浮薄之气;同时感慨的怀抱变为冷淡,而艺术和修养却更进步了。所以安石晚年的诗风格闲淡、造语精致而律法森严"③。评语精当而较为客观。随后,陈子展又指出,王安

---

① 罗根泽:《中国文学批评史》(三),上海古籍出版社,1984年版,第91—93页。
② 朱东润:《文学批评史大纲》,上海古籍出版社,1982年版,第108—109页。
③ 胡云翼:《宋诗研究》,商务印书馆,1933年版,第63页。

石好谈佛理,但"只有他的暮年小语,才真正是他同时和后来的许多作家公认的他的长处。他该感谢他早年政治上的失败,成全了他晚年文学上的业绩"。陈氏所论,主观成分较浓而评价显然有误差。不过,1949年后郑振铎、游国恩等人主编的文学史,大致是以胡云翼、陈子展等人的观点为起点而进行完善的。因此,胡、陈的评价自有其重要价值。

民国时期,一些学者注意到了王安石"荆公体"的特征及其由来问题。如梁昆强调,"荆公诗受永叔影响,颇有古文诗派习尚;又学老杜,故有老杜习尚;又习大谢,故有大谢习尚。而又自有其习尚焉"。他认为荆公体诗有长有短,其短处在于:作诗主意,主意之过流为议论;直道其事而好尽,以文为诗;好求工而伤于巧。其长处为:一曰下字工;二曰用事切;三曰对偶精,"凡此三长,多在公暮年近体诸作中"①。评价颇为精当。陈子展则从王安石诗歌特质看到了其对江西诗派的影响,(王安石的)"诗有深婉不迫处,也有生硬奇崛处,实为江西派的先驱"。于1948年6月出版的钱锺书的《谈艺录》,是民国时期学者对于王安石诗歌渊源的集大成式的研究。钱锺书特别强调,宋人多推崇昌黎,但王安石则于韩愈的学术文章以及为人,多有贬词,殆激于欧公、程子辈之尊崇,而故作别调,是"拗相公"之本色。他以大量的例句说明"荆公诗语之自昌黎沾丐者,不知凡几","荆公五七古善用语助,有以文为诗、浑灏古茂之致,此秘尤得昌黎之传"②。

毋庸讳言,民国时期学术界对于王安石及其诗歌的研究虽有一

---

① 钱锺书:《谈艺录》,中华书局,1984年版,第69页。
② 钱锺书:《谈艺录》,中华书局,1984年版,第69页。

些成果,但无论从其广度还是深度而言,都是远远不够的。不过,民国学者注重文献疏证、讲究文史结合的研究理念与方法,对后来学术界有很大影响,1980年代后的王安石及其诗歌研究,很大程度上继承了民国学者的优良学术传统。

1949—1980年,学术界对于王安石及其诗歌的研究,也取得了一些进展。可以说,这一时期学术界对于王安石及其诗歌的研究,是取得很大成就的。其中,对王安石思想的研究,是这一时期的热点之一。这一时期,出版了漆侠的《王安石变法》、邓广铭《王安石——中国11世纪的改革家》等,这两本书对于王安石的生平、思想等有比较系统的研究。论文方面,也有不少研究成果。如吴志达指出,王安石的思想相当复杂,儒墨道法佛家思想都对王安石有影响,但大体上说,在他罢相隐居之前,他的世界观、人生观、政治观基本上是合儒家思想体系的,他的哲学宣言"致一论",是孔子、易的相关内容的复合体,"晚年隐居钟山之后,则信仰瞿昙,常与高僧交游,佛家思想日渐增长"①。冯憬远则强调,侯外庐《中国思想通史》说王安石的哲学是唯物主义,是可以商榷的。他认为,王安石的认识论总的说来是唯心主义的,"一者他承认认识中有某些先验的认识本源,二者是在认识对象问题上追求具有伦理内容的绝对法则,为了建立这种联系,他提出了'致其一'这种认识方法",这种方法实际上是用来"弥缝他的先验认识本源和超自然认识对象之间的空隙的"②。这一时期,学术界也对王安石诗歌的文献等进行了探讨。较有代表性的成果有:叶丹

---

① 吴志达:《王安石诗初探》,《文史哲》1957年第12期。
② 冯憬远:《王安石的唯心主义体系——与侯外庐同志商榷》,《光明日报》1963年7月5日。

《略谈有关王安石的四部著作及其新版本》[1]、陈守宝的《读蔡著〈王荆公年谱考略〉——略谈历史人物历史事件的评价问题》[2]、胡守仁《王安石诗学杜甫》[3]等。

1949—1980年,学术界对王安石的诗歌也有较为精当的研究成果。社科院文学所编的《中国文学史》在"王安石王令"一节中,对王安石及其诗歌有较为客观的分析,一些观点代表了那个时代的研究水平。该书认为,从王安石对文学的看法来说,他"强调文学的作用首先在于为社会服务","他对艺术形式的作用往往估计不足","务求有补于世是王安石文学的根本精神"。该书认为王安石的诗歌成就超过了他的文章,强调王安石诗歌题材重视反映社会生活,咏史诗抒发政治见解和抱负,后期的写景诗"捕捉形象的本领也是很强的",在肯定其"近体诗俊逸而又平易近人"的同时,也指出了安石诗歌因为发议论和用典而带来的"险怪乏力"的弊病。游国恩等人主编的《中国文学史》,在论及王安石及其诗歌时,基本评价与之非常相近。总的看来,1949—1980年,学术界对于王安石及其诗歌的研究,除了以社会学的阶级斗争的观点来观照诗人及其作品之外,也取得了若干值得重视的成果,其学术水准值得珍视。

1980—2000年左右,王安石及其诗歌研究取得了显著进展,出现了一大批标志性的研究成果。可以分为几个方面来展开叙述。

第一,对王安石生平、思想及其学术成就的考察,成果丰富。这

---

[1] 叶丹:《略谈有关王安石的四部著作及其新版本》,《光明日报》1959年11月22日、《文学遗产》第288期。

[2] 陈守宝:《读蔡著〈王荆公年谱考略〉——略谈历史人物历史事件的评价问题》,《文汇报》1962年4月12日、13日。

[3] 胡守仁:《王安石诗学杜甫》,《江西日报》1962年9月5日。

显然与王安石的政治改革等是分不开的。其中,史学界比较关注的是王安石的政治思想及变革方向,及其历史地位等问题。如肖永明指出:"荆公新学是北宋中期兴起的儒学学派。其发展可以划分为早期与后期两个理论特点非常鲜明的阶段。早期新学围绕重振儒学纲常、挽救价值失落的主题,重视对性命道德之理的探求。后期新学的理论重心则在于为现实社会的改革提供思想指导与理论依据。"[①]这些论文从不同层面,对安石思想、学术传承、安石新说等进行了多方面的考察,推进了对相关领域的研究。

第二,立足于文学本位的研究,出现了一批重要成果。一些学者注重从文化心理方面进行研究。代表性的研究论文大都能够联系王安石的心态与诗歌关系,探讨其诗歌风格的形成原因。如莫砺锋指出王安石晚年诗歌题材取向的变化与诗风变化间的联系[②]。如文师华指出,王安石为官期间,所写的少量的咏物纪游诗,带有浓烈的积极入世的感情色彩,是一种"有我之境";二次罢相后,他隐居"半山",表现出"无官一身轻"的清高洒脱的神态,但内心深处并没有忘却政治和变法之争。这种矛盾心境,使他退隐后的诗在意境上表现出"寓感愤于冲夷之中,令人不觉"的特点,堪称"无我之境"。[③]〔韩〕朴永焕强调,王安石精通于禅宗妙理,晚年又写出具有断尘幽静、物我两忘意境的禅趣诗。在禅诗里表现的思想有"无心是道""万法皆空""清净之心"等。六祖慧能、沩山灵祐禅师等人的思想给

---

① 肖永明:《荆公新学的两个发展阶段及其理论特点》,《湖南大学学报》2000年第3期。
② 莫砺锋:《论王荆公体》,《南京大学学报》1994年第一期。
③ 文师华:《从人世到退隐寓悲壮于闲淡——论王安石退隐前后的心境与诗境》,《南昌大学学报》1995年第2期。

第二章 欧阳修及其同时代诗人诗歌研究

王安石的诗歌创作提供了理论。"①从题材、内容、主题、体裁、风格等方面,对王安石及其诗歌的研究,一直是近三十年来王安石及其诗歌研究的重心和热点。从题材研究而言,刘成国指出,"王安石的咏物诗创作在熙宁以前主要是借物议政,托物咏志,表现手法上则能准确地抓住所咏之物和主观情志之间的相似点,加以形象具体的描绘。熙宁年间的咏物诗创作在保持固有风格的基础上,其政治寓意明显增强;晚年的咏物诗风格则转向含蓄蕴藉。"②从体裁来研究王安石诗歌,亦是学界关注的重点之一。对王安石诗歌的风格、境界及用典等表现手法的研究,亦有一些突破。方建斌认为,王安石后期诗歌内容以山水禅诗为主,风格也变得雅丽精绝,悠然旷逸。造成其诗风转变的原因,除了罢相之后远离权力争斗中心,心情自然趋于平静外,王安石生性旷达,漠视功名的胸怀和他晚年学佛参禅,也是重要原因。③ 整体看来,百多年来学界对王安石及其诗歌的文学本位研究,研究的基本视角和方法大致如上所述,较之前辈学者而言,并没有很大突破。

第三,一些学者从文学生态角度对王安石及其诗歌进行考察。近三十年来,一些学者引进了新的研究方法,注意从文化学与生态学的角度,尤其是从文化思潮、政治制度、文化心态等方面入手,考察创作者思想、个性等对作品风格等方面的作用,取得了一定成就。

从上可以看出,1980—2000 年左右,很多学者注重从佛学、儒学等层面切入王安石诗歌研究,取得了若干值得重视的研究成果。对

---

① 〔韩〕朴永焕:《王安石禅诗研究》,《佛学研究》2002 年。
② 刘成国:《论王安石的咏物诗》,《中国海洋大学学报》2004 年第 4 期。
③ 方建斌:《论王安石后期诗风转变的原因》,《殷都学刊》2001 年第 3 期。

王安石诗歌的本体研究,很多成果也大都能够抓住其诗歌题材内容、主题、体裁、风格等特质性的某些方面来拓深研究的深度。此外,学者对王安石诗歌前后期的变化情况也给予了政治及文化心态等方面的研究,所得结论是比较中肯的。鉴于王安石政治地位及其文化影响,对其生平、思想与诗歌创作进行研究,无疑是推进宋代诗歌研究的重要一环。不过,考虑到王安石本人思想及其诗歌创作的复杂性,对其本人及其诗歌创作的研究,还有若干方面没有引起学术界的重视:

其一,应该充分重视王安石诗歌创作尤其是其中年时期诗歌创作的影响力和时代价值。在苏舜钦、梅尧臣等相继凋谢之后,王安石事实上已经成为与欧阳修等地位相当的极少数文坛领袖,其文学主张、诗学观念、经学及儒学思想等在当时文化界和思想界具有举足轻重的影响,其政治改革路线和政治思想仅是其中之一端。而这些因素,都是影响其文化心态及其诗歌主张、诗歌创作的重要因素。在这些方面,文学研究者触及相当少,这就制约了相关研究的深入。

其二,应该充分重视王安石在心性存养及内圣之学体系建构上的重要地位。钱穆认为王安石在上述方面的探讨,实开理学之法门。当今学者多注重探讨王安石诗学思想、文学观念及哲学思理与佛教的关系,但是对王安石在心性存养等方面的开辟之功缺少必要的关注,因此,对王安石诗歌中体现出的儒者情怀与圣贤气象追求等文化精神层面的研究,缺少关注。

其三,学术界对王安石及其诗歌的相关研究,研究理念、研究方法和研究视角显得相对陈旧,大部分的研究论文仍然陷于对历代文论评点的再论证之思理上,而缺少对王安石及其诗歌研究的历史的、逻辑的、审美的独立思想观照。有些成果则有拔高研究对象之嫌。

其四,研究者缺少对王安石之诗、词、文进行综合、会通研究的新视野,更缺少把王安石经学、史学、心性之学等与其诗学思想、诗歌创作相会通研究的治学思路,因此,若干论文所得出的研究结论,在其单篇文章中看似新颖、客观,但受制于研究视域,实际上结论往往是偏颇的。

其五,学术界对王安石在新旧党争中的地位已有相当研究成果,但是却很少有研究者对党争与王安石诗歌品格之生成关联等加以关注,也缺少从新旧党争角度来探讨王安石与欧阳修、苏轼、黄庭坚等人交际应酬、诗风生成等方面加以探讨的代表性论文。

当然,对王安石及其诗歌创作的研究,还有一些可以拓展研究的方面,比如从王安石交游、共事等方面,也有一些可以供探讨的问题。无论如何,考虑到王安石的重要历史地位和政治影响、文学地位等,对这样的一位文学大家,是需要我们进行深入研究的。

第三章 北宋前期词研究

从宋太祖到宋真宗朝前期的近六十年间,社会经济处于休养生息逐渐恢复的阶段,这一时期的词坛尚处于沉寂状态,词人与词作数量都寥寥可数。宋真宗后期到仁宗时期,社会经济空前繁荣,城市商业日益发达,在安享太平的社会环境中,自唐末五代以来流行于歌宴酒席间的词受到了士大夫阶层与市民阶层的广泛关注,优秀词人与词作层出不穷。晏殊、欧阳修等以小词来抒写男欢女爱、相思别绪,却能在其中融入士大夫清高儒雅的气质,建立起宋初以台阁文人为创作群体的雅词一派;同时,适应着市民阶层的审美口味,仕途失意、流连于歌楼楚馆的柳永则承继了民间词与花间词的传统,创制慢词长调来抒写市井生活、市民意识,开创了词中的俚俗一派。这两派风格迥异的词风,成为左右宋词主体风格的重要因素。这一时期的词作者及其词作,对两宋三百年的词人及其创作都产生了重要影响。

第一节 晏欧词研究

北宋前期六十年间,词坛相对处于沉寂状态,到了真宗朝后期,由于政治相对稳定,经济繁荣,文化开始出现繁荣。身居台阁的士大夫如晏殊、欧阳修等人,在小词中融入了士大夫的气质精神,以台阁文人而创作的雅词成为这一时期重要的词坛现象。近百年来,以晏殊、欧阳修为代表的台阁词人及其诗歌创作,成为研究者关注的重要对象。从研究看来,民国时期的晏欧词研究虽已取得一些成绩,但是深入研究的成果还是要到1980年后才大量出现。

民国时期,学者们对晏殊及其词作的研究,已经取得了较大成就。这一时期,无论是晏殊及其词作的文献整理、作者及作品系年,还是作者及作品的文学史贡献、词作风格等,都有一些代表性创作出现,这些成果为后人继续研究晏殊词提供了方便。在文献研究方面,民国时期宛敏灏与夏承焘分别写作了晏殊年谱,对晏殊的生平、家世等作了大致勾勒,为晏殊研究提供了基础材料①。

在对晏殊词的整体风格研究方面,胡云翼、王易、郑振铎都有一些独立的见解,而要以薛砺若的观点最有代表性。胡云翼仔细分析了晏几道对于其父词风的判断,认为晏殊的珠玉词"从五代的小词脱胎而来,里面有情语,有妇人语","从词中能够看出作者那种十分容雍闲雅的生活态度。……同叔不过在富贵里面故意说几句寒酸话,不是愁人旅客的自诉。而因他的生活安定丰满之故,这点薄膜的愁绪的感觉,也是不容久占于他的心灵的,很容易得着慰安","比较柳耆卿词那种苦闷的缠绵,东坡词那种高旷的情思,自不可同日而语,即比较他儿子几道的词,也是'老凤不及雏凤'呢!"②胡氏推崇柳永、东坡词而贬低晏殊词,论断未免固执了些。比较而言,王易、郑振铎立场则客观一些。他强调同叔词"皆深思婉出,不让南唐。"③郑振

---

① 宛敏灏:《晏同叔年谱》,载《安徽大学月刊》,1934年1卷6期。夏承焘:《晏同叔年谱》,载1934年和1935年《词学季刊》2卷1号、2号。
② 胡云翼:《宋词研究》,中华书局,1926年版,第89—91页。
③ 王易:《词曲史》,原神州国光社1932年版,东方出版社,1996年版,第146页。

铎也强调"(晏殊)的成就的高处,确是以闯入延巳之室",强调了晏殊词"未脱尽花间派的衣钵"①。薛砺若对晏殊词作了细致分析,强调晏殊"生当北宋升平之世,去五代未远,故于温、韦等大词人,独能得其奥蕴,而加以融冶。……他是北宋词家的始祖"。又指出晏殊词风的由来,"他的词,抒情温厚处,颇得力于温、韦,又因生平喜读冯延巳词,所以也很受冯氏作风的影响。其最特异处,即在于能于一切平易之境,含有一种极舒缓闲适的情绪。如微风之拂轻尘,如小荷之扇幽香,令人暴戾之气为之顿消。这于他的刚峻个性,和循循然儒者的气度,完全相反",强调晏殊词的"婉柔而富诗意",对欧阳修、秦观、晏几道等都有重要影响②。

值得注意的是,民国时期的一些研究者对晏殊词有一些否定性的评价。吴梅指出,"宋词应以元献为首。……同叔去五代未远,馨香所扇,得之最先","细读全词,颇有可议者,如……庸劣可鄙,已开山谷、三变俳语之体,余甚无取也"③。陆侃如、冯沅君在肯定晏殊词"包含着和婉和激越两种,……不过两者究以和婉者为多"的同时,亦称其词"最大而且普遍的毛病,就是不深刻。……这大约因为他一生的遭际太顺适了,人生的旅途他并未走遍。"④平实而论,吴梅、陆侃如、冯沅君等对晏殊词的批评颇有可议之处。吴梅所论,其出发

---

① 郑振铎:《插图本中国文学史》,原北平朴社1932年版,人民文学出版社,1957年版,第479—480页。
② 薛砺若:《宋词通论》,上海开明书店,1949年版,第78—80页。
③ 吴梅:《词学通论》,原商务印书馆1932版,华东师范大学出版社,1996年版,第64—65页。
④ 陆侃如、冯沅君:《中国诗史》,原大江书铺1932年版,作家出版社,1956年版,第620—621页。

点是先验地肯定词体有一"正统",以"尊体"而贬斥"破体"的词学观念,而对晏殊词作出了判断。陆侃如、冯沅君强调晏殊词思想的"深刻",则恰恰是对北宋初期词"佑酒佐欢"基本功能的无视。其他民国时期研究晏殊词的作品,如宛敏灏《二晏及其词》等对晏殊词的评价,大略也如吴梅等人类似。

比较而言,民国时期对欧阳修词的研究,成果比较多,研究也相对深入一些。其中,对欧阳修词作中艳词的探讨,算是这一时期热点之一。如胡适认为,"北宋不是一个道学的时代,作艳词并不犯禁,正人君子并不以此为讳。……欧阳修的词直接五代,仍是《花间》一派,故他的词往往与冯延巳的词相混"[1]。他对宋代曾慥为尊者讳而删除欧词中的艳词颇不以为然,认为这些词就是欧阳修所作。此外,储皖峰《欧阳修〈忆江南〉词的考证及其演变》也认为欧阳修"……便在人群里肆弄他的轻狂",这是他"艳词的来源"[2]。黄畬《欧阳修词笺注》把欧词算作二百四十零半首,也是把欧阳修的艳词算在内的[3]。而郑振铎则认为,欧词中的艳词与欧阳修其他的词,风格不相同,可能是刘煇所作,但是风格真情质朴,可能是集当时的民歌[4]。与郑振铎此论相呼应,薛砺若在《宋词通论》中也肯定了欧阳修艳词的真实性及柔美性特征,并赞美说"当我们沉醉在他那种轻柔而妩媚的作风里时,我们深深地认识了他的本来面目与心灵——一颗极

---

[1] 吴奔星、李兴华选编:《胡适诗话》,四川文艺出版社,1991年版,第486页。
[2] 储皖峰:《欧阳修〈忆江南〉词的考证及其演变》,载于《现代学生》1933年第3卷第8期。
[3] 黄畬:《欧阳修词笺注》前言,上海古籍出版社,1989年版,第11页。
[4] 郑振铎:《插图本中国文学史》,人民文学出版社,1957年版,第482页。

强烈颤动的心——我们才知道他的文章的真正价值与风调"①。上述对于欧词中艳词的探讨,继承了历代词话的相关观点而又有了进一步的研究,为解决这一文学史上的难题作出了贡献。

对欧词的艺术风格、文学史地位等问题的评价,也是民国时期宋词研究的热点之一。较早对欧词进行研究的是台静农。他在《宋初词人》中评价说,只有欧阳修能够"接续晏殊在文学史上的位置",认为欧词的成功之处在于,第一是抒情的,第二是描述自然的,第三是乐府的精神。欧阳修词有着"丰富的感情,与高超艺术的手腕,而可以同时得到一种沉着的浑厚的伟大的气象,他的这种天才的力量,实在别的作家很少看见的"。认为欧阳修词中具有天然的音调与婉和不破的情绪,让人读后产生出"悠然的遐思"②。可谓对欧词推崇备至。而对欧词评价比较到位的还是要算钱基博。他在《中国文学史》中提到:欧词与"晏殊容出南唐,蹊径已变,而规模未大。然思路甚隽,而笔意有二:有冶丽同晏殊,而特为深婉开秦观者……有空灵出韦庄,而抒以疏隽开苏轼者","晏词婉丽,尚是晚唐之风流;而欧笔曲折,已开苏词之跌宕。盖以南唐而参《花间》,此风气之有开必先也"。钱氏以历史的发展眼光,对形成欧词风格的原因,以及欧词对后来者的影响作出了分析,其结论是比较客观的。可以说,民国时期对欧阳修及其词作的研究,在很多方面已经为80年代之后的研究者奠定了研究基础。

1949年到1980年间,学术界对晏欧词的研究,虽处于基本停滞的状态,但几部文学史著作却异军突起,对欧阳修诗词风格、历史定

---

① 薛砺若:《宋词通论》,开明书店,1949年版,第87页。
② 见郑振铎主编:《中国文学研究》上册,商务印书馆,1927年版,第5、6页。

位等方面的探讨,已经超越了三四十年代的水平。单篇论文有躬庵《欧阳修及其词》①、夏承焘、怀霜《冯延巳和欧阳修》等数篇,文章的基本内容都是叙述、介绍性的,严格说来不能算是论文。值得注意的是,这一时期的文学史著作,对欧阳修诗词的评价较之三四十年代有较大进步。1962年的中国社会科学院文学研究所主编的《中国文学史》评价欧词,认为"他的词最显著的特色,是一脱在古文中所常表露出来的那种儒家的'庄重'面孔,而表现了风流蕴藉的情调","和同时代名词人晏殊的创作大致相近","欧阳修的词受五代词人尤其是冯延巳的影响很大,但是他能取其写景深婉的一面,而摒弃了'花间派'的铺金缀玉,也没有那种浓腻的脂粉气息"。值得注意的是,该书提到在欧阳修的《醉翁琴趣外篇》中,欧词具有两个特点:"一是对慢词的创制和尝试,一是口语化和俚俗辞语入词",但又马上说"这在差不多同时的柳永词中,成为十分突出的特点"。该书承认《醉翁琴趣外篇》为欧阳修所作。从这些评价来看,该书持论尚为客观公允。在此之后,1963年出版的游国恩等主编的《中国文学史》,指出欧阳修的词"收在《六一词》和《醉翁琴趣外篇》中的有二百多首",部分词受"冯延巳影响较深,同时也受当时民间俚曲的影响",认为"欧词里还有部分直接表现个人抱负的作品",对欧词的历史地位予以高度的肯定。②

在这一时期,较之学术界对欧词研究所取得的显著成绩相比,对晏词的研究则相对成果较少。如胡云翼强调,晏殊词"往往就是晚会宴游之余的消遣之作。他在过分满足的生活里找出一点春花秋月

---

① 躬庵:《欧阳修及其词》,《文史哲》1958年第1期。
② 游国恩等:《中国文学史》(三),人民文学出版社,1964年版,第45页。

的闲愁来吟咏以下,但仍然掩盖不了那种浓郁的富贵气味,实在没有什么真实的思想内容","字句的工丽不足以文饰作品内容的空虚"①。中国社科院文研所主编的《中国文学史》,认为晏殊词的风格为"闲雅清婉",指出其词陶醉在酒色之中,含有淡淡的愁怨,强调"这种词风的形成有其深刻的社会根源和阶级根源",认为晏殊词"或写男欢女爱,轻歌曼舞;或写那些枯燥无味的祝颂之词,表现了雍容典雅的阶级情趣"。该书同时强调,"晏殊学习了冯延巳的较为疏淡的风格,多少摆脱了秾艳的脂粉气。他的词虽然不及欧阳修的情意绵邈,但力求形象的明朗和整个境界的浑成,语言也较为凝炼自然"。② 在当时政治形势下,得出这一结论是非常难得的。此后,1963年出版的游国恩等《中国文学史》也指出,晏殊的《珠玉词》大部分是富贵优游的生活中产生的,因此"留恋诗酒、歌舞升平就成了这些词的共同内容。"同时也指出,"另一部分写离愁别恨的作品,是受了晚唐五代以来传统词风的影响,也是适应樽前花下歌姬们传唱的需要的。"③总的来看,1949—1980年的晏殊词研究,在重视社会学研究视角的同时,也对其词作的艺术风格等有比较客观的评价,其历史进步意义值得肯定。

1980—2000年左右,晏欧词的研究迎来了较大进步。总的来看,主要集中于下列方面:

其一,研究者重视对晏欧词学观念的研究。如顾易生、〔韩〕金昌娥强调,宋词中也有"江西一派"之说。晏殊不讳言自己写情词,但以

---

① 胡云翼:《宋词选》,原中华书局1962版,上海古籍出版社,1982年版,第11—13页。
② 中国社科院文研所主编:《中国文学史》,人民文学出版社,1962年版,第575页。
③ 游国恩等:《中国文学史》(三),人民文学出版社,1964年版,第42页。

为其词与柳永有品位雅俗的区别。晏几道为《小山词》撰序,主张词要抒写个人的感情,与宋儒"文以载道"之说以及宋诗中说理之风迥异其趣。欧阳修自称"情痴",蕴有探讨人性根本的哲学意义,闪烁着批判禁锢主义的思想光芒。黄庭坚词论突出晏几道的"痴",更是欧阳修"情痴"的扩大,表现出一种违抗"道""法"的精神①。徐安琪强调,欧阳修的词学思想首先表现为词是"聊佐清欢"之具的功用观,与"人生自是有情痴"的言情观。二者兼蓄包容,构成了欧阳修词学思想的主体。在此基础上,又表现出追求自然美的创作倾向,这种倾向决定于志气自若的创作心态,其要旨乃是强调一个"真"字②。上述可见,一些学者注重从词人词学主张、词作表现等对宋初百年词人的词学观念进行研究,较之前人有了明显进步。据现存文献来看,宋初百年词人较少,留存的词作也不多,因此对这一时期词学观念的研究论文较少。

其二,晏欧词文学本位的研究,作为传统研究的重要方面,取得了很多研究成果。其中,艺术风格及其生成原因的探讨,仍然是研究者关注的重要领域。一些研究者使用比较的方法,对晏欧词艺术风格进行研究。重要论文有:蔡起福《晏殊、欧阳修词与审美直觉》认为,晏殊、欧阳修的词篇大多数委婉蕴藉、要眇宜修,读之令人有"含不尽之意,见于言外"的感觉。不少佳作有时只表现为刹那的顿悟,却有极强的感发力量和深层意蕴。这种感发力量和深层意蕴的产生同作者的审美直觉有直接关系③。除此之外,黄南《跨越时空的不解

---

① 顾易生、〔韩〕金昌娥:《宋代江西词人晏殊、晏几道、欧阳修、黄庭坚的词论》,《阴山学刊》1996年第2期。
② 徐安琪:《试论欧阳修的词学思想》,《中国韵文学刊》2001年第1期。
③ 蔡起福:《晏殊、欧阳修词与审美直觉》,《苏州教育学院学报》1999年第1、2期。

情结——二晏词"痴情"、"惆怅"意绪论》①、张静《欧阳修豪放词探析》②、吴功正《晏殊:富贵气象和清婉心态》③等,是对晏欧词艺术风格研究的重要论文。对晏欧词题材、内容、艺术手法的研究,是文学本位研究的重要方面。从题材角度研究的重要论文有:徐伯鸿、徐红《千姿百态总关情——试论欧阳修的恋情词》④、石麟《一种相思两样言愁——小议二晏的怀人词》⑤等。从晏欧词内容方面进行研究的论文有:唐骥《桨声花影里的欣悦和忧愤——谈欧阳修〈采桑子〉词》⑥、田干生《人类灵魂的焦虑与挣扎——试论晏殊〈珠玉词〉的生命意识》⑦、孙兰廷《人生自是有情痴,此恨不关风和月——试论欧词"侧艳"形成的内因》⑧。值得注意的是,对晏欧词艺术手法的研究,开始为研究者注意。

从晏欧词的人物形象与词的意象与境界来研究,也是研究者所乐于采用的视角。代表性的研究论文有:郭纪金《欧阳修俗艳词的

---

① 黄南:《跨越时空的不解情结——二晏词"痴情"、"惆怅"意绪论》,《江西社会科学》1996年第12期。

② 张静:《欧阳修豪放词探析》,《武汉大学学报》1998年第5期。

③ 吴功正:《晏殊:富贵气象和清婉心态》,《南京社会科学》2003年第6期。

④ 徐伯鸿、徐红:《千姿百态总关情——试论欧阳修的恋情词》,《信阳师范学院学报》1989年第4期。

⑤ 石麟:《一种相思两样言愁——小议二晏的怀人词》,《湖北师范学院学报》1985年第2期。

⑥ 唐骥:《桨声花影里的欣悦和忧愤——谈欧阳修〈采桑子〉词》,《宁夏大学学报》1986年第2期。

⑦ 田干生:《人类灵魂的焦虑与挣扎——试论晏殊〈珠玉词〉的生命意识》,《江淮论坛》2002年第5期。

⑧ 孙兰廷:《人生自是有情痴,此恨不关风和月——试论欧词"侧艳"形成的内因》,《语文学刊》1997年第1期。

人文意蕴》①指出,俗艳词展现了欧阳修本人心灵世界的另一面,不但具有较高的历史真实性、可观的民俗意义和认识价值,还带起宋代一大批词人的竞相仿作,形成了贯串宋代、影响后世的"俗艳词现象"。俗艳词的本质在于倡言世俗生活的意义和挣脱封建礼教的禁锢,可视为宋代士大夫文字形式的"艳情生活录"和历史变革期中国的诗体《十日谈》。

其三,晏欧词比较研究,也有若干进展。有一些论文,对晏殊与晏几道、晏殊与欧阳修等人的创作进行了研究。代表作如李王章《二晏词艺术风格的同中之异》②、李哲理《随俗而雅——名公巨相晏殊父子的词作》③、周建梅《试析晏殊、欧阳修抒怀词的中心意象》、房日晰《张先与晏殊词之比较》④等。

其四,词作的接受与传播角度对晏欧词展开研究,进而界定其历史地位和价值,是近来一个值得注意的研究视角。主要代表论文有:韩珊珊《疏隽开子瞻——浅析欧阳修对苏轼词风的影响》⑤强调,欧阳修"疏隽"一类词给苏轼词风的形成带来的影响:一是遣玩游赏的意义;另一是疏放旷达的情怀。甘松、徐秀燕《试论花间词对晏殊的影响》⑥指出,晏殊受南唐词特别是冯延巳的影响,但并

---

① 郭纪金:《欧阳修俗艳词的人文意蕴》,《深圳大学学报》2001年第6期。
② 李王章:《二晏词艺术风格的同中之异》,《渭南师专学报》1986年第2期。
③ 李哲理:《随俗而雅——名公巨相晏殊父子的词作》,《天津外国语学院学报》2001年第1期。
④ 房日晰:《张先与晏殊词之比较》,《南昌大学学报》2001年第3期。
⑤ 韩珊珊:《疏隽开子瞻——浅析欧阳修对苏轼词风的影响》,《赣南师范学院学报》2003年第1期。
⑥ 甘松、徐秀燕:《试论花间词对晏殊的影响》,《济南教育学院学报》2003年第6期。

非完全走南唐路线,他的词中也受到了花间词的影响。许晓云《试论晏殊词对冯延巳词的继承与发展》指出了冯延巳词对晏殊词体创作的影响。此外,也有从接受与传播角度对欧阳修词的相关论述。

总的看来,近三十年来学术界对晏欧词的研究已经取得了很多成果。举凡对晏欧词的词学观念、人物形象与意象、诗词分工、晏欧词的接受与传播等都有深入研究。尤其是后两者,在宋词研究领域中具有重要价值和学术地位。此外,晏欧词的文学本体研究,在近三十年来也取得了重要的进展。考虑到词作的功用与时代环境,对晏欧词的研究,当然要充分顾及其作为佐樽佑酒的消费文学品类的特征。因此,从词作的文学本位尤其是俗文学本位出发来研究晏欧词,理所当然是晏欧词研究的重要方向。也正是认识到这一特性,近三十年来,学术界对此有了充分的认识。从已有研究成果而言,如果要发掘新的研究问题的话,那么可能在晏欧词的诗词比较,包括诗词的题材差异、意境建构方式、诗词风格等问题,还有可以推进的空间。另外,考虑到晏欧词在宋初百年的重要地位,其词调来源、词与音乐关系、晏欧词中的意境意象及词面构建之典型性因素等,都还有可以推进的研究空间。

第二节　张先、晏几道词研究

张先的小令词以及慢词创作,大大拓展了词体的表现力,预示着士大夫雅词的发展方向,而晏几道小令词预示着宋初词风的回归。鉴于张先、晏几道词的历史地位,百多年来研究者展开了深入研究。

民国时期,学术界对于张先、晏几道词作的研究,并没有取得多大的进展。其中,学术界对张先词的研究,大都集中于张先词作的历史定位方面。吴梅指出,"子野上结晏欧之局,下开苏秦之先,在北宋诸家中适得其平。有含蓄处,亦有发越处。但含蓄不似温韦,发越亦不似豪苏腻柳,规模既正,气格亦古,非诸家能及也。"①这算是对张先词的较高评价。与吴梅不同,胡云翼则认为张先词"在由小令到长调方面起了一些过渡作用","但作用并不大,还不能与柳永相比。由于缺乏铺叙的才力,他的长调写的不算高明"。郑振铎也说,"在张先的小词里,有许多句子真是欲泛出纸面",但郑氏又说,"他亦作慢词,却都未见得好。他有技巧却没有奔放的气势,有纤丽而没有健全创造的勇气,乃是第一期的词人"②。比较而言,民国时期学术界对于晏几道及其词的研究,就更为薄弱,几乎没有什么成果。可以说,学术界对于张先、晏几道及其词作的研究,还要到1949年后才有更大推进。

1949—1980年,学术界对于张先、晏几道及其词作的研究,有一些研究成果。其间,詹安泰继续对张先词的历史定位进行研究,将张先与贺铸列为"奇艳俊秀派",评价张先说"他不是一个墨守故常的词家,而是一位创作的高手。他抒写平凡的景物情事都有韵味"③。刘大杰认为,"词到了张先,已渐渐离开小词的境界,而入于长调了。"④这两位学者对于张先词的评价是比较公允的。胡云翼、夏承焘、宛敏灏等人都对晏几道的生平进行过考证,基本确定晏几道的生

---

① 吴梅:《词学通论》,华东师范大学出版社,1996年版,第69页。
② 郑振铎:《插图本中国文学史》,原1932年版,引自人民文学出版社,1957年版,第483页。
③ 詹安泰:《宋词散论》,广东人民出版社,1980年版。
④ 刘大杰:《中国文学发展史》,上海古籍出版社,1982年版。

卒年为仁宗朝至徽宗朝之间①。而夏承焘的《唐宋词人年谱》,也对张先的生卒、作品编年等有较为详细的考证,认为张先生于太宗淳化元年(990),卒于神宗元丰元年(1078)②。

进入1980时代后,到2000年左右,学术界对于张先、晏几道词的研究迎来了高潮期。大致说来,研究领域主要集中于下列方面:

创作主体文化心理及文化心态研究。代表性论文有:杨海明《彩云易散:晏几道词中的怀旧心态》③对晏几道文化心态进行了考察。朱淡文《略论晏几道及其〈小山词〉》论及晏几道"古之伤心人"性格。涂育珍《通往回归之路——论晏几道及其词》④提及,《小山词》反复出现一个主题:回忆,认为晏几道在回忆中寻找和反省生命的寄托和意义,自我放逐于感伤的回归之旅。蒋晓城《悲剧生命的心灵之音——李煜、晏几道、秦观词词心比较》⑤从词心的情感意蕴、情感的形成以及抒情取向三个层面比较考察李煜、晏几道、秦观的词作。在情感意蕴上,后主词的亡国之恨、小山词的伤逝之痛、少游词的身世之悲是其词心个性。在情感的形成与抒情取向上,缺失性情感体验和真实深切是其词心共性。王德保、杨茜《北宋词人张先与

---

① 参见胡云翼:《宋词选》,上海古籍出版社,1982年版,第47页;夏承焘:《唐宋词人年谱》,上海古籍出版社,1979年版,第226页;宛敏灏:《学风》4卷2—6期,1934年3月。

② 夏承焘:《唐宋词人年谱》,上海古籍出版社,1979年版,第168—194页。

③ 杨海明:《彩云易散:晏几道词中的怀旧心态》,《文史知识》2000年第2期。

④ 涂育珍:《通往回归之路——论晏几道及其词》,《阜阳师范学院学报》2001年第5期。

⑤ 蒋晓城:《悲剧生命的心灵之音——李煜、晏几道、秦观词词心比较》,《中国文学研究》2003年第3期。

湖州地域文化考论》①论及,北宋词人张先在湖州文化发展史上也有举足轻重的作用。张先之绘《十咏图》留存"南园六老"及孙觉、陈振孙诸名家遗迹,串连起了前后"六客会"余风远扬,实曾主盟吴越词坛,于苏轼作词颇有启益。陆有富《张先词的主体情感介入和感事纪实性》②强调,词由代言"闺音"之类型化向男子自抒其情的个性化转变经历了一个渐进的过程,张先在这一转变过程中起到了桥梁作用。他的词作在词人自我形象和自我感情的介入有了一定的比例;题序的大量使用和以铺叙为主的慢词的创制,增强了词的抒情性和叙事性,强化了词作者在创作中塑造自我形象,表达自我独特的人生体验,抒发自我人生理想的主体意识。

　　文学本位的研究,是研究者重要的研究视角。从题材、内容对晏几道、张先词进行研究,取得了不少进展。代表作有:赵晓兰《论张先词的"雅化"》③强调,张先的词多用题序,着力意境,工巧精美。在词的发展史上为词的"雅化"作出了重要贡献。这种文体的自觉,是张先创作成熟的标志,也是词体本身发展成熟的标志。诸葛忆兵《心灵的避难所——论晏几道的恋情词》④选取了晏几道恋情词,从三个层次透视其表达方式、基本内涵、心理成因等,对小山词进行研究。刘志勇《试探晏几道的苦恋情结》⑤从晏几道的生平、作品以及

---

① 王德保、杨茜:《北宋词人张先与湖州地域文化考论》,《江西社会科学》2004年第11期。
② 陆有富:《张先词的主体情感介入和感事纪实性》,《内蒙古师范大学学报》2007年第S1期。
③ 赵晓兰:《论张先词的"雅化"》,《四川师范大学学报》1993年第1期。
④ 诸葛忆兵:《心灵的避难所——论晏几道的恋情词》,《求是学刊》1993年第4期。
⑤ 刘志勇:《试探晏几道的苦恋情结》,《吕梁高等专科学校学报》2004年第1期。

其作品中的意象(歌·酒·梦),对晏几道苦恋着的莲、频、鸿、云做了详细的阐述。并对晏几道苦恋情结作了系统的把握。从张先、晏几道词作艺术风格及艺术性方面来研究,也是重要的研究视角之一。代表作有:万斌生《简论〈小山词〉的艺术特色》[1]、锺陵《清壮顿挫小山词》[2],周玲《论张先词的创新》[3]指出,张先在词的体制方面所进行的种种探索与尝试具有其创新性,这不仅表现在他对慢词写作的重视和积极实践上,而且还反映在他的词作中出现了不少的题序与和韵。从其16首慢词、38首中调的创作实际便可看出张先精通音律、迎接市井新声、自制声调新曲的创新意识,66个题序及8首和韵词都预示着崭新词风和词之创作高潮的到来。这些努力对苏轼等人的创作起了直接的影响。

通过对不同词人及词作的比较研究,来探讨作者文化心理、词作特质的研究方法,在晏几道、张先及其词作研究中占据很重要的地位。代表性的研究成果有:吕菲《长箫一支同心曲梦里清辉各自明——比较晏几道与纳兰性德"梦"词之异同》[4]指出,晏几道与纳兰性德对"梦"意象进行创作,其词意境构成和艺术风格方面的相异性反映出他们对人生与社会历史不同的思考。何旭、钱毓英《皆为古之伤心人:晏几道与秦观词之比较》[5]文章从二人的情感、身世及词

---

[1] 万斌生:《简论〈小山词〉的艺术特色》,《江西大学学报》1988年第4期。
[2] 锺陵:《清壮顿挫小山词》,《南京广播电视大学学报》2005年第3期。
[3] 周玲:《论张先词的创新》,《唐都学刊》2001年第4期。
[4] 吕菲:《长箫一支同心曲梦里清辉各自明——比较晏几道与纳兰性德"梦"词之异同》,《中国青年政治学院学报》2005年第1期。
[5] 何旭、钱毓英:《皆为古之伤心人:晏几道与秦观词之比较》,《成都教育学院学报》2004年第11期。

之题材、内容、风格等方面比较分析二人共同的"伤心"处。蒋晓城、张幼良《情爱的伤逝之歌——晏几道、吴文英恋情词比较》①指出,北宋词人晏几道与南宋词人吴文英的恋情词源于他们相近的恋情生活和伤痕心理。在表现方式上同以追忆和梦境为主,但梦窗词显得更复杂更深隐。在情感特征上具有相同的真挚伤感,既有恋情的,又有身世际遇的,不同的是梦窗词中闪动着时代的悲感。高峰、戴月舟《伤心人各有怀抱——晏几道、秦观词风比较研究》②强调,晏几道的感伤词作多通过梦境、追忆等手法,抒发身世之悲、相思之苦,体现出幽渺空灵的艺术魅力。秦观的感伤词作则常常描摹凄迷的外在景物,映衬自己横遭政治打击的郁苦悲绪,创造出萧瑟凄厉的艺术境界。两者在意象选择、章法结构、语言表达等方面均别具特色,在中国词史上各有不同的价值和影响。孙维城《唐诗人孟浩然与宋词人张先比较及其文化意义》③强调,从作品创作看,孟浩然写作的是唐代开始兴起的近体诗,张先写作的亦是小令与慢词,篇幅都比较短小,他们都以名句出名,看出他们的作品气局不大而韵味颇足。他们作为某种文体走向成熟期的承启人物在文学史上显示出作用。孟浩然上承陶谢,开启古代诗歌的平淡风格,张先开启了宋代慢词讲究韵味的审美风貌。他们的人格风神在文化史上有着特殊的意义,他们代表了中国古代文人的最普遍的人文形象与艺术审美形象,反映了

---

① 蒋晓城、张幼良:《情爱的伤逝之歌——晏几道、吴文英恋情词比较》,《广西社会科学》2003年第9期。

② 高峰、戴月舟:《伤心人各有怀抱——晏几道、秦观词风比较研究》,《南京师范大学文学院学报》2004年第9期。

③ 孙维城:《唐诗人孟浩然与宋词人张先比较及其文化意义》,《文学评论》2004年第3期。

这一形象的历史发展过程。类似论文还有:房日晰《张先与晏殊词之比较》①、龙慧萍《真纯·善感——论晏几道与纳兰性德词心之相似》②、谢永芳、曾广开《张先主盟吴越词坛影响"东坡范式"考论》③等。

学术界对张先、晏几道及其词作的研究,主要研究视角与研究领域已如上述。除此之外,尚有少量论文涉及词学主张及词学思想的研究、词作意境与意象研究、诗词关系研究、创作主体及词作本事词语考证、词人文学史地位、词人及词作的传播与继承研究等。

总的来看,近三十年来学术界对张先、晏几道词的研究,在主体文化心理及文人心态,文学本位研究包括词作题材、内容、艺术风格等方面的研究,词学主张研究等方面,都取得了很多进展。一些论文注意到了前人对张先、晏几道词的评价而作翻案文章,也彰显出学者独立思考的可贵之处。此外,比较研究、历史的逻辑的研究等研究方法得到了广泛的运用,也是新时期张先、晏几道词作研究的标志性突破。就已有研究成果而言,还可以在诗词题材比较、张先晏几道词的意象取舍等方面,推进相关研究。

第三节 柳永词研究

作为北宋中期词风转变的代表性作家,柳永以其大量创作慢词

---

① 房日晰:《张先与晏殊词之比较》,《南昌大学学报》2001年第2期。
② 龙慧萍:《真纯·善感——论晏几道与纳兰性德词心之相似》,《中国韵文学刊》2003年第2期。
③ 谢永芳、曾广开:《张先主盟吴越词坛影响"东坡范式"考论》,《周口师范学院学报》2003年第7期。

而闻名。柳永在词体的普及化与通俗化,以及表达文人的羁旅行役情怀风格方面,作出了杰出的贡献,亦因此而为后人重视。百多年来,对柳永及其词作的研究,产生了大量的成果,主要集中于下列几个方面。

民国时期,对柳永及其词的研究,成果不多。储皖峰提出,柳永生于宋太宗至道元年(995)①。这一时期,一些学者指出了柳永在创作慢词上的突出贡献。刘毓盘指出,慢词"当始于柳氏"②。王易则强调,柳永慢词创作较多③。赵祥瑗也指出,柳永始作慢词,"创建之功,柳永为多"④。这一时期,薛砺若也指出了柳永在创建慢词上的贡献,强调由于柳永的努力,"宋词阶段乃始由小令进入慢词时期","词自温庭筠始乃正真成立,至柳永乃始大为解放。而其在词学的演变与升降上,则两人同为一个时代的最大导师。"⑤总的看来,民国时期学术界对于柳永及其词的研究,还刚刚开始。

1949—1980年左右,学术界对于柳永及其词的研究,在承继民国学者成果的基础上,有一些明显的进步,涌现出一批有代表性的成果。唐圭璋考证柳永生于太宗雍熙四年(987),而林新樵考证为雍熙元年(984)前后⑥。李国庭又考证为太平兴国五年(980)前后⑦。高熙曾对柳永家世进行了考证,认为柳永产生于典型的官宦家庭⑧。

---

① 储皖峰:《柳永生卒年考》,《浙江大学季刊》第1卷,1932年1月。
② 刘毓盘:《词史》,群众图书公司,1931年版,第69页。
③ 王易:《词曲史》,神州国光社,1932年版,第113页。
④ 赵祥瑗:《论秦柳之异点》,《文哲学报》1923年第4期。
⑤ 薛砺若:《宋词通论》,开明书店,1949年版,第105页。
⑥ 林新樵:《柳永生年小议》,《福建师范大学学报》1981年第4期。
⑦ 李国庭:《柳永生年及其行踪考辨》,《福建论坛》1981年第3期。
⑧ 高熙曾:《柳永遗事考辨》,《天津师院科学论文集刊》1957年第1期。

这一时期,学者们对柳永的思想品格也有所探讨。如唐圭璋、金启华认为柳永对妓女的感情时会真挚的①。而1960年南京师院中文系三班宋代文学科研小组(郁贤皓、周复昌执笔)认为,柳永对妓女的感情不是真挚的,柳永是"游荡成性的没落士大夫"②。王水照则随之在1961年发表《谈谈宋词和柳永词的批判继承问题》③,他认为郁贤皓等人对于宋词的评价过高,对柳永词的评价过低,强调柳词中对妓女的态度存有"两重性",王文对柳永词的评价有所提高。

这一时期,学者们对柳的历史贡献及其艺术特色也有一些研究成果。唐圭璋、金启华认为,柳词是《云谣集》的继承和发展,认为"慢词与小令同时发展,分庭抗礼,双峰并峙"④。何芳洲则提出,文人作慢词始于柳永,应该尊重过去文学史和文论的说法⑤。这一时期,值得注意的论文,还有冯其庸的《论北宋前期两种不同的词风》⑥、龙榆生《宋词发展的几个阶段》⑦等论及柳词的历史贡献,对柳词的历史地位给予了较高评价。

1980—2000年左右,学术界对柳永及其词的研究,出现了新的高潮。这一时期的学术研究成果,极大地拓展了研究领域。大略表

---

① 唐圭璋、金启华:《论柳永的词》,《光明日报》1957年3月3日。
② 郁贤皓、周复昌执笔:《必须用批判的态度对待柳永词的评价》,《光明日报》1960年7月17日。
③ 王水照:《谈谈宋词和柳永词的批判继承问题》,《光明日报》1961年1月18日。
④ 唐圭璋、金启华:《论柳永的词》,《光明日报》1957年3月3日。
⑤ 何芳洲:《关于柳永及乐章集》,《光明日报》1957年6月30日。
⑥ 冯其庸:《论北宋前期两种不同的词风》,《光明日报》1958年1月19日。
⑦ 龙榆生:《宋词发展的几个阶段》,《文学遗产增刊》第8辑,中华书局,1961年版,第121页。

现在：

　　柳永生平、思想及其文化心理等方面的研究。吴熊和从柳永的登第和改官、改官后的柳永等方面，考察了柳永的生平仕途履历①。杨海明指出，柳永作为北宋词坛上由商业经济所孵化出来的市民阶层的一种人格类型，他弃功名利禄，带着强烈的个人主义色彩和偏向于官能享受的享乐，缺乏高远的人生目标和英雄主义理想，失却了同时代其它士人所具有的忧患意识和社会责任感，并不带有深刻的思想蕴含。在两宋以士大夫文人为盟主的词坛上，其人其词都表现了"别是一家"的特色和意义②。曹项今《角色意识与柳永词风之关系》③分析了柳永生活境遇的变化与其词作风格特征之间的关系，从几个方面说明了角色意识对作家创作的影响。曾大兴《柳永宦迹游踪考述》④根据柳永《乐章集》本身提供的一些重要线索，参考宋元以来有关史乘、笔记、方志的记载，对柳永在睦州、昌国、苏州、泗州、华阴、灵台、江夏、九山和成都等九处的宦迹与游踪做了细致的考述，同时对学术界的某些观点，提出了不同的看法。李国庭《柳永生年及行踪考辨》⑤也对柳永生平事迹有考辨。类似的论文还有王辉斌《柳永生平订正》⑥、薛瑞生《柳永生卒年与交游宦踪新考》⑦等。

---

① 吴熊和：《从宋代官制考证柳永的生平仕履》，《文学评论》1987年第3期。
② 杨海明：《柳永：世俗词人的人生哲学和人生况味》，《阴山学刊》1997年第4期。
③ 曹项今：《角色意识与柳永词风之关系》，《中州大学学报》2002年第4期。
④ 曾大兴：《柳永宦迹游踪考述》，《广州大学学报》2003年第6期。
⑤ 李国庭：《柳永生年及行踪考辨》，《福建论坛》1981年第5期。
⑥ 王辉斌：《柳永生平订正》，《南昌大学学报》2004年第5期。
⑦ 薛瑞生：《柳永生卒年与交游宦踪新考》，《中国韵文学刊》1994年第2期。

学者对柳永思想也有一些考察。丰家骅《柳永思想评价当议》①对历史上关于柳永评价的一些问题展开研究,认为历史上柳永的评价褒贬不一其主要原因,在于忽视了时代特征,文章结合宋代的社会风尚对柳永思想评价中的两个流行的观点进行了探索。类似的文章尚有程瑞钊《柳永思想性格新论》②和《略论柳永思想》③等。

对柳永文化人格及文化心理的探讨,亦有一些论文。宓瑞新《论柳永的文化人格》④指出,俗名远扬既给了柳永傲视现存政治威权和传统价值的资本与力量,同时也让他承受了传统仕宦观念的深重压抑和打击。柳永最终以在世俗情欲中伸张自我作为化解心灵痛苦和内在紧张的出路。曹志平《论柳永社会角色的多重内涵及其文化意蕴》⑤指出,城市新兴文化的铸造、传统文化的雕琢及其个性自觉,使柳永所扮演的社会角色内涵丰富,风流自赏的才子词人、疏狂自傲的多情浪子、孤寂自伤的蹇运寒士等多重角色内涵统一于词人形象之中。此外,邓莹辉《试论柳永的生命意识》⑥、曾大兴《试论柳永的创作道路》⑦等也对柳永的生平、创作道路及文化心态等进行了研究。

研究者还注意到了产生柳永词及柳永文化心理的文化生态问题。代表性的论文有:罗漫《词体出现与发展的诗史意义》⑧指出,词

---

① 丰家骅:《柳永思想评价当议》,《学术月刊》1985年第5期。
② 程瑞钊:《柳永思想性格新论》,《西南师范大学学报》1989年第2期。
③ 程瑞钊:《略论柳永思想》,《乐山师专想报》1986年第2期。
④ 宓瑞新:《论柳永的文化人格》,《山西师大学报》2002年第2期。
⑤ 曹志平:《论柳永社会角色的多重内涵及其文化意蕴》,《齐鲁学刊》2000年第4期。
⑥ 邓莹辉:《试论柳永的生命意识》,《海南大学学报》1991年第1期。
⑦ 曾大兴:《试论柳永的创作道路》,《齐齐哈尔大学学报》1987年第1期。
⑧ 罗漫:《词体出现与发展的诗史意义》,《中国社会科学》1995年第5期。

的外观形态可分为三类:奇言词、偏言词、奇偏言混成词。由于奇言诗的影响,奇言词最早发达;偏言词起源虽早,但不发达。奇偏言混成词最能体现词体多方面的独特性能,是词体充分成熟的标志,此体除了兼其奇言词、偏言词的若干特征外,还主要吸收了以四、六言句式为主的抒情骈赋的句式及修辞特征,使词获得了诗赋合流的新体性,文体的综合性是奇偏言混成词得以蓬勃发展和持久生存的生命形式。谢谦《论宋代文人词的俚俗化》①以柳永、秦观、黄庭坚、石孝友等文人词为例,分析宋词的俚俗化现象,以揭示中国俗文学发展演变的轨迹。杨海明《试论宋代词人享乐心理的雅俗分趋——以柳永、苏轼为例》②指出,柳永的享乐心理包含着合理的思想文化内涵,苏轼的享乐心理直指人最终的精神家园。这源于他们对"何为快乐"的独特体认。趋俗是柳永文化人格沾染市民文化因素的结果,尚雅是苏轼的精神境界承传雅文化因子的结果。二者内核都可以归纳为对"快乐权"的追求,因而有一定的进步意义与启迪作用。类似论文尚有:曾大兴《柳永〈乐章集〉与北宋东京民俗》③、程瑞钊《论柳永新声创作与宋词之繁荣》④等。

从文学本位来研究柳永词,百多年来一直是研究重心之一。有的研究者注重从题材、内容等方面来研究柳词。重要代表性研究论

---

① 谢谦:《论宋代文人词的俚俗化》,《四川大学学报》2003年第5期。
② 杨海明:《试论宋代词人享乐心理的雅俗分趋——以柳永、苏轼为例》,《湖南文理学院学报》2004年第6期。
③ 曾大兴:《柳永〈乐章集〉与北宋东京民俗》,《中山大学学报》2003年第5期。
④ 程瑞钊:《论柳永新声创作与宋词之繁荣》,《重庆师范学院学报》2000年第3期。

文有：范晓燕《柳永俗词俗论》①强调，受世俗文化的市井风情的熏染，柳永词张扬出鲜明的"俗"的创作个性。其俗词的兴起，代表了当时追逐流俗的审美取向和创作趋向。此外，这一类的研究论文还有丰家骅《论柳永歌咏太平的词》②等。

有的论文注重从柳词艺术性及风格来进行研究。一些学者注意到了柳词在词体形式上的特征。如：郑树平《柳永慢词的抒情艺术》③从抒情结构、抒情手法、抒情语言和韵律三个方面论证了柳永慢词的抒情艺术特征。认为柳永慢词以铺叙展衍、曲折层深的艺术结构，浅显易懂的语言及曼妙宛转的音律，叙事、描景、抒情而达到情景交融，从而熔铸成具有独特个性的抒情艺术，并对后世词坛产生了重大影响。邱世友《柳永词的声律美》④强调，柳永词词调仄声字三声中的去上、上去和去声字的用法，而重点在去上。文章指出《乐章集》去声多用于空际转身、转折跌宕，上去入三仄声字巧妙组合形成抑扬的节奏，增加了声律的和谐美，加强了意境的艺术性。苏轼、周邦彦的慢词新调多学柳永新格。李静《柳永词的视野和视角论略》⑤指出，柳词在传统的小令之外另外开辟了一片广阔的天空，于作品的容量上推衍、发展了慢词，而且体现于柳词在观照视野、审美视角等方面的创变上。词的文人化在柳永处实现了定型。张进《论柳永词的"赋法"》⑥强调，柳词之"赋法"主要吸收了宋玉辞赋、汉大赋、六朝小品文赋以及汉魏乐府的语辞和

---

① 范晓燕：《柳永俗词俗论》，《求索》2003 年第 6 期。
② 丰家骅：《论柳永歌咏太平的词》，《吉林大学社会科学学报》1992 年第 4 期。
③ 郑树平：《柳永慢词的抒情艺术》，《潍坊教育学院学报》1989 年第 1 期。
④ 邱世友：《柳永词的声律美》，《文学遗产》2002 年第 4 期。
⑤ 李静：《柳永词的视野和视角论略》，《北京大学学报》2003 年第 6 期。
⑥ 张进：《论柳永词的"赋法"》，《陕西广播电视大学学报》2004 年第 3 期。

手法,表现在善于铺陈扬厉、体物写景、直叙其事、熔铸语辞等。

从比较的角度对柳永及其词作进行研究,亦是重要的研究方法。代表作有:曾亚兰《从几首抒情小词看芳心之寂寞——二晏和柳永笔下之相思女人》①对晏殊、晏几道和柳永词中的女性形象进行了对比。袁晓薇《从"柳七风味"到"自是一家"——论柳永、苏轼词消息相通及其意义》②强调,柳永和苏轼都是北宋词坛的大力革新者。柳永在苏轼之前的创造性开拓,对后起的苏轼有多方面的启发和影响,二者消息相通。苏轼的大力革新是以柳永的开拓为基础的。正是从柳永到苏轼前后相继的开拓,使宋词有了新的开拓和发展。类似的研究论文尚有:曹秦波《柳永和周邦彦词之异同比较》③、赵晓兰《抒情角度与温庭筠和柳永的词境》④、易勤华《线型美与环型美——柳永、周邦彦词结构形态比较》⑤等。

一些研究者注意到了柳词传播与继承在词史上的价值与意义。代表作有:邓建《从词集的编辑与流传看柳永词的传播》⑥考察了永词集的编辑与流传情况,勾勒与描摹柳永词传播的总体轮

---

① 曾亚兰:《从几首抒情小词看芳心之寂寞——二晏和柳永笔下之相思女人》,《贵州社会科学》1992年第9期。

② 袁晓薇:《从"柳七风味"到"自是一家"——论柳永、苏轼词消息相通及其意义》,《安徽师范大学学报》2000年第1期。

③ 曹秦波:《柳永和周邦彦词之异同比较》,《天水师专学报》1992年第1、2合期。

④ 赵晓兰:《抒情角度与温庭筠和柳永的词境》,《四川师范大学学报》1990年第1期。

⑤ 易勤华:《线型美与环型美——柳永、周邦彦词结构形态比较》,《怀化师专学报》1994年第3期。

⑥ 邓建:《从词集的编辑与流传看柳永词的传播》,《湛江海洋大学学报》2005年第5期。

廓与宏观史况。认为柳词传播在整体上升的趋势之中,又呈现出宋之始兴、元之滞涩、明之复苏、清之繁盛的阶段性特点。邓建《论柳永词在明代的传播与接受》[1]对柳词的明代传播进行了考察。指出柳永词之传播与接受在明代迅速复苏,其词史地位亦得到大幅提升。此期柳永词因其言婉情真而被众多词籍大量著录,传播之势大盛,但雅派词籍的没落也反映出明人词学趣味的单一与偏执。柳永词的接受则显、隐双线并行,不但其绮语真情得到众多士人的推崇,其内在的平民化、通俗化艺术趣味与审美追求亦得到深度认同与广泛接受。从传播与接受角度对柳词进行研究的论文,还有:余敏先、米学华《试论柳永词在宋代的传播与接受》[2]等。

一些学者也对柳永在诗歌史上的重要地位进行了新的探讨和研究。代表作有:廖泓泉《"公却学柳七作词"——简论柳永词的影响》[3]指出柳永在中国词史上的影响深远而复杂。柳永在生前和身后都有着庞大的阅读、欣赏群体;在歌词创作领域,许多词人于吟唱柳词的同时,也在不同程度地模学柳词,某些作家则受到柳永歌词的激发,在创作中逐渐另辟新路。施议对《北宋词坛的"柳永热"》[4]考察了柳永在宋代词坛的影响。李金水《柳永"俗"词的积极意义》[5]对

---

[1] 邓建:《论柳永词在明代的传播与接受》,《江南大学学报》2005年第5期。
[2] 余敏先、米学华:《试论柳永词在宋代的传播与接受》,《淮南师范学院学报》2004年第2期。
[3] 廖泓泉:《"公却学柳七作词"——简论柳永词的影响》,《内蒙古财经学院学报》2004年第1期。
[4] 施议对:《北宋词坛的"柳永热"》,《社会科学研究》1988年第6期。
[5] 李金水:《柳永"俗"词的积极意义》,《江淮论坛》1986年第12期。

柳永的俗词历史地位进行了考察。孙虹、任翌、张媛《柳永词的语体风格以及对宋词的影响》[①]指出,柳永词在宋代大文化背景的濡染下,由对传统辞章进行历史整合的书卷气、按词体的规定性组合渊雅博炼词汇的音乐性,以及在此基础之上,形成的相当稳固的词体语言系统所构成的语体风格,对后世词体特别是宋词产生了深远的影响。曾大兴《柳永都市风情词的历史价值与民俗价值》[②]指出,柳永的都市风情词其所歌之功与所颂之德是有历史依据和认识价值的。这类作品对北宋东京等大都市的繁华景象与节令风物的描写,更包含着丰富的历史图景与民俗内容。

由上可以看出,新时期学术界对于柳词的研究已经取得了显著成就。举凡柳词文学本位研究、柳永生平思想及文化心理研究、产生柳词的文化生态研究、柳词的传播研究等都取得了新的进展。就柳词的文学本位研究而言,题材、内容、艺术风格、词作形式、词作表现手法等方面的研究已经非常深入。比较、联系等研究方法为研究者所重视。可以说,要想在当前已有研究成果的基础上再深入推进柳词研究,是需要很大的学术勇气的。仔细想来,推进柳词研究的可能性路径,大约还可以从柳词特质与彼时文化生态之关联、柳词所抒写的地域文化风景及其在不同作家诗词作品中的差异、柳词文学本位研究、柳词与唐诗关系等领域做进一步的探讨。不过亦应承认,就已有柳词研究所达到的高度而言,要想取得进一步的突破,是非常不易的。

---

① 孙虹、任翌、张媛:《柳永词的语体风格以及对宋词的影响》,《江南大学学报》2002年第4期。
② 曾大兴:《柳永都市风情词的历史价值与民俗价值》,《暨南学报》2003年第4期。

总结而言,1980年以来学术界对宋初百年词人及词作的研究,所取得的突出成就是空前的。举凡词人生平及思想、词学观念与词学主张、词作的文学本位研究、词作的文化生态与文人心态研究、词人词作的文学史价值与历史地位研究等,都取得了显著进步,这些成就在很大程度上代表了百年来宋词研究的新高度。在看到学术界对宋初百年词人词作研究所取得的成就的同时,亦应承认,学术界对宋初百年词人词作的研究仍有可待探讨的研究领域乃至学术空白,如学者对词史上的若干疑难问题,仍然关注不够,比如欧阳修与晏殊、杜安世以及南唐冯延巳等人有二十余首词作共存于他们的词集中,如何界定这些词作,事关对这些作者的创作成就、词学贡献等问题,但学术界对此鲜有关注。又如,欧阳修、晏殊、柳永等人的词作有些化用唐人诗句的情况,对此进行分析,能够进一步确认诗词分工乃至对唐宋诗之争等具有意义,但学术界也很少有人关注。另外一些学者引入了数理统计等方法对宋初百年词人及词作的研究,但是往往忽略历史文献遗存与历史实际之间的关系,所得研究结论不够客观。一些学者习惯于"证明"历代词论对于作者及词作的判断,鲜有独立发现问题的能力。另外,近三十年来除了施以对《宋词与音乐关系研究》等著作外,也很少有研究宋初百年词作与音乐关系的论文出现。这些问题的存在,希望引起学术界的充分注意,并努力解决之。

第四章　苏轼及其诗词研究

苏轼受到欧阳修的提携，又与曾巩、王安石等皆有交往，并对黄庭坚、秦观、晁补之和张耒等人的文学创作给予了指导和帮助，是继欧阳修之后主持北宋文坛的领袖人物。他统合儒释道思想，形成既热爱生活又超脱达观的人生态度，对当时及后世文人具有极大影响。他的诗歌笔力纵横，穷极变幻，间之议论，富有理趣，使宋诗的风貌更加突出。他扩大了词的题材，丰富了词的意境，拓展了词的艺术表现力，确立了词体的若干新的审美类型。在词的发展史上，苏轼对词体的革新和发展做出了重大贡献。苏轼在诗、文、词、书、画等方面均取得了很高的艺术成就，被公认为是中国历史上最伟大的文学家之一。正因如此，百年来学术界对苏轼及其诗词的研究，是宋代文学研究的热点和重点之一。亦因如此，近三十年来，很少有标志性的成果出现。

第一节　苏轼思想及诗歌研究

苏轼思想非常复杂，他受到了儒道释三家的共同影响，但又以儒学与佛教影响更甚。仔细梳理研究文献可见，真正意义上的苏轼思想的研究，在1949年后才开始展开。大致而言，1949—1980年间，主要集中于对其政治思想的研究上，而关于苏轼的三教融合思想、文化人格等方面的研究，要到1980年后才开始展开。

1949—1980年之间,学术界对苏轼思想的研究,首先从其政治思想开始。在这一时期,围绕着对苏轼思想的评论,既发生了王季思、黄昌前、艾治平等人的论争,也有程千帆、乔象钟等人的交锋。王季思首先发文指出,苏轼有"比较一贯的政治态度","平生倾慕贾谊、陆贽,他在政治上的主导思想属于儒家范畴",给予苏轼文学成就和人格精神以高度评价①。而黄昌前却不同意王文的评价,他认为王季思的文章"表现了作者在古代文学研究中的资产阶级立场和主观唯心主义的研究方法",认为对苏轼那样只强调艺术技巧、不顾作品思想性的,不能给予过高评价。他认为苏轼的政治态度是反动的,其思想是消极悲观的,苏轼与人民的距离是很大的②。王季思接着又发表《关于〈苏轼试论〉的几个问题》,接受了黄文的批评,认为不宜对苏轼这样复杂的人物作简单的评价。实际上是比较委婉地否定了黄文的观点③。艾治平则强调,"苏轼的乐观旷达带有一种游戏人生的性质,与人民的乐观主义的战斗精神自然是有区别的",但该文对苏轼的文学史地位也给予了客观的肯定。算是对王、黄观点的调适。这一时期,程千帆于1957年发文认为,苏轼的诗文具有强烈的"反抗精神",给予其高度评价④。而乔象钟则认为,程千帆强调苏轼的反抗精神,是要人们以反抗精神来反对今天的社会主义事业,反映出作者的"反动心理"⑤。这一时期,也有一些客观研究文章,如杨

---

① 王季思:《苏轼试论》,《文学研究》1954年第4期。
② 黄昌前:《对王季思先生的〈苏轼试论〉的几点意见》,《文学研究》1958年第4期。
③ 王季思:《关于〈苏轼试论〉的几个问题》,《文学研究》1958年第4期。
④ 程千帆:《苏诗札记》,《光明日报》1957年5月9日。
⑤ 乔象钟:《驳右派分子程千帆所谓苏轼反抗精神》,《光明日报》1958年10月26日。

运泰强调,"苏轼的政治主张基本上是进步的,但他的改革意见又是不彻底的","苏轼的政治思想史自成体系的,它有开明的进步的一面,又有落后的保守的一面,然而前者毕竟是主要的"①。谢继善也指出,苏轼在政治上恪守儒家"勤政爱民"的传统,维护封建秩序,是保守的,由于他的阶级偏见,没有看到当时的社会危机、阶级矛盾和民族矛盾的日益尖锐、深刻化。但另一方面,谢文也指出,苏轼对安石变法态度的改变,也"可以看出苏轼的思想还是比较通达"②。朱靖华指出,苏轼的改革主张是一贯的,他基本上坚持了自己的改革理想,苏轼对新法的态度改变,"不是因为他在政治实践中对新法的某些体验,最根本的原因还是由于被贬后政治地位的急骤下降。"③而王水照联系苏轼政治态度与其政治诗歌,全面分析了苏轼对变法态度转变的与原因。他认为,苏轼对变法态度的转变,"归根结底是当时社会矛盾,尤其是北宋统治阶级内部斗争的诸种矛盾在苏轼这样一位具体人物身上的反映","反映了在上升时期的中小地主阶级的物质生活和社会地位所决定的要求"④。马积高也指出,苏轼对于变法态度的转变,"是由于他的家庭出身、生活道路和由此而形成的世界观所决定的"⑤。

1980—2000年左右,学术界对于苏轼思想的研究开始出现显著进展。其中,除了对苏轼政治思想的研究,继承了1949—1980年间

---

① 杨运泰:《苏轼思想简论》,《新建设》1962年第4期。
② 谢继善:《苏轼的政治思想和苏诗的艺术成就》,《江汉学报》1962年第3期。
③ 朱靖华:《论苏轼政治思想的发展》,《历史研究》1978年第8期。
④ 王水照:《评苏轼的政治态度和政治诗》,《文学评论》1978年第3期。
⑤ 马积高:《试论苏轼的政治态度和文学成就》,《湖南师院学报》1978年第3期。

的传统,而有新的进展之外,一些学者注意到了苏轼思想的复杂性,尤其是儒道释三家思想对苏轼思想的影响。夏露指出,苏轼学佛有三个阶段,认为苏轼学佛有三个特点:不为戒律所束缚;勇于探索,对佛教提出批评;否定了佛教"苦海无边""一切皆空"的宗旨,而肯定现实生活[1]。刘石则从三个层面指出了苏轼与佛教的关系:其一,苏轼因家庭而受佛教影响;其二,佛教与道家思想都对苏轼产生了影响,但具体到苏轼而言,佛教思想是对老庄思想的升华;其三,苏轼对佛教戒律的态度,并不是他的真意,苏轼处于对佛教维护的立场,苏轼吸收的是佛教"平等、慈悲、净心"及"清慎、节欲"等"德力"[2]。孙昌武将苏轼与佛教诸僧交往关系列为表格,指出苏轼自早年起接触最为密切的是云门宗,他的思想与创作都受到云门宗的独特影响,另一方面,苏轼的创作对弘扬云门宗也有一定影响。作者还论述了苏轼与华严宗的关系,认为苏轼的禅观中有华严思想,强调苏轼从对万法圆融无碍、相即相入的体认中找到了自己的位置[3]。詹石窗则对苏轼与道教关系进行了考察,强调苏轼受到了道教的熏陶,苏轼是通过道教而逐渐迈进老庄玄学的殿堂的[4]。张毅则指出,庄子的至人观念和逍遥齐物思想,对苏轼人生态度起到了影响,同时,苏轼也对道教的内丹气功养生表现出浓厚兴趣。由此,苏轼在贬谪之际仍然能够随遇而安,潇洒自如,有乐观旷达的情怀[5]。王靖懿《试论苏轼

---

[1] 夏露:《苏轼事佛简论》,《江汉论坛》1983年第9期。
[2] 刘石:《苏轼与佛教三辨》,《北京师范大学学报》1990年第3期。
[3] 孙昌武:《苏轼与佛教》,《文学遗产》1994年第1期。
[4] 詹石窗:《道教文学史》,上海文艺出版社,1992年版,第474页。
[5] 张毅:《潇洒与敬畏——中国士人的处世心态》,岳麓书社,1995年版,第70—84页。

儒道禅思想的整合》指出,苏轼在人格追求、生命实践和艺术创作等方面表现出儒道禅三家思想交融互通的特点。在一定的现实环境和时代背景中,"心"是儒道禅与苏轼思想相融通的契合点,而在"有我之境"与"无我之境"、"入乎其内"与"出乎其外"、"有为而作"与"不能不为"几对范畴的表现上,苏轼明显呈现出儒道禅三家思想的融通与超越①。上述论文,大都能够立足基本文献,通过仔细梳理苏轼思想特质及其文化心理来判定苏轼的哲学思想。

苏轼的美学、文艺思想的研究,也取得了很多值得重视的研究成果。其中,刘乃昌指出,苏轼重视诗文的社会功能,主张文要有"济世之用",在诗文风格上,苏轼崇尚自然,反对雕琢;主张奔放,反对束缚;提倡个性化,反对强求一律。苏轼重视文道关系的探讨,同样亦重视创作实践②。徐中玉对历史上关于苏轼诗文风格的评价进行了评析,对苏轼诗文中提及的"自然""清新""艰难"等文艺观进行了分析③。上述论文或就某一主张进行阐释,或对其主要文艺思想加以观照,加深了人们对苏轼文艺思想和文学观念的认识。尤其是刘乃昌、徐中玉两位先生的文章,对苏轼文艺思想等方面的把握,精审细致,具有启迪垂范之功。

关于苏轼反映出的传统士大夫文化人格与文化心态问题的研究。在这方面的研究中,王水照的观点值得注意。他强调,苏轼以个人特有的敏锐直觉加深了他对人生的体验,他对于人生的思考较之陶渊

---

① 王靖懿:《试论苏轼儒道禅思想的整合》,《中国矿业大学学报》2004年第2期。
② 刘乃昌:《苏轼的文艺观》,《文史哲》1981年第3期。
③ 徐中玉:《论苏轼"文理自然,姿态横生"说》,《社会科学战线》1981年第4期。

明、白居易更具有典型性和吸引力,"影响了一代又一代后继者的人生模式的选择和文化性格的自我设计"。他认为,苏轼对人生问题和死生的看法,有两条主线:一是儒家的淑世精神;二是人生苦难意识和虚幻意识。特别是后者,在中国文人的人生思想史上具有划时代的意义。他指出了苏轼"人生如寄"与"人生如梦"思想的独特性,强调苏轼的狂、旷、谐、适构成了一个完整的性格系统,统一到他的人生思考的结果上①。张毅也指出,苏轼在创作中体现出的清旷品格,是援佛道入儒的时代精神的体现,所要成就的是一种虚静高洁的心灵和淡泊雅逸的人格②。常为群对苏轼人生态度与儒道释三家思想交融的基本点进行了探讨,他认为:苏轼思想与儒道交融的基本点是"兼济"与"济而有度";与儒释交融的基本点是以智慧指导行为,借行为增益智慧;与释道层次的交汇点为以任达态度刻意求智慧③。

2000年前后,对于苏轼文化人格的探讨,实际上形成了研究的热潮。如李显根强调,"乌台诗案"之前,苏轼是以儒家积极进取的精神进入仕途的。之后,苏轼集儒道佛三家于一身,形成了身处逆境而能随物赋形、超然旷达的人生态度④。张惠民指出,苏轼吸收儒释道三家思想并对之加以有机的组合融会,形成了三教相辅相成的文化整体结构。苏轼文化人格以其独立性、丰富性与多面性而富有独

---

① 王水照:《苏轼的人生思考与文化性格》,《文学遗产》1989年第5期。
② 张毅:《清旷之美——苏轼的创作个性、文化品格及审美取向》,《文艺理论研究》1992年第4期。
③ 常为群:《论苏轼的人生态度及儒道释的交融》,《南京师大学报》1992年第3期。
④ 李显根:《黄州时期苏轼的精神创新及其人格魅力》,《湖湘论坛》2003年第4期。

特的魅力,不仅在宋代士人及民众中具有巨大的影响与感召力,也成为后世文化人所仰慕与仿效的人格范式①。袁行霈强调,陶渊明已经成为中国文化中的一个符号。和陶诗在不同程度上表明了对清高人格的向往,对节操的坚守,以及保持人之自然性情和真率生活的愿望。文章对苏轼和陶诗进行了深入剖析②。

总的看来,学术界对苏轼文化人格、文化心理、文化性格等方面的探讨,取得了很大成就。经过探讨,学术界对苏轼文化人格的若干方面大致取得了共识:儒道释三家都在不同程度上对苏轼文化人格的形成产生了重要影响,而以佛教为重;苏轼安适乐处、随缘自化思想消融了政治压榨,而对其人生有积极作用。苏轼的文艺观、文化心态等都是非常复杂的,似乎之中并没有完整统一的主线,矛盾性、不周延性表现突出等。就已有研究成果而言,学术界对苏轼思想及其个性的认识,还可以在若干方面继续研究。如对苏轼复杂文艺思想、哲学思想等方面的关联性研究,苏轼文化心理与文化人格的文化生态研究,若干苏轼话语及其命题的义蕴及演变研究等,尚有可供开垦的广阔空间。

鉴于苏轼诗歌理论及其创作实践在宋代文学史上的杰出地位,因此百多年来对之进行研究,已经成为宋代文学乃至中国文学史研究的热点之一。

民国时期,对于苏诗的研究,成果并不多,大多数研究集中于苏诗的总体评价、苏轼诗歌的艺术取法范式等方面。总的看来,这一时期人们对于苏诗的评价,大致还是尊奉历代诗话的观点,即承认苏诗

---

① 张惠民:《简论苏轼的文化人格》,《汕头大学学报》2003年第5期。
② 袁行霈:《论和陶诗及其文化意蕴》,《中国社会科学》2003年第6期。

的历史贡献而又对其诗歌的某些缺点有所批评。如胡云翼强调，"没有苏轼，绝不能造成宋诗的新生命……开辟宋诗的新园地，不让他永远依附唐人篱下，这便是苏轼唯一值得讴歌的伟大之处。"①有片面推崇苏轼贡献的倾向。梁昆也强调，苏轼创造了"东坡派"，认为"东坡之主诗盟，不专宗某一古人，乃兼重才气，任个性自由发展，绝不加以限制，又决不以体裁不同而相互攻驳，故苏派诸人各具面目"。他提出了东坡诗派有"一长四短"的问题："一长者何？曰解放诗格……四短者何？一曰以文为诗，二曰议论，三曰好尽，四曰粗率。"②稍后吕思勉的评价就更加客观一些："北宋之诗擅名者，无如坡公。荆公之格高而坡公之才大，殆可谓之双绝。然为后人所宗法，则坡公尤胜于荆公也。……苏诗之才力横绝，无所不可，诚非余子所及。其或放而不收，病亦即伏于此。"③不过，与前二位评价角度有所不同，吕氏的上述评价与传统诗话完全一致。这一时期，对苏轼诗歌评价较为全面、客观的是钱基博。他认为"苏轼天性洒脱，清旷自怡，及自为诗，学杜不得其沉郁，……而以白香山之容易，抒柳子厚之秀淡，上窥陶彭泽之旷真，旁参李太白之豪俊，其辞则跌宕昭彰，其境则清深旷邈，而托之禅悦，焯有理趣"④。民国时期，一些学者也注意到了苏轼的艺术取法范式。如赵宗湘指出，苏轼受李杜影响较深，而与韩刘关系为浅，此外，陶渊明、韦应物、王维诸家，对苏轼诗歌风貌的生成也有一定的影响⑤。严恩文又补充说，苏诗也受到了白居易、

① 胡云翼：《宋诗研究》，商务印书馆，1933年版，第65—66页。
② 梁昆：《宋诗派别论》，商务印书馆，1938年版，第65—75页。
③ 吕思勉：《宋代文学》，商务印书馆，1942年版，第25页。
④ 钱基博：《中国文学史》，中华书局，1995年版，第542页。
⑤ 赵宗湘：《苏诗臆说》，《国专月刊》1936年12月。

杜牧的影响①。

1949—1980年间,学术界对苏诗的研究,总的看来成果不多。这一时期,仅有寥寥的几篇文章,研究重点多在苏诗的内容上。如程千帆将苏诗分为两类,认为"反映民生疾苦和时政得失的诗篇,在苏诗中并不是在质量上最高、数量上最多的",在内容上最突出的另外一类诗篇,"在较为广阔的范围内反映了诗人对于生活的无限热爱,他对于束缚个性的抗拒,他在任何困难的时候都不丧失的乐观主义精神"②。社会科学院文学研究所1962年出版的《中国文学史》认为,由于苏诗长期在各地为官,与各种不同的人交游,因此他的作品"比较全面地反映了封建士大夫知识分子的精神面貌和生活面貌。……苏轼也关心当时的政治社会问题,写了一些反映人民的生活、思想和感情的诗词。然而对于这个主题的表现,一般说来,是缺乏广度和深度的"。该书也指出,苏轼的"七言古诗、词的长调和议论文字等,更是才情奔放,气势澎湃,舒卷无不如意"。该书还指出,苏轼诗歌具有"奇幻的想象、出人意料的夸张和多种多样的比喻"等特点③。游国恩等主编的《中国文学史》除了强调苏轼重视文学的社会作用之外,还认为苏诗中数量最大也是对后人影响最大的是其抒发个人情感及歌咏自然景物的诗篇,指出苏轼诗里"过分逞才使气,对诗歌的意境的含蓄注意不够。"④这些评价,切中肯綮而又客观平实,在当时的研究风气下是难能可贵的。

---

① 严恩文:《东坡诗渊源之商榷》,《文史杂志》1945年第1期。
② 程千帆:《苏诗札记》,《光明日报》1957年5月19日。
③ 中国社科院文学所编:《中国文学史》,人民文学出版社,1962年版,第586—591页。
④ 游国恩等主编:《中国文学史》(三),人民文学出版社,1964年版,第64—66页。

1980—2000年左右,苏轼诗歌研究迎来了很大的进展。无论是研究领域,还是研究成果的数量,都是之前所没有过的。从研究层面来看,主要表现在下列方面。

对苏轼诗歌理论的研究取得了很大进展。如章继光指出,以苏轼诗画一体理论为例,强调宋代人文品味的提升与诗画一体的观念使尚意成为突出的美学风尚。它主要体现在重精神情趣;崇尚简淡,以少胜多。在文化背景与美学渊源上,尚意与佛道思想对士人的浸染、魏晋遗韵与王维的影响有着密切的关系[1]。张连第《苏轼的诗歌理论》[2]、党圣元《苏轼诗学批评之义理及其特点》[3]等,对苏轼诗歌理论的研究也有一些突破。

对苏轼诗歌艺术的渊源的研究,仍是研究的热点之一。卞孝萱指出,刘禹锡的讽喻诗对苏轼有直接影响,文章还指出了灵澈与苏轼关系、苏辙与黄庭坚等苏门文人与刘禹锡关系等问题[4]。卞孝萱先生是1980年代后较早地研究苏轼诗歌艺术渊源的学者。谢桃坊指出,苏轼受到了"北宋诗歌革新运动的影响,而走着欧阳修学李诗和韩诗的道路。"并且,苏轼能够转益多师,从自己的气质和审美趣味出发,于传统的基础上突破创新,形成个性鲜明的"东坡体"[5]。莫砺锋则从对苏黄诗歌的比较入手,对苏轼的艺术渊源

---

[1] 章继光:《诗画一体的观念与宋人尚意的美学追求》,《中国文学研究》2003年第3期。

[2] 张连第:《苏轼的诗歌理论》,《吉林大学社会科学学报》1996年第1期。

[3] 党圣元:《苏轼诗学批评之义理及其特点》,《陕西师范大学学报》2003年第6期。

[4] 卞孝萱:《刘禹锡与苏轼》,《中国古典文学论丛》第3辑,人民文学出版社,1985年版,第58—61页。

[5] 谢桃坊:《苏轼诗歌的艺术渊源》,《西南师范大学学报》1987年第1期。

进行了探讨。他认为,苏轼否定晚唐,喜爱白居易,崇尚以李杜为代表的盛唐,在思想和艺术方面均推崇杜甫,推崇韩愈,是苏黄之所同,但苏轼"怀着与唐人争胜的心态审视诗歌史时,他的目光就自然而然地越过李杜这座唐诗巅峰而追溯到先唐时代,最终停留在陶渊明身上"[①]。

从诗歌本体地位来研究苏轼诗歌,是学术界对苏轼及其诗歌研究的重要领域,也是成果最多的。学者注重从诗歌的内容、题材、艺术风格、意象、艺术手法及诗歌形式等方面,来对苏轼诗歌进行研究。如胡念贻强调,苏轼在以文为诗、以议论为诗的方面,如果不是超出欧阳修等人,至少不相上下[②]。赵仁珪认为,苏轼有意识地以议论为诗,又重视诗歌的审美价值,故能够:一是能成功借助形象,使自己的倾向自然而然地流露;二是能边叙边议;三是议论本身或精警透彻,或幽默生动,富有讽刺性,或作翻与前人颉颃[③]。赵仁珪又指出,苏诗的以"才气"为诗,主要表现为:一是生动活泼、丰富浪漫的想像;二是细致的观察力与细腻的表现力;三是构思布局的波澜起伏、变化莫测[④]。

上述可见,百年来学术界对苏轼诗歌的研究,取得了很大成就。其中,学者们对于苏轼诗歌理论的研究更是比较充分。举凡苏轼诗论范畴、诗画一体、禅与诗歌关系等都引起了学者的注意并得到了充分的挖掘。相比较而言,学术界对于苏轼诗歌本体的研究,也比较充分。苏诗的内容、题材、意象、形式、风格等都有一些值得重视的研究

[①] 莫砺锋:《论苏黄对唐诗的态度》,《文学评论》1994年第2期。
[②] 胡念贻:《略论宋诗的发展》,《齐鲁学刊》1982年第2期。
[③] 赵仁珪:《苏诗的议论》,《北京师范大学学报》1983年第5期。
[④] 赵仁珪:《苏诗的才气》,《北京师范大学学报》1985年第6期。

成果。另外一个研究相对集中的领域，是对佛禅、道家与苏轼诗歌创作实践关系的研究。经过百年的研究，学术界对于苏轼诗歌有了更深入、更全面的把握。从已有研究来看，苏轼诗歌研究还可以从诗歌品格与文化生态关系、苏轼诗歌品格的生成等角度来推进相关研究。可以说，从文化发生史的角度探讨其生成的背景、因素、渠道等，有望开拓苏轼诗歌研究的崭新局面。对苏轼诗歌品格与道禅关系的研究，还可以从其内部诸因素的关联性出发进行研究，这样才能较好地避免很多研究论文存在的诗与道禅关系研究"两张皮"的现象。宋代诗歌发展到苏轼，诗歌功能、诗歌审美属性等发生了新的变化，在苏轼诗歌中表现出的文人精神和文人气质，也比较浓烈。对此进行深入研究，当可深入开拓。

第二节　苏轼词研究

自王国维标示"一代有一代之文学"后，宋词往往被人推举为宋代文学之代表，虽然这一认识早就为大多数宋代文学研究者所摒弃，但是从上世纪初开始的很长时间里，对宋词的研究是宋代文学研究的重要领域。在这一文学研究环境下，苏轼词研究得到了很大发展。

民国时期的苏词研究，取得了相当进展。这一时期，大多数研究集中于三个方面：

其一，对苏轼的词史地位的研究。较有代表性和影响力的是龙榆生、薛砺若、胡云翼的研究结论，而要以钱基博最为全面。龙榆生认为，苏轼词作具有改变时风的重要价值："苏轼即乘此风会而起，于词体拓展至极端博大时，进而为内容上之革新与充实；至不惜牺牲曲律,恣其心意之所欲言;词体至此益尊,而距民间歌曲日远。"①薛砺若认为:"苏轼是最有才艺而聪明绝顶的人,所以他的词,也于不经意中,放出异样的光芒。他站在晏、欧一派婉约词人与艳冶派(张先、柳永等)词人之外,另成一个新的局面。"②钱基博则总结说,"至苏轼出,(宋词)始摆脱婉约绸缪之态,刱为激越之声调,抗首高歌,横放杰出","词之苏轼,犹诗之有李白,往往高举无前,以歌行纵横之笔,盘曲而为词,跌宕排奡,一变晚唐五代之旧格,遂为辛弃疾一派开山"③。总的看来,这一时期对苏词词史地位的研究方面,并没有超出历代词话的认识。

其二,对苏轼"以诗为词"问题的研究。在很大程度上,民国时期对苏词"以诗为词"问题的研究上,也是顺承了前代词话的老话题,并无多大突破。较有代表性的说法,以刘毓盘、吴梅和薛砺若为代表。刘毓盘谓苏词别具一格,"然谓之不工则不可,故与花间一派并行而不废"④。郑振铎认为,东坡词实有两个不同的境界,"一个境界是'横放杰出',不仅在作'诗',直是在作史论,在写游记","另一个境地,另一种作风,这便是所谓'清空灵隽'的作品"⑤。

其三,对苏词艺术风格的研究。民国时期学者在这方面的研究,可看作是其突过前人的学术贡献。如夏敬观认为,"东坡词如春花散空,不着迹象,使柳枝歌之,正如天风海涛之曲,中多幽咽怨断之

---

① 龙榆生:《东坡乐府综论》,《龙榆生词学论文集》,上海古籍出版社,1997年版,第254页。
② 薛砺若:《宋词通论》,开明书店,1949年版,第117页。
③ 钱基博:《中国文学史》,中华书局,1996年版,第550—551页。
④ 刘毓盘:《词史》,上海群众图书公司,1931年版,第76页。
⑤ 郑振铎:《插图本中国文学史》,人民文学出版社,1957年版,第488—489页。

音,此其上乘也。若夫激昂排宕,不可一世之概,陈无己所谓'如教坊雷大使之舞,虽极天下之工,要非本色',乃其第二乘也"①。薛砺若也说,东坡作品虽有许多极清幽秀韵的地方,但"只觉其豪放超逸,绝无'粗拙'的表现"②。吴梅说,苏词"豪放缜密,两擅其长"③。

1949—1980年间,苏词研究延续了民国时期的研究路径和研究方法,而在若干方面取得了进展。这一时期,一些学者继续探讨苏词的历史地位问题。如王季思把苏诗与柳永作了比较,认为苏词"主要是把词引向正统的诗文的道路"④。刘大杰认为,苏词"范围大,境界高,打破了词的严格限制和因袭传统的精神","词的解放与创造,正是苏诗的积极性的创造精神,在词体文学上的具体表现和重要成就"⑤。而夏承焘的评价,可作此一阶段最有代表性的成果,他认为苏词:"横放杰出,尽覆花间旧轨,以极情文之变,则洵前人所未有。"夏承焘又总结苏轼的词史贡献:一为引议论入词,而为在词中大量用经、子典故,三是寓以诗人句法,四是将词题小序发展起来⑥。总体而言,1949—1980年间的苏词研究,虽有一些成果,但创造性的研究却不多。

1980—2000年左右,苏词研究取得了很大进展。重要成果集中表现在以下方面:

对苏轼词学观念、诗词分工、词体功能的研究,取得了一些成果。

---

① 转引自龙榆生:《唐宋名家词选》,上海古籍出版社,1980年版,第126页。
② 薛砺若:《宋词通论》,开明书店,1949年版,第118页。
③ 吴梅:《词学通论》,华东师范大学出版社,1996年版,第71页。
④ 王季思:《苏诗试论》,《文学研究》1957年第4期。
⑤ 刘大杰:《中国文学发展史》,上海古籍出版社,1982年版,第614页。
⑥ 夏承焘:《东坡乐府笺·序》,《月轮山词论集》,中华书局,1979年版,第132页。

如朱靖华认为,苏轼"以诗为词"的主要特点,在于他把词与诗看成是同等地位的文学样式,"他毫不顾及传统文人词的格调和写作习惯,反而有意识地把诗的意境、诗的创作方法尽情入词……从根本上打破了传统文人词的旧有格调,赋予词以新的灵魂和新的生命,即在整个词体上进行了大胆的再造,而形成为词史上的一次革命"。他认为苏词是苏轼追求艺术本质的反映,是词史发展的规律性体现,是苏轼卓越文学理论的光辉表露①。与朱靖华等人苏轼"引诗入词"的高度肯定有所不同,一些学者主张应该正确估量苏轼"以诗为词"的主观态度和词史价值。较早对此问题有深入探讨的是沈祖棻。她强调:"苏词中所描写的情事,当然有许多是和其以前的词人相同的。但是,许多被别人认为不适宜于用词来描写的情事,苏轼也毫无顾忌地将其写入词中来,……另外在少数篇章中,他还隐约其辞地表现了自己的社会政治观点和对于时政的看法。"沈祖棻认为,苏词中的"以诗为词",绝不可以导致苏词可以胜过、代表或者包括苏诗的那种概念②。莫砺锋也认为,苏轼在词的创作中确实有"以诗为词"的倾向,但是他并没有把词当作与诗毫无区别的文体,相反,苏轼对词体自身的特征有相当清晰的认识,所以他只是在有限的程度上把诗体的题材走向与风格倾向导入词体,苏轼的"以诗为词"并未泯灭词体与诗体的界限,却扩大了词体的题材范围并增强了词体的抒情性质,从而对词的健康发展作出了贡献③。刘石通过对历史上鼓吹"以

---

① 朱靖华:《苏轼新论》,齐鲁书社,1983年版,第79页。

② 沈祖棻:《关于苏轼评价的几个问题》,《宋词赏析》,上海古籍出版社,1980年版,第197—199页。

③ 莫砺锋:《从苏词苏诗之异同看苏轼"以诗为词"》,《中国文化研究》2002年夏之卷。

诗为词"的人的观点进行考察后指出，"不论'以诗为词'和鼓吹'以诗为词'者的本意如何，从其理论中透露出来的，确实适合以词诶为余事，为小技小道的轻词意识。"他认为，苏轼从其意识深处是轻视词这种文体的，这反映在他有关词体词学的见解上，比如他认为张先的词是其诗歌的余技，称自己所作为小词等，同时又"以诗为词"来使之高贵、尊严起来。其次反映在他的创作态度上，"乌台诗案"后，他作词数量减少，却有两种词不妨作：僧佛语、小词。刘石认为，苏轼的回文词、嵌字词、自创不可解词、集句和檃栝词完全背离了文学创作"为情造文"的基本要求①。上述观点，代表了这一时期研究者对苏词研究的深化，对于引领彼时的苏轼及其词研究，起到了重要作用。在这方面的代表性成果还有：杨海明《论"以诗为词"》②、秦惠民《苏轼"以诗为词"臆探》③、内山精也《苏轼次韵词考——以诗词间所呈现的次韵之异同为中心》④等。

对苏词蕴含的文化思想、文化人格及人生态度的探讨，也是研究重点之一。如吴熊和认为，苏轼提高了词品，扩大了词境，把词家"缘情"与诗家"言志"结合起来，文章道德与儿女私情，于是乎并见于词。他认为苏轼的词，实现了词品与人品的高度的统一的和融⑤。杨海明结合苏轼词中所表达的种种情态，分析了他对人生的透彻感

---

① 刘石：《试论尊词与轻词——兼评苏轼词学观》，《文学评论》1995年第1期。
② 杨海明：《论"以诗为词"》，《文学评论》1982年第2期。
③ 秦惠民：《苏轼"以诗为词"臆探》，《黄石师院学报》1982年第4期。
④ 〔日〕内山精也：《苏轼次韵词考——以诗词间所呈现的次韵之异同为中心》（金育理译、邵毅平校），《中国韵文学刊》2004年第4期。
⑤ 吴熊和：《唐宋词通论》，浙江古籍出版社，1985年版，第203页。

悟以及通达的处世态度,"管中窥豹"地略见其"全人"的聪明睿智①。吴洪泽强调,佛禅思想对苏轼的人生观乃至文艺创作都有巨大影响,对苏词旷放风格的形成,也有不容忽视的作用。苏词对禅理、禅典、禅法的运用,不仅使词的题材得以拓展,也使词的境界得以升华②。

对苏词承传、文学史地位等进行研究。如王兆鹏认为,"苏轼继欧阳修之后执掌文坛,他以文坛领袖特有的气魄,在前代词人的基础上对词作进行了大刀阔斧的改革","使词的抒情取向贴近于作者自我的现实人生,词作中的抒情形象与创作主题也由分离走向统一对应"③。除此之外,王兆鹏还认为,由苏轼创造的"东坡范式"是唐宋词演变史上的"三大范式"之一,他认为"东坡范式"主要内容有四:主体意识的强化,感事性的加强;力度美的高扬;音乐性的突破④。

除了上述研究领域取得较大突破之外,对苏词艺术风格的研究,也获得了较大进展。其中,关于苏词具有多样性风格的探讨,算是八九十年代重要的学术热点之一。如刘乃昌认为,"苏轼不仅热心倡导与婉约词风大相径庭的豪放词,并且积极从事豪放词的写作"。他认为苏轼的豪放词的特色为:大量写作社会题材词;笔力豪迈,语言改变了柔媚之态,浓郁的浪漫主义色彩等⑤。王水照认为,苏轼的"豪放"词风确实与名字有些不符。他认为,"豪放""婉约"不是严

---

① 杨海明:《从苏词看苏轼的人生感悟与处世态度》,《山西大学学报》1999年第2期。
② 吴洪泽:《禅悟与苏词的创造性》,《四川大学学报》2001年第6期。
③ 王兆鹏:《宋词流变史论纲》,《湖北大学学报》1997年第5期。
④ 王兆鹏:《论东坡范式——兼论唐宋词的演变》,《文学遗产》1989年第1期。
⑤ 刘乃昌:《苏轼文学论集》,齐鲁书社,1982年版,第95—120页。

格意义上的文学流派,也不是对艺术风格的单纯分类,而是指宋词在内容题材、对传统词风或维护或革新的两种不同趋势①。而吴世昌则认为,所谓以苏轼为代表的北宋"豪放派"并不存在,是对苏词的歪曲②。除此之外,重要文章尚有:詹安泰《宋词风格流派略谈》③、叶嘉莹《论苏轼词》④、赵仁珪《论东坡词的主要风格——旷达》等。

由上可见,近百年来,学术界对苏轼词学观念、诗词分工、词体功能的研究,以及对苏词蕴含的文化思想、文化人格及人生态度的探讨等,都有较大进展。不过,部分论文也有陈陈相因的情形。一些论文研究视角、研究结论观点陈旧,重复性的论文很多。这当然是由于苏词本身特点决定的。显然,引入新的研究理论来拓展研究者的学术思路和学术视野,是非常必要的。如文学的文化生态理论、艺术生产理论、文学图像学理论等,都可以为苏词研究提供新的学术视野。期待着学者能够运用新的理论开创苏词研究的新天地。

---

① 王水照:《苏轼豪放词派的含意和评价问题》,《中华文史论丛》,1984年第2辑。

② 吴世昌:《有关苏词的几个问题》,《文学遗产》1983年第2期。

③ 詹安泰:《宋词风格流派略谈》,《宋词散论》,广东人民出版社,1980年版,第54页。

④ 叶嘉莹:《论苏轼词》,《中国社会科学》1985年第3期。

第五章 黄庭坚与江西诗派研究

代表宋代诗歌高峰并泽被后世的著名诗人,要以苏轼、黄庭坚成就最高。如果说,苏轼诗歌表现为横迈独放、各体兼善、才华横溢的话,那么,黄庭坚诗歌则以崛傲不群、思力精深、诗法精绝为典型特征。黄庭坚以其独有的诗法理论、杰出的诗歌创作成就,位列"苏门四君子",又被"江西诗派"所宗奉,成为宋代影响最大的诗人。而江西诗派又是受黄庭坚直接或者间接影响形成的对宋代诗歌产生重大影响的文学流派。亦因如此,黄庭坚生平与思想、诗歌创作的思想与诗歌艺术,及以其为代表的江西诗派的研究,历来是宋代文学研究的热点。近百年来,学术界对黄庭坚及其诗歌研究、江西诗派研究,取得了很多成果。

第一节 黄庭坚及其诗歌研究

较之学术界对黄庭坚生平、思想、门第出身等问题研究的相对薄弱而言,百多年来对黄庭坚文学思想及其诗歌的研究,取得了很大成绩。可以说,宋代文学的研究高度,黄庭坚及其诗歌研究水平,在很大程度上也代表了宋代文学研究的水平。

民国时期,学术界对于黄庭坚文学思想及其诗歌的研究,已经取得了不少成就。在这一时期,学者们的研究主要集中于对黄庭坚诗歌历史地位和艺术特征等方面,而对黄庭坚的文学思想、黄诗的思想内容、黄庭坚诗歌的题材等方面的研究,尚未展开。

这一时期,学术界对于黄诗历史地位的研究,大多又是承继了历代文论的看法而又有所拓展,在相关表述时,又常常与对江西诗派的评价相关联。如1920年李维《诗史》就几乎全面地继承了刘克庄的观点。梁昆也说:"(黄庭坚)诗与苏轼齐名,号苏、黄;……及谪黔州,句法尤高,笔势放纵,实天下之奇,宋兴以来,一人而已……盖欧苏以来,鲜专攻诗者,独山谷专攻之,卒自成一格。山谷没后,其体法大行,遂为江西诗派,流风余韵,直至近代,犹未尽歇。"①这一观点明显受到了清代"宋诗派"的影响。而稍后顾随则对黄庭坚诗歌的评价,有所保留,又可以看到其有意识调和"唐诗派""宋诗派"对于黄庭坚诗歌评价的不同看法:"诗之工莫过于宋,宋诗之工莫过于江西诗派,山谷、后山、简斋。宋人对诗用工最深,而诗之衰亦自宋始。"他又说:"凡山谷诗出色处皆用人诗,整旧为新。"②与以上两位学者相对较为客观、公允的学术判断有所不同,钱基博则对黄诗的评价相对较低,这大概是由于作者尊崇唐诗而贬斥宋诗的"尊唐派"余习所致:"(黄庭坚)毕生精力,尽于下语,炼句而未能炼意,语新而意伤;用事而或艰用笔,事融而笔未浑;所以事峻而或仄,笔老而不到。"③总的看来,这一时期,学术界对于黄诗地位的判断,大都没有超出历史上绵延千年之久的"唐宋诗之争"的影响。

民国年间,学者也对黄诗的艺术特征有所探讨。一些学者看到

---

① 梁昆:《宋诗流别论》,商务印书馆,1938年版,第75页。
② 顾随:《顾羡季先生诗词讲记》,台湾桂冠图书公司,1992年版,第277页。
③ 钱基博:《中国文学史》,中华书局,1995年版,第558页。

了黄庭坚对于杜甫、陶渊明、韩愈、李商隐以及稍前时期王安石、欧阳修等人诗歌的学习和揣摩。梁昆就说:"山谷父既学杜,师又皆学杜,则山谷诗可得不学杜耶?……又可知山谷学杜间接受王荆公影响不少。"他又指出了山谷诗向陶诗学习,并指出了黄庭坚向陶诗学习的路径。他强调说:"杜甫诗为山谷所宗主,陶潜、韩愈、李白三人皆山谷所推尊,苏轼、韩维、李常、孙觉、谢师厚五人皆山谷所亲炙,而西昆体、王安石皆山谷所得力,黄庶则山谷之父也。山谷可谓集宋诗之大成者矣!"①这一时期,持如梁昆观点的人不在少数。罗根泽、钱锺书等皆认为黄诗与杜诗、陶诗等有密切关联,是黄庭坚向杜甫、陶潜学习、变化所得,而这一观点在很大程度上继承了历代文论的看法。历史上,虽然绵延千年的"唐宋诗之争"对于宋诗的评价看法不一,但对于黄庭坚诗歌的取法范式及其艺术表现等方面,其看法是基本一致的。

这一时期,学者们已经开始注意到黄诗与其他诗人诗歌艺术特征的显著不同。谢无量强调,黄庭坚诗歌向苏轼诗歌学习而又有新境:"黄诗气味风格,多渊源子瞻,殆不可掩。后人或以苏长于文,黄长于诗,大非知言也。"他看到了苏黄生于唐人之后,开辟新境是不得已的②。而钱基博则视野更为开阔,他比较了苏黄、秦观及西昆诗人的诗歌后,强调指出,黄庭坚诗歌往往避熟避易,力求生新,而时有妍媚,这与苏轼的以旷见真,以坦为激有所不同。他指出了黄诗与秦观、西昆诸人诗歌的差异,研究结论令人叹服③。需要指出的是,这

---

① 梁昆:《宋诗流别论》,商务印书馆,1938年版,第82—84页。
② 谢无量:《中国大文学史》卷八,中华书局,1918年版,第41页。
③ 钱基博:《中国文学史》,中华书局,1995年版,第565页。

一时期由上述学者以比较的方法来探讨黄诗艺术风格的做法,虽然常常令人耳目一新,但是成果较少,不过毕竟开了上世纪80年代后以比较的方式对黄诗乃至宋诗开展研究的先河,并产生了跨学科的影响,其学术价值值得重视。

1949—1980年,学术界对于黄庭坚文学思想与其诗歌的研究,受到当时政治生活的若干影响。这一时期,除了延续民国时期的若干研究风尚,如重视对黄诗的历史地位研究、重视黄诗的艺术特征等之外,黄庭坚诗歌研究一个重要的突破就是对其思想内涵的研究上。受当时政治需要的影响,这时期的一些成果大都认为黄诗存在"脱离现实""空谈哲理"等缺陷。如中国科学院文学所《中国文学史》(二)认为,黄庭坚的大部分诗歌,"除宣传一般的儒学思想以外,便以大量的笔墨替禅学说教。而且确是'搜猎异书,穿穴异闻',在作品里显示他的渊博。……这样的作品,代表了那些闭门读书、空谈哲理、脱离现实的上层士大夫的意识形态和艺术趣味。"[①]游国恩等认为:"他的社会接触面较之前辈诗人欧阳修、王安石、苏轼都远为狭小,长期的书斋生活与脱离现实的创作倾向使他只能选择一条在书本知识与写作技巧上争胜的创作道路……他同一般低能文人的模拟、剽窃不同之处,是在材料的选择上避免熟滥,喜欢在佛经、语录、小说等杂书里找一些冷僻的典故,稀见的字画。"[②]这一时期,很多研究成果过高地强调黄诗在内容上的缺陷,而具有贬低、否定黄诗历史地位和艺术贡献的倾向。

[①] 中国科学院文学所主编:《中国文学史》(二),人民文学出版社,1962年版,第603页。

[②] 游国恩等主编:《中国文学史》(三),人民文学出版社,1964年版,第70页。

从这一时期学者们留下的研究成果来看,对于黄诗历史地位和艺术特征的研究,与民国时期相比,并没有多大进展。从对黄诗艺术特征的研究来看,值得注意的只有钱锺书、金启华等几位著名学者的几篇文章。钱锺书指出:"大吹大擂地向他(杜甫)学习的恐怕以黄庭坚最早。……他说:'老杜作诗,退之作文,无一字无来处;盖后人读书少,故谓韩、杜自作此语耳,古之能为文章者,真能陶冶万物,虽取古人之陈言入于翰墨,如灵丹一粒,点铁成金也。'……最足以解释他自己的风格,也算得江西诗派的纲领。"①这一评价虽然并无新意,但在当时的环境下,无疑具有了引领研究道路的作用。而金启华罗列了上百句黄庭坚模仿杜诗的诗句,对其进行了分析,无可辩驳地证明了黄诗对于杜诗的学习、临摹方法与技巧②。

1980—2000年前后,黄庭坚文学思想与诗歌创作的研究,迎来了大发展时期。这一时期,出现了若干值得重视的研究成果,无论是在文献整理、研究领域与研究方法的开拓,还是在研究的深度和广度上,都是之前没有过的。大略而言,这一时期的研究成果主要集中于以下方面:

对于黄庭坚的生平与思想的研究,到了1980年代后才成为学术界注意的热点之一。而在之前,基本并没有相关研究论文及专著出现。黄庭坚一生的经历是坎坷复杂的,关于黄庭坚家世及生平遭际研究的代表作有:周裕锴以翔实的材料介绍了黄庭坚的家世③。王毅在周文的基础上,通过将周文与《黄氏宗谱》进行核对,订正补充

---

① 钱锺书:《宋诗选注》,人民文学出版社,1989年版,第96页。
② 金启华:《杜甫诗句对黄山谷的影响》,《江西师院学报》1979年第3期。
③ 周裕锴:《黄庭坚家世考》,《中华文史论丛》1986年第4期。

了周文的部分资料①。钱志熙征引史实论证了黄庭坚对王安石的批评,梳理了黄氏在党争中的具体遭遇②。杨庆存考证了苏轼与黄庭坚这两位文苑巨子的友谊③。黄宝华考察了黄庭坚在元祐更化中的遭遇、思想,兼及山谷对王安石改革派的态度的前后变化④。黄强祺对黄庭坚被贬宜山之后的遭遇及生活处境进行了考察⑤。龙延《黄庭坚禅林交游考略》⑥对黄庭坚与僧人的交往进行了考察。

黄庭坚的哲学思想是复杂的,受儒道佛三家的影响,尤其是佛学对他的影响更甚。论及黄庭坚哲学思想的代表作有:黄宝华认为黄庭坚的政治与文化创作历经三朝,其间民族斗争与阶级斗争日益激化,统治阶级内部围绕"变法"问题展开的激烈斗争,使黄庭坚在哲学和文艺领域中都形成了十分复杂的思想观点⑦。白政民阐述了黄庭坚的道家思想,认为这种思想可以从其家庭、个人禀赋。学养及当时社会环境以及个人遭际中寻出根源,受道家思想影响,黄的人生观、思维方式及处世态度上与众不同。受道家思想影响,诗风具有浓厚的到家色彩,并深得陶诗的风味⑧。昝红霞认为黄庭坚对"心"这一哲学范畴的认识体现了儒家和禅宗对他思想的综合影响,并认为与此相对的其诗歌中有关"心"的意象组合反映了黄庭坚作为儒家

---

① 王毅:《〈黄庭坚家世考〉订补》,《文献》1988 年第 3 期。
② 钱志熙:《黄庭坚与新旧党争》,《温州师专学报》1986 年第 2 期。
③ 杨庆存:《苏轼与黄庭坚交游考述》,《齐鲁学刊》1995 年第 4 期。
④ 黄宝华:《元祐更化中的黄庭坚》,《河池师专学报》1994 年第 2 期。
⑤ 黄强祺:《黄庭坚在宜山》,《广西师院学报》1991 年第 2 期。
⑥ 龙延:《黄庭坚禅林交游考略》,《文献》2002 年第 3 期。
⑦ 黄宝华:《论黄庭坚儒佛道合一的思想特色》,《复旦学报》1982 年第 6 期。
⑧ 白政民:《论黄庭坚的道家思想及道家思想对其诗风的影响》,《西北大学学报》1996 年第 4 期。

士大夫和禅宗居士的双重文化人格特征①。除此之外，尚有一些著作专注于黄庭坚的佛家思想研究，龙延论述了黄庭坚在不同时期的佛学观念及其在其文学作品之中的体现②。祝振玉对黄庭坚思想中的禅学成分进行了梳理③。

关于黄庭坚美学及文艺思想的研究。在这一时期，对黄庭坚美学及文艺思想的研究，一度成为学术界热点之一，重要的研究成果比较多。较早注意到这一研究领域并对此进行研究的是刘乃昌、杨庆存。他们认为，张耒诗句"不践前人旧行迹，独惊斯世擅风流"，点出山谷诗的妙处在于不甘因袭前人，符合山谷文艺观及其诗歌创作实际。文章对山谷文艺观及其诗歌艺术应如何评价进行了深入探讨④。这一时期，重要的研究论文还有白敦仁《论黄庭坚诗》⑤，强调黄庭坚谈艺的核心命题是"脱俗"。黄宝华在《黄庭坚选集》前言也论述了黄庭坚的"不俗"主张⑥。凌左义提及了黄庭坚"韵"的审美理想等⑦。朱仁夫强调，黄庭坚标举了与苏轼阳刚豪迈风格相对应的另一种风格，追求忌晔贵冥，清峭为本，妙脱蹊径，去尘绝世的阴柔美⑧。吴晟也指出，通过对黄庭坚诗歌创作第一环节——审美感受

---

① 昝红霞：《黄庭坚"心"意象中的儒与禅》，《江苏社会科学》2004年第3期。
② 龙延：《黄庭坚禅观考略》，《社会科学辑刊》2003年第4期。
③ 祝振玉：《黄山谷与洪州禅——黄庭坚禅学源流述略》，《楚雄师专学报》1991年第4期。
④ 刘乃昌、杨庆存：《黄山谷的文艺思想和诗歌艺术》，《齐鲁学刊》1981年第6期。
⑤ 白敦仁：《论黄庭坚诗》，《成都大学学报》1986年第1期。
⑥ 黄宝华：《黄庭坚选集》，上海古籍出版社，1992年版，第22页。
⑦ 凌左义：《黄庭坚"韵"说初探》，《中国韵文学刊》1993年总第3期。
⑧ 朱仁夫：《黄庭坚美学追求初探》，《岳阳大学学报》1988年第1期。

为主的审美心理观照,可以透视出黄诗的审美特征——新奇、精微和思辩的深层结构①。梅俊道就黄庭坚晚期诗歌平淡简放的艺术追求作了讨论。文章从语言、意象、章法、音律等方面加以阐述。认为山谷晚年诗歌语言简易而意蕴闲远,意象平淡而含至味,体式平整自如,音律和谐流畅②。

关于黄庭坚美学及文学思想的研究,应关注钱志熙、张毅、程杰等学者的研究成果。钱志熙对黄庭坚"兴托高远"进行探讨,钱志熙强调黄庭坚重视"寄托"的文学主张来自庆历时期的文学观念,对诗歌广义的寄托性质的确认,正是黄庭坚狭义兴寄观形成的前提。他认为"在将传统诗学的情志论、兴寄观与宋代诗坛重道尚理的艺术观念结合起来这一方面,黄庭坚作出了特殊贡献,解决了宋代诗学发展中的一个重要课题。"③张毅也强调,黄诗的"造平淡"是由"功夫已多,读书贯穿"而来……以词理的细密和风格的瘦硬为特征,讲究语意老重和规模宏远。与苏轼相比,黄庭坚这种"造平淡"的方式,更容易为后人所取法,也更好地反映出当时文学创作中重视理性内省的思维特点及宋诗的风貌④。程杰则对黄诗中的"平淡美"作了详细探讨。他把黄诗之"平淡"放在宋诗的整体风貌上来探讨,认为黄庭坚侧重从艺术的角度把握造于"平淡美"的艰难历程,把"平淡"视作

---

① 吴晟:《黄庭坚诗审美特征深层结构透视》,《江西社会科学》1990年第4期。

② 梅俊道:《黄庭坚后期诗作平淡简放的艺术追求》,《中国韵文学刊》1997年第1期。

③ 钱志熙:《黄庭坚的兴寄观及黄诗的兴寄精神》,《文学遗产》1993年第5期。

④ 张毅:《宋代文学思想史》,中华书局,1995年版,第118页。

含纳"大巧"而又纯熟无迹的艺术极地。程杰认为,黄庭坚的"平淡"主要侧重于把握艺术创作中自由与法则之间的辩证关系①。

比较而言,学者对于黄庭坚诗歌的研究,起步较早。早在民国时期,就有一些主要的研究著作开始关注黄庭坚诗歌创作及其艺术风格问题。而在历经了建国之后短暂的沉寂期之后,自1980年代开始,学术界对于黄庭坚诗歌的研究,很快迎来了高潮期。

对黄庭坚诗学理论的研究是学界的一大热点,论述颇多。对黄庭坚诗学体系进行研究的重要论著、论文有:凌佐义《黄庭坚诗学体系论》②、钱志熙《黄庭坚诗学体系研究》③等。凌佐义《黄庭坚诗学体系论》一文认为,黄庭坚虽然没有建构一部诗歌理论的专著,但是在他的题跋、序文、诗歌、书札之中存在着大量的关于诗歌创作的鉴赏的意见,是我国古代诗歌理论中极为可贵的材料。尽管它零碎,有的只是片言只语,但略加梳理,便可以构成一个诗学体系,姑拟之为本体论、诗人论、作法论、风格论与鉴赏论。钱志熙的《黄庭坚诗学体系研究》根据传统诗学的内涵与范畴,并吸取现代诗学的研究方法,对宋诗大家黄庭坚的诗学体系作了全面的研究。他联系创作实践与理论批评两方面,深入探究根本说、情性说、兴寄说、学古说、法度说等山谷诗学的重要范畴,并且将它们放在广泛的诗学史与文化史的背景中来把握,凸现山谷诗学渊源深厚而又创新成果突出的整体性格,并就中国诗学史的一些重要问题提出自己的看法。

这一时期,有不少作品研究黄庭坚的诗学主张和诗学思想,经过

---

① 程杰:《宋诗平淡美的理论与实践》,《南京师大学报》1995年第4期。
② 凌左义:《黄庭坚诗学体系论》,《九江师专学报(哲学社科版)》1997年第4期。
③ 钱志熙:《黄庭坚诗学体系研究》,北京大学出版社,2003年版。

这些学者的研究,学术界对于黄庭坚的诗学主张及其历史贡献的认识更为全面。如莫砺锋的《黄庭坚"夺胎换骨"辨》,针对历代在评价江西诗派开山祖师黄庭坚的"夺胎换骨、点铁成金"说所作的不公之论而发。作者认为,黄氏此说历来被许多人讥评为提倡"蹈袭剽窃"。作者对此说的含义、本旨以及在诗歌发展史上所产生的作用进行了辨析,认为黄氏此说乃是在有宋承唐的历史条件下,为了充分利用前人丰厚的文学遗产而采取的或师承前人之辞、或师承前人之意的一种方法,目的是为求在诗歌创作领域里"以故为新"。作者以当时诗歌创作的实际效果证之,认为尽管这种方法有其局限、不无流弊,但仍基本上起到了"以故为新"的作用,因之,应该推倒千余年来在文学批评和文学史研究中对黄氏的这一谬评[①]。杨庆存认为,黄庭坚此说的价值和意义绝不止于诗歌创作的求新,更重要的是它揭橥了古代文学创作中的一条艺术规律。作者从中国古代文学的创作实际和理论发展两方面,对其成说的渊源、基础与影响作了考察和研究[②]。除此之外,还有不少作品对黄庭坚"点铁成金""夺胎换骨"的诗学主张进行了专门的分析研究。如周裕锴的《苏轼黄庭坚诗歌理论之比较》[③]、吴调公的《黄庭坚诗论再评价》[④]、马将伟的《"点铁成金""夺胎换骨"辨——兼论黄庭坚诗学的通变观》[⑤]、美国学者 A·

[①] 莫砺锋:《黄庭坚"夺胎换骨"辨》,《中国社会科学》1983年第5期。
[②] 杨庆存:《黄庭坚"点铁成金""夺胎换骨"说新论》,《齐鲁学刊》1992年第1期。
[③] 周裕锴:《苏轼黄庭坚诗歌理论之比较》,《文学评论》1983年第4期。
[④] 吴调公:《黄庭坚诗论再评价》,《社会科学战线》1984年第04期。
[⑤] 马将伟:《"点铁成金""夺胎换骨"辨——兼论黄庭坚诗学的通变观》,《广播电视大学学报(哲学社会科学版)》2004年第4期。

A·里克特的《法则和直觉——黄庭坚的诗论》①、伍晓阳的《黄庭坚诗学管见》②、薛祥生的《论黄庭坚的诗论及其创作》③等。这些论文主要就"夺胎换骨"这一主张是否是黄庭坚提出,以及怎样正确看待这个主张进行研究,所得结论丰富了人们对于黄庭坚诗学思想和诗学理论的认识。

  这一时期,很多论文和专著也对黄庭坚诗歌创作、诗歌特性及其生成原因的研究。莫砺锋认为黄庭坚诗歌创作可以分为三个时期。并对某些诗歌作品进行了创作、诗歌品格生成原因等多方面的探讨④。谷曙光探讨了黄庭坚对韩愈诗歌的接受,认为黄庭坚对韩愈诗歌的接受、钦许基本停留在诗艺诗法的技巧层面。在实际创作中,韩诗作为一个重要艺术渊源,是黄庭坚进一步学杜的艺术中介。黄之学韩堪称学而不泥、学而能变的典范,"以文为诗"是韩、黄二家诗艺术上息息相关的中心线索。中国古典诗歌"变唐入宋"的大转关始于杜甫、韩愈而成于苏轼、黄庭坚⑤。重要论文还有丁放的《试论苏轼和黄庭坚的诗学理论》⑥、莫砺峰的《论苏黄对唐诗的态度》⑦、

---

① 〔美〕A·A·里克特:《法则和直觉——黄庭坚的诗论》,《文艺理论研究》1983 年第 2 期。

② 伍晓阳:《黄庭坚诗学管见》,《广西师范大学学报(哲学社会科学版)》1996 年第 S2 期。

③ 薛祥生:《论黄庭坚的诗论及其创作》,《山东师范大学学报(人文社会科学版)》1986 年 02 期。

④ 莫砺锋:《论黄庭坚诗歌创作的三个阶段》,《文学遗产》1995 年第 3 期。

⑤ 谷曙光:《论黄庭坚对韩愈诗歌的接受》,《安徽师范大学学报》2005 年第 2 期。

⑥ 丁放:《试论苏轼和黄庭坚的诗学理论》,《安徽教育学院学报》1991 年第 5 期。

⑦ 莫砺峰:《论苏黄对唐诗的态度》,《文学评论》1994 年第 2 期。

郭鹏的《黄庭坚与"以文为诗"》①、张承凤的《极风雅之变尽比兴之体——评黄庭坚的诗歌理论与创作》②等。

很多学者继承了五六十年代以来的研究传统,继续对黄庭坚诗歌的思想内容、艺术性、风格等进行文学本体或文学本位的研究。如匡扶《山谷诗思想内容新探》,联系黄庭坚生活经历、交游、思想、文学观念与其诗歌内容的关系进行考察,对黄诗的思想内容进行了细致梳理,认为黄庭坚诗歌的思想是丰富的③。梅俊道认为,"黄庭坚思想人格的特点是极其淡化事功的追求,而十分重视内在道德心性的修养,把社会的道德规范与内心的自觉要求结合起来。这种道德心性修养反映在他的诗歌创作中,其一便是对亲情、友情的重视。这些反映亲情友情的诗篇中集中体现出人情美。这些诗篇中传达出美好的情感,折射出社会现实,有相当的认识意义。同时,黄庭坚诗歌中体现出如此浓郁的人情美,有着深刻的人文背景。"④此外,孙文葵《论黄庭坚诗歌中的民主性精华》⑤、丁夏《论山谷诗》⑥等也对黄诗的思想内容进行了细致分析。

一些论文对黄庭坚诗歌艺术风格、技巧方法等方面的研究,取得了若干成绩。李宪法通过多方比较和归纳,对黄庭坚诗歌的章法、句

---

① 郭鹏:《黄庭坚与"以文为诗"》,《中国文化研究》1999年春之卷。
② 张承凤:《极风雅之变尽比兴之体——评黄庭坚的诗歌理论与创作》,《社会科学研究》1999年第4期。
③ 匡扶:《山谷诗思想内容新探》,《西北师大学报(人文社会科学版)》1980年第4期。
④ 梅俊道:《黄庭坚诗歌的人情美》,《江西社会科学》2000年第4期。
⑤ 孙文葵:《论黄庭坚诗歌中的民主性精华》,《河北师范大学学报(哲学社会科学版)》1982年03期。
⑥ 丁夏:《论山谷诗》,《清华大学学报》1987年第1期。

法和字法进行了全面、系统地研究①。钱志熙的认为黄庭坚诗学实践的重要特点是面对诗史、自觉地寻找诗歌发展史中的课题。这种自觉的课题意识使黄庭坚能够于中唐以降各派诗学取其所长并矫正偏差,达到了新的融合,使诗歌发展史复归本位②。林亦对黄庭坚诗文的用韵进行了细致考察,这是一篇应该引起注意的文章③。梅俊道对黄庭坚七律的新变进行了深入考察④。这些论文说明,新时期学术界对于黄诗艺术风格、表达技巧等问题的关注和研究,取得重要进展。

第二节　江西诗派研究

自徽宗时期吕本中首倡"江西诗派"之说后,直到南宋中后期,江西诗派作家的诗论及其代表性作家的创作实践,对南宋时期乃至后世的诗论及诗歌创作产生了重要影响。可以说,南宋作者不管是对江西诗派推崇抑或贬斥,江西诗派作者的诗论及其创作实践,都成为不可回避的问题。因此,对宋代诗歌尤其是南宋诗歌的研究,就不能不对宋代江西诗派加以关注。梳理研究史可见,对江西诗派的研究,自上个世纪80年代后才形成热潮。莫砺锋的《江西诗派研究》⑤是这个领域的重要著作。

---

① 李宪法:《黄庭坚诗歌的章法、句法和字法》,《齐鲁学刊》1987年第5期。
② 钱志熙:《论黄庭坚诗学实践的基本课题》,《漳州师范学院学报》1997年第1期。
③ 林亦:《黄庭坚诗文用韵考》,《广西大学学报(哲学社会科学版)》1991年第4期。
④ 梅俊道:《黄庭坚七律的新变》,《江西社会科学》1995年第11期。
⑤ 莫砺锋:《江西诗派研究》,齐鲁书社,1986年版。

对江西诗派产生的背景、条件以及与彼时包括政治事件、文化制度等在内的文化生态的研究,是近时期值得注意的研究动向。在这方面,值得重视的研究成果有:汪俊指出,吕氏家族是两宋时期最引人注目的一个家族群体。其成员学术活动的特点主要有四:以儒为本、不名一师、浸染禅学、热心文事①。徐丹丽从多方面考察诗话创始之初的宋代诗话与宋代最大的诗歌流派江西诗派的关系,认为早期诗话不是诗歌流派的纲领,也没有在理论上对诗歌流派的成长起提挈作用。宋代诗话很大程度上是党同伐异,而不是基于理论探讨,但诗学论争客观地促成诗话由漫谈诗的一切转为系统地谈诗学②。赵晓岚强调,《白石道人诗说》与江西诗派具有紧密关系,《诗说》产生背景及其理论生成等,均与之有密切关联③。此外,重要论文还有刘德重《宋代诗话与江西诗派》④等。

对江西诗派作者、诗论及诗歌创作实践的文献研究,取得了显著进展。学界对《江西诗社宗派图》进行了深入的研究。龚鹏程认为,该书成书于吕本中晚年而不是早年之作。他认为《宗派图》所显示的江西诗派的特色是:江西为观念之结集,而非实际之聚会;为风格之判断,而非地域之划分;宗派中有二十五派,为一源分流;江西宗派与当时社会文化关系最深⑤。而谢思炜则认为成书于吕本中三十岁

---

① 汪俊:《宋代吕氏家族学术特点述略》,《扬州大学学报》2001年第1期。
② 徐丹丽:《论早期诗话与诗派的关系——以宋代诗话和江西诗派为例》,《江西师范大学学报》2005年第1期。
③ 赵晓岚:《〈白石道人诗说〉与江西诗派之关系》,《文艺理论研究》2002年第1期。
④ 刘德重:《宋代诗话与江西诗派》,《上海大学学报》1996年第6期。
⑤ 龚鹏程:《江西诗社宗派研究》,台湾文史出版社,1983年版,第265页、309页。

左右,具体应为政和元年左右的时间,但其酝酿期比较长,大概在崇宁、大观年间吕本中提出"江西二三子"时已经开始。他认为,《宗派图》显示出吕本中把认识较早的放在前面,认识较晚而关系较疏的放在后面,显示出较为随意,所以该图是总结过去以前江西诗派的情况,他把江西诗派分为三期,而以《宗派图》为第一期①。莫砺锋则认为,吕本中作《宗派图》应为"崇宁元年或二年正月半之前",这一推断已为普遍接受②。黄宝华细致考察了吕本中《江西诗社宗派图》的作年与《江西诗派》总集的刊行时间,所得结论比较可靠,解决了江西诗派研究中的一个基础文献问题③。姚大勇认为,吕本中此图在北宋末期作成后,秘而未宣,至南渡后元祐党人获得彻底平反,此图才随之流传于世,并产生了广泛影响,也因而带来了对其作年的不同记载④。伍晓蔓认为《宗派图》应该是北宋大观末、政和初的作品⑤。周子翼考察后提出,黄庭坚外甥徐俯约于元祐六年在南昌与当地诗人结社唱和,后人称为豫章诗社。大观年间,诗社吸引了一批游宦江西的诗人参与其中,成为当时最为活跃的诗社。诗社的参与者吕本中作《江西诗社宗派图》与此有密切关系。《宗派图》中所列绝大多数诗人分别属于当时的豫章诗社、临川诗社和庐山诗社,而这些诗人与豫章诗社诗人多有往来,可以说豫章诗社对江西诗派的提出起了

---

① 谢思炜:《吕本中与〈江西宗派图〉》,《文学遗产》1985年第3期。
② 莫砺锋:《吕本中与〈江西诗社宗派图〉考辨》,《江西诗派研究》,齐鲁书社,1986年版,第309页。
③ 黄宝华:《〈江西诗社宗派图〉的写定与〈江西诗派〉总集的刊行》,《文学遗产》1999年第6期。
④ 姚大勇:《〈江西宗派图〉作年考》,《江淮学刊》2001年第3期。
⑤ 伍晓蔓:《〈江西宗派图〉写作年代刍议》,《四川大学学报》2004年第2期。

重要作用①。其它较为重要的研究成果还有:姚大勇《〈江西宗派图〉本名考》②、刘文刚《一则关于江西诗派的新材料》③等。

江西诗派诗论、作品及相关理论研究。一些学者注意到江西诗派诗学思想、诗学主张等对宋代尤其是南宋诗歌发展的作用,从多个角度进行了研究。高利华认为,方回举陈与义为江西诗派三宗之一的诗学依据,是因为南宋诗坛关于江西诗派学说舆论的充分铺垫和陈与义"诗宗已上少陵坛"的创作实绩,其深层的意义在于方回对黄庭坚及江西宗派理论的深切把握④。查洪德认为,方回论诗标举"一祖三宗",是仅就唐宋律诗说的。研究者把方回的律诗学理论当做他诗学理论的全部,如此理解方回是不全面的。方回之强调学杜,包含了学习杜甫以前以后及同时一切优秀的诗人和流派。后期的方回已经突破了"一祖三宗"说,而主张转益多师了。方回是从宋人论诗各守门户到元人论诗不立门户之间的过渡。⑤ 相关论文尚有:刘志毅《"以学问为诗"初探——江西诗派一个理论问题的溯源》⑥、赵彤《陈后山的诗论》⑦、莫砺锋《从〈瀛奎律髓〉看方回的宋诗观》⑧、韩酉山《谈吕本中的活法》⑨等。

---

① 周子翼:《北宋豫章诗社考论》,《江西社会科学》2001 年第 6 期。
② 姚大勇:《〈江西宗派图〉本名考》,《江淮学刊》2001 年第 1 期。
③ 刘文刚:《一则关于江西诗派的新材料》,《文学遗产》1998 年第 3 期。
④ 高利华:《方回奉陈与义为"江西"宗师的诗学依据》,《山东师范大学学报》2003 年第 3 期。
⑤ 查洪德:《关于方回诗论的"一祖三宗"说》,《文史哲》1999 年第 1 期。
⑥ 刘志毅:《"以学问为诗"初探——江西诗派一个理论问题的溯源》,《中国民航学院学报》1998 年第 5 期。
⑦ 赵彤:《陈后山的诗论》,《江西社会科学》1988 年第 2 期。
⑧ 莫砺锋:《从〈瀛奎律髓〉看方回的宋诗观》,《文艺理论研究》1995 年第 3 期。
⑨ 韩酉山:《谈吕本中的活法》,《江淮论坛》2004 年第 41 期。

对江西诗派及其诗歌发展流变、传播接受等问题的研究。丁国样认为,钱锺书先生反对将陈与义列入江西诗派,社科院的文学史把陈与义从江西诗派中划出来单独论述,并指出其对苏黄学杜门径不以为然的态度,其实是没有准确分析严、方二人的论述。作者认为不仅陈与义早期创作属于江西诗派,后期的诗歌亦有较深的江西痕迹①。伍晓蔓认为,江西宗派得名于吕本中的《江西宗派图》,是北宋末期一个带文学流派性质的诗人群体。以地缘为基础的南昌—临川—建昌诗人群体和以诗学思想为基础的符离—临川诗人群体的双重整合,是其发展的主导线索。大观年间,以徐俯为首的豫章诗社和吕本中发起的"东"字韵诗唱和,带来北宋末期山谷后学"同作并和"的繁荣局面,成为《江西宗派图》绘制的基础②。这些论文对江西诗派及其代表人物的诗歌主张、风格形成原因等进行了比较深入地考察。

总的看来,与学术界百年来对宋代诗歌研究的总的趋势相适应,关于江西诗派诸问题的研究也呈现出越来越细致化、多层次化的特点。举凡江西诗派生成与发展的文化生态问题、作者的行实应酬交游及思想心态问题、江西诗派诗歌的文学特质问题等,都有一批重要的研究成果出现。不过,以目前的研究而言,还有若干应该加以研究的问题,比如:江西诗派一些作者的行实、交游仍然没有搞清楚;江西诗派为何能够风靡南宋诗坛,其原因还需要继续研究;江西诗派的诗歌主张是否如一些学者所言,与禅宗有紧密联系?透过黄庭坚等人

---

① 丁国样:《亦江西之派而小异——陈与义及南宋初年诗歌嬗变管窥》,《苏州科技学院学报(社会科学版)》1990年第03期。
② 伍晓蔓:《北宋末山谷后学的双重整合与〈江西宗派图〉》,《文学遗产》2005年第4期。

所用的话语与禅宗话语关系之外，是否话语本身不能说明问题，而应该关注话语背后的指向？江西诗派诗歌与理学关系到底是什么？江西诗派诸人与苏轼诗歌主张有何关系？上述问题，动辄涉及宋代诗学乃至中国文化传统等问题，解决起来难度很大，需要加以认真梳理才行。

第六章 周邦彦、李清照词研究

作为婉约词在两宋时期的代表,周邦彦和李清照一直是学术界关注和研究的重点所在。对于周邦彦的研究,大部分集中其人物生平,音律格调创作以及对词的章法结构的开创之上。而李清照作为两宋词坛中最为著名的女性词人,其词人身份、创作对象,以及词学观点一直受到关注,并对后世词风和词学的发展产生重要影响。自1911年以来,学术界对于李清照的关注亦从未停歇,在各个领域均发表了一定的成果。

第一节 周邦彦与清真词研究

民国年间,对周邦彦及其词作进行研究,已经取得了很大成就。王国维、胡适、薛砺若、龙榆生、郑宾于等大家都对周邦彦及其词作进行了非常深入的研究。可以说,这些杰出学者的研究成果,为后来周邦彦及其词作的研究奠定了良好的基础。

在这些学者之中,又以王国维的研究成就最高。王国维可谓这一时期对周邦彦及其词作进行全面而深入研究的标志性人物。20世纪初,他就写作了《清真先生遗事》,对周邦彦的生平事迹作了详细的考证,为周邦彦的研究打下了基础。以此为突破口,他又陆续写作了若干关于周邦彦及其词作研究的论文,这些论著都收在《王国维文集》中。

在《清真先生遗事》中,王国维首次考证了周邦彦的生平、家世与交游,为后来的相关研究提供了可以信赖的文献基础。王国维考证了周邦彦第一次献赋、第二次献赋的时间,认为第一次献赋当为元丰六年,第二次献赋当为哲宗元符初年,此后这一研究结论就成为学术界的共识①。他又对宋人张端义《贵耳集》中所记周邦彦与李师师交往的传闻进行了考证,认为本事应属无有②。除了对周邦彦若干生平事迹等问题的考证外,王国维的另外一些观点,有的得到了学术界的承认,有的也为后来人提出了研究问题。如关于周邦彦思想、政治态度及其词中有无寄托问题的研究就是如此。王国维在《清真先生遗事》中认为周邦彦颇颂"新法"等观点,后来成为上世纪80年代后周邦彦研究的一个热点问题。又比如周邦彦词的版本著录及流传情况的考察,王国维提出:"先生词集,行于世者,今惟毛刻《片玉词》二卷;王刻《清真集》二卷,陈注《片玉集》十卷,则元刻仅存。"③也为后来研究指明了方向。

王国维对周邦彦文学史地位、清真词的艺术风格等方面的研究,或是弄清了长期以来对于清真词的误解,或是提出了独到的看法,在很大程度上影响到后来学者对于清真词的基本认识。他对清真词的格律、音律方面的造诣给予了极高评价:"故先生之词,于文字之外,须兼味其音律。惟词中所注宫调,不出'教坊十八调'之外。……今其声虽亡,读其词者,犹觉拗怒之中,自饶和婉。曼声促节,繁会相

---

① 王国维:《王国维文集》第一卷,中国文史出版社,1997年版,第102、103页。
② 王国维:《王国维文集》第一卷,中国文史出版社,1997年版,第106页。
③ 王国维:《王国维文集》第一卷,中国文史出版社,1997年版,第116页。

宣;清浊抑扬,辘轳交往。两宋之间,一人而已。"①他虽然对清真词"尚未尽脱古人蹊径"②,以至于"创调之才多,而创意之才少"③有所批评,但还是认为"词中老杜,则非先生不可。昔人以耆卿比少陵,尤为未当也"④。王国维还对周邦彦词的境界、格调问题予以评价。但令人注意的是,他的评价前后是有矛盾的。他在前期对周邦彦词颇有訾议:"词之雅正,在神不在貌。永叔、少游虽作艳语,终有品格。方之美成,便有淑女与娼妓之别。"⑤而在后期,则评价说:"境界有二:有诗人境界,有常人境界。诗人境界,惟诗人能感之,而能写之。故读其诗者亦高举远慕,有遗世之意,……若夫悲欢离合,羁旅行役之感,常人皆能感之,而惟诗人能写之。……先生之词,属于第二种为多。"⑥

这一时期,对周邦彦及其词作的研究,影响比较大的还有薛砺若。薛砺若将周邦彦词划为宋词发展的第三个阶段,认为周邦彦词"集大成",强调周词在词调的搜求、审定和考正方面"有集成和创制的功劳";指出周邦彦"兼具过去许多词家的长处,确有特殊的精力和天才。……同时他又兼采花间派和晏欧的神髓,遂形成了他个人的作品——一个圆融美艳,几经锻炼修琢的才子和文士的词。在'柳永时期'内的一切优长,至美成可以说已臻绝诣了。"⑦他又强调

---

① 王国维:《王国维文集》第一卷,中国文史出版社,1997年版,第125页。
② 王国维:《王国维文集》第一卷,中国文史出版社,1997年版,第124页。
③ 王国维:《人间词话》,人民文学出版社,1960年版,第206页。
④ 王国维:《王国维文集》第一卷,中国文史出版社,1997年版,第124页。
⑤ 王国维:《王国维文集》第一卷,中国文史出版社,1997年版,第148页。
⑥ 王国维:《王国维文集》第一卷,中国文史出版社,1997年版,第125页。
⑦ 薛砺若:《词学通论》,开明书店,1949年版,第169页。

周邦彦词具有"善于采融前人诗句"和"想像丰圆"的长处,说他刻画景物"无一词不晶美,无一句不清倩,写景状物至此,可谓已臻绝境。"认为其词已经超越之前的晏、欧、张、柳、苏、秦等大家,甚至于南宋时期的"姜、史、吴、张、王、周等大作家,其咏物之作,虽极工巧细致,然多雕琢丧气,远无美成来得自然了",因此,周邦彦在这一方面是"空前绝后"的①。当然,薛砺若也看到了周词是"修琢完美的'文士的词',最合于一般文人雅士的口味"的特点,认为开了南宋"纤巧琐碎、机械庸滥"词风,指出了清真词的不足所在②。

除了王国维、薛砺若等人的研究成果之外,这一时期重要的研究成果还有胡适、郑宾于、龙榆生等人的著作。其中,较有影响的是郑宾于《中国文学流变史》中的若干观点。郑氏强调周邦彦词在词史上的关枢地位,认为他的词"只是自然地如实活画,……于浅淡中显出深密纤细的恋情,……情到深处,娼妓淑女何殊?"③显然是对王国维前期观点的批评。而胡适、龙榆生的研究,则并无多少新的观点。

1949—1980年间,周邦彦及其词的研究,基本没有多大进展。几部文学史略微提及周邦彦及其词,其基本观点较之王国维、薛砺若、龙榆生等人并无太大差别,而强调人民性、斗争性等指向,反而阻碍了对周词文学史地位的客观评价。这一时期值得注意的是吴则虞关于周邦彦词版本问题的整理和研究。吴氏指出除了王国维提及的7种宋刻本之外,还有元本2种、明本4种、清本8种、近人校印者9种、不详者2种,凡36种,在作了精详考辨后,附列了清真词版本源流及清真词

---

① 薛砺若:《词学通论》,开明书店,1949年版,第411页。
② 薛砺若:《词学通论》,开明书店,1949年版,第178页。
③ 郑宾于:《中国文学流变史》,北新书局,1936年版,第408—411页。

考异①。后来,吴氏成果于1981年出版,为目前最精审的印本。

　　1980—2000年前后,周邦彦及其词研究迎来了热潮,一些学者接续了1949年前民国时期前辈学者对于周邦彦及其词作研究的若干话题,而又有新的研究成果。在对周邦彦生平、家世和交游研究方面,刘永翔指出,周邦彦为李原所生的小儿子,李原的墓志铭为周邦彦转托旧党人物吕陶撰写,此事可进一步证明周邦彦"不仅与新旧党均无依附,而且也一无避忌。"②此外,马成生、赵治中撰有《周邦彦年谱》,对其生平有详尽介绍③。诸葛忆兵经过考察,认为周邦彦提举大晟府应该在政和六年十月至七年三月之间,其任期最长不超过半年,短则或许只有一二个月④。至于对周邦彦思想、政治态度等问题的研究,则有罗忼烈、刘扬忠、叶嘉莹等人补充或者修正了王国维的观点。罗氏认为周邦彦氏执着而积极地支持新法的词人⑤。刘氏认为周邦彦在赋中表达了自己的政治主张和政治理想,是一个"立身有本末的正直文人。"⑥叶嘉莹则对周邦彦词史地位给予了评价。她认为,周词之所以被称为"集大成"且被认为是"词中老大"多是因为周邦彦写作功力而言,而不是就其内容、意境方面来评价的。她细致分析清真词对南宋词的影响,认为南宋诸家或多或少受到过周词影响⑦。

---

①　吴则虞:《清真词版本考辨》,《西南师院学报》1957年创刊号。
②　刘永翔:《周邦彦家世发覆》,《华东师范大学学报》1996年第3期。
③　马成生、赵治中:《周邦彦年谱》,《丽水师专学报》1991年第2、3期。
④　诸葛忆兵:《周邦彦提举大晟府考》,《文学遗产》1997年第5期。
⑤　罗忼烈:《漫谈北宋词人周邦彦》,《文学遗产》1983年第2期。
⑥　刘扬忠:《周邦彦佚文佚诗浅议》,《文学评论丛刊》第18辑,中国社会科学出版社,1983年版,第176页。
⑦　叶嘉莹:《唐宋词名家论稿》,河北教育出版社,1997年版,第197页。

1980—2000年左右,对清真词的研究还有几点需要加以注意。其中,对周邦彦词的表现手法与情调的研究,取得了明显进展。谢桃坊强调,清真词思想内容缺乏深度是诗话文化低潮中的普遍现象,而清真词最明显的特点在于,他"开始了典雅晦涩的倾向,文人的书卷意味特别浓厚"。强调周邦彦发展了柳永的铺叙手法,体物入微,使表现方式曲折含蕴,又强调其词"层次非常清楚,注意前后照应",体现出"章法的严密","妙于剪裁,注意起结和过变的关系,因而每首词能构成一个完美的艺术体"①。袁行霈也指出,周邦彦"以赋为词"的写作手法,在于善于把握契机,重视铺叙。但与柳永直线形结构不同的是,周邦彦词作经常呈现出一种回环往复的环形结构,而这种回环往复也是由其婉转低回的感情与浑厚蕴藉的情致所造就的。其独特的化用古人诗句的手法也为其词作增添了厚重的风格②。韩经太将"顿挫"与"勾勒"作为讨论周邦彦词的章法结构的线索,探索其善于变化而又善于照应的章法特点,前者可分为"发唱警挺,入题敏捷","逆笔回旋,神情充沛","突转陡接"三种特点,后者则体现在"用意明显,时著点睛之笔","脉络分明,有赖勾勒之功"两个方面③。陶然也持近似观点,将其独特的章法结构归结为感情的曲折盘旋和结构的回环往复,从内容和表现手法两个方面加以论述④。金启华则强调,周邦彦词在起、收方面各臻妙处,有的首尾呼应,有的以一二

---

① 谢桃坊:《北宋文化低潮时期的周邦彦词》,《光明日报》1986年6月3日。
② 袁行霈:《以赋为词——试论清真词的艺术特色》,《北京大学学报(哲学社会科学版)》1985年第5期。
③ 韩经太:《极顿挫之致,穷勾勒之妙——论清真词的章法结构》,《学术月刊》1984年第09期。
④ 陶然:《简论周邦彦词的章法》,《杭州大学学报》1994年第2期。

字领起,有的层次分明,艺术技巧具有特色①。

除了章法结构以外,研究者对于周邦彦词风的其他方面亦有关注。刘扬忠强调,周邦彦词继承和发挥了柳永词的通俗明白的优点,而舍弃了柳永词滥俗的短处,做到了"能雅能俗,亦清亦丽"。他对周邦彦词的语言、音律、内容等都有非常精当的评价②。

张进、张惠民将"浑厚"视为清真词风中的重要组成部分,而这种"浑厚",体现在其词作中深厚的情思和含而不露、反复缠绵的韵味之中,同时,其主观情思与艺术形象的高度叠合,前人典故的高妙化用以及对于物态的形象追摹也是形成"浑厚风格"的重要原因③。程杰同样关注的是周邦彦的"浑厚"风格,而对这种风格的讨论,主要集中在其铺叙勾勒的手法之上,从"片段"与"离合(章法结构)"两方面加以讨论④。陈磊将清真词置于画论的关注之下,以画中南北宗之辨,通过形神观和笔法技巧方面,讨论周邦彦词作的精神境界和美学风貌⑤。

对于周邦彦历史地位及影响研究,也是学界的关注重点所在。蒋哲伦对周邦彦乃是词中"集大成者"一说提出质疑,认为周邦彦固然吸取了先前词家的创作经验,将词的艺术提升到了一个新的高度,对后世词人产生了深远影响,然而无论是先前出现的"以诗为词"的

---

① 金启华:《周邦彦词的艺术技巧》,《光明日报》1980年3月12日。
② 刘扬忠:《清真词的艺术成就及其特征》,《文学遗产》1982年第3期。
③ 张进、张惠民:《论清真词的"浑厚"之美》,《汕头大学学报》1992年第1期。
④ 程杰:《试论清真词的浑厚意境》,《南京师大学报(社会科学版)》1984年第2期。
⑤ 陈磊:《从画中的南北宗看词中的清真与白石》,《文学遗产》1996年第2期。

苏轼及苏门词人,还是之后活跃于南宋词坛的辛派词人,都非周邦彦词风所能包容,故"集大成者"这一说法有失偏颇①。黄炳辉、刘奇彬将周邦彦作为"最为词家之正宗",符合词"绮罗香泽"与"绸缪宛转"的"正统"风格,并提出,周邦彦正是沿袭柳永的风格,并加以开拓,这主要体现在对于艳情词和羁旅词的开拓之上,并善于将两者相结合;此外,周邦彦对于柳永的继承还体现在艺术手法上,主要在于慢词的创作方面;同时,周邦彦在词的形式美方面也有所发展,在语言和音律上都作出了更严格的规范②。杨万里从宋人对周邦彦的评价和宋人的创作实践两方面,考察了宋人对于周邦彦的接受过程③。刘尊明、田智会分析了清真词在宋代传播的进程,认为歌妓传唱,个人专集的印行和历代选本的编选都是促进清真词得以广泛传播的重要原因④。

第二节 李清照及其"易安词"研究

进入20世纪后,李清照及其词作研究,成为宋代文学乃至中国古代文学研究的一大热点,呈现出名家辈出、热潮不断的局面,产生了大量的研究成果。

民国时期,学术界对于李清照及其词作问题的研究,已经取得了

---

① 蒋哲伦:《论周邦彦在词史上的地位》,《古典文学知识》1998年第1期。
② 黄炳辉、刘奇彬:《论周邦彦对柳永词的继承和发展》,《河北大学学报》1988年第3期。
③ 杨万里:《论清真词在宋代的文学效应》,《上海师范大学学报》1997年第1期。
④ 刘尊明、田智会:《试论周邦彦词的传播及其词史地位》,《文学遗产》2003年第3期。

第六章　周邦彦、李清照词研究

相当大的成就,为后来相关研究奠定了坚实的基础。这一时期,关于李清照生平、词作文献整理、词史地位及李清照词的艺术风格等问题的研究,已经有了基本的研究轮廓。

早在1930年前后,就出版了胡云翼的《李清照及其词》①、傅东华的《李清照》②、张寿林的《清照词》③,这些专门化的研究著作,开启了李清照及其词研究的先声。得益于这一时期学者的相关研究,关于李清照的生平与著述的一些问题基本清晰。而其中,关于李清照作《金石录后序》关系到对李清照生年、嫁年等问题,故学者对此给予了重视。浦江清、徐益藩认为《金石录后序》作于绍兴四年④,胡适认为李清照晚年并无改嫁事⑤,持这一观点的还有龙榆生、李长之等人⑥。这一时期,许多研究者多方搜集、校勘李清照词作。其中最好的当属赵万里所辑的本子。赵氏辑有《漱玉词》⑦一卷,后来唐圭璋收入《全宋词》。这些工作都为后来学者进一步研究李清照及其词,提供了帮助。

这一时期,一些学者也对李清照的词史地位进行了研究。很多学者都给予李清照词以很高评价。胡云翼就认为,李清照"在文学史上的地位,已经与伟大的骚人屈原、诗人陶渊明、杜甫并垂不朽

---

① 胡云翼:《李清照及其词》,上海亚细亚书局,1928年版。
② 傅东华:《李清照》,商务印书馆,1931年版。
③ 张寿林:《清照词》,上海新月书店,1931年版。
④ 浦江清:《李清照金石录后序》,《国学月刊》第1卷第2期,1940年。徐文见于夏承焘《唐宋词论丛》,古典文学出版社,1956年版,第193页。
⑤ 胡适:《词选》,商务印书馆,1927年版,第165页。
⑥ 龙榆生:《词学季刊》,第3卷第1号,1936年;李长之:《文学杂志》第2卷第4期,1947年版。
⑦ 赵万里:《漱玉词》,见于《宋金元人词》,1931年版。

了"。当时的一些学者,如陈冠同、胡行之、柯敦伯等都持类似说法①。而郑振铎则强调,"像她那样的词,在意境方面,在风格方面,都可以说是'前无古人,后无来者'"②。而另外一些学者,则明显有保留意见。如刘毓盘认为,"盖其生于北宋之季,没于南宋之初,同时诸家,片玉大声,或所未见"③,因此认为李清照成就有限。吴梅则认为李清照词多有未能圆融处,"能疏俊而少沉着"④。而李长之试图调和这两派意见,他既承认李清照词在"高贵的一方面,确具有像一般最伟大的诗人所达到的境界",一方面又认为,她的作品太少,而且"就现有的作品来看,李清照不能时刻发挥她那高贵的一方面。假若我们把她放在屈原、李白、杜甫、李后主之列,我们终不免踌躇"⑤。

值得注意的是,这一时期的学者,开始运用西方的文学观念对李清照的词进行文学艺术本位的研究。如吕思勉认为,李清照所作词"无一字不协律者,实倚声之正宗,非特以闺阁见称也"⑥。龙榆生认为,李清照之《漱玉词》实兼有婉约、豪放之所长而去其所短⑦。薛砺若认为,李清照的词"柔媚婉秀流畅,机杼天成,非时辈所及"⑧。

---

① 陈冠同:《中国文学史大纲》,民智书局,1931年版;胡行之:《中国文学史讲话》,上海光华书局,1932年版;柯敦伯:《宋文学史》,商务印书馆,1934年版。
② 郑振铎:《插图本中国文学史》(三),人民文学出版社,1957年版,第505页。
③ 刘毓盘:《词史》,上海群众图书公司,1931年版,第107页。
④ 吴梅:《词学通论》,华东师范大学出版社,1996版,第106页。
⑤ 李长之:《李清照论》,《文学杂志》1947年第2卷第4期。
⑥ 吕思勉:《宋代文学》,商务印书馆,1931年版,第83页。
⑦ 龙榆生:《漱玉词叙论》,《词学季刊》第3卷第1号,1936年。
⑧ 薛砺若:《宋词通论》,开明书店,1949年版,第183—185页。

第六章 周邦彦、李清照词研究

1949—1980年,学术界对李清照及其词作的研究,在继承民国时期已有研究格局的基础上,仍然有所突破。可以说,民国时期几乎为学者所开拓的有关李清照及其词的研究领域,在这一时期都取得了较大进展。

关于李清照写作《金石录后序》的写作时间问题。王仲闻认为李清照此文的写作时间应为绍兴四年[1],夏承焘、黄盛璋、黄墨谷等认为是绍兴五年[2]。这一时期,一些学者仍然对于李清照是否改嫁进行研究。唐圭璋、潘君昭认为,李清照改嫁说是主和派"蓄意中伤"[3],黄墨谷更是不遗余力为李清照辩诬,认为其没有改嫁之实[4],此外,刘忆萱、郑国等人也坚持李清照未曾改嫁说。

这一时期,学术界对于李清照词作的思想内容给予了较高的重视,乃至演变成为对李清照词作内容与思想情调是否健康的争论。一种意见认为,李清照前期词是贵族女人式的、个人生活的描述,没有接触到更宽阔的社会生活,思想内容与社会意义贫乏,其后期词也缺乏爱国主义精神。褚斌杰、黄盛璋、棣华、郭预衡等人持这一观点。另一派则认为,李清照前期词表现出对美好生活的向往,其间有反封建的精神,其后期词则表现出爱国主义思想,与劳动人民有共通之处。王季思、唐圭璋、潘君昭、刘忆萱、孙乃修等人持这一观点。

这一时期,一些学者继续对李清照词史地位和风格进行探讨。

---

[1] 王仲闻:《李清照集校注》附录,人民文学出版社,1979年版,第356页。
[2] 夏承焘:《唐宋词论丛》,古典文学出版社,1956年版,第190页;黄盛璋:《文学研究》1957年第3期;黄墨谷:《齐鲁学刊》1980年第6期。
[3] 唐圭璋、潘君昭:《论李清照的后期词》,《江淮学刊》1961年第8期。
[4] 黄墨谷:《对李清照人格之种种诬枉必须驳证》,《齐鲁学刊》1985年第5期。

夏承焘肯定了李清照词的艺术成就,认为李清照是婉约词派的高峰,她的语言音律对宋词的发展也有良好影响①。

值得注意的是,这一时期学者开始关注李清照的《词论》。夏承焘首先对李清照《词论》予以批评,认为李清照《词论》是落后的和保守的②。后来刘遗贤、邓魁英等人也持类似观点。而黄墨谷则认为,《词论》是符合词的发展方向的③。黄盛璋持论与黄墨谷相近④。

1980—2000年左右,李清照及其词研究迎来了新的热潮。这一时期,除了继承了民国时期以来的研究传统之外,学术界对于李清照及其词的研究,呈现出多元发展、深度跟进的良性发展局面。

探讨李清照词作反映出的女性心理,是新时期李清照词作研究的重要途径。陶尔夫是比较早地从女性文学的角度探讨李清照词的学者。他将李清照在创作和学术上的追求归结于她特殊的生活遭际,对李清照关于词的独特认知以及她对于"精妙"的执着追求等方面进行了探讨⑤。叶嘉莹将李清照置于历史的维度中,通过论述一系列女性作家的创作和人生经历,重拾千年来在男性视角下一直处于萎缩状态的女性话语⑥。张忠纲将李清照的进步的女性意识,归

---

① 夏承焘:《李清照词的艺术特色》,《文学评论》1964年第4期。
② 夏承焘:《评李清照的〈词论〉——词史札丛之一》,《光明日报》1959年5月24日。
③ 黄墨谷:《谈"词合流于诗"的问题——与夏承焘先生商榷》,《光明日报》1959年10月25日。
④ 黄盛璋:《李清照与其思想》,《山西师范学院学报》1959年第2期。
⑤ 陶尔夫:《"易安体"古代女性文学高峰及其成因》,《文学遗产》1994年第6期。
⑥ 叶嘉莹:《从李清照到沈祖棻——谈女性词作之美感特质的演进》,《文学遗产》2004年第5期。

结为其创作的独特女性魅力,实现个人忠君报国的社会价值和学术追求,以及在爱情婚姻中追求独立平等的性别地位这三个方面[①]。王绪霞以女性主义为理论支撑,从"恋父情结""爱情体验""从女性价值追求到诗人价值追求"以及"女性话语方式"四个方面,论述李清照在成长生活和创作过程中,一直受到男性话语的影响[②]。

一些研究者将目光投射于李清照作品的语言之上,重视语言风格所带来创作风格的变化,如李秋菊提出,李清照正是采取一种近似于"陌生化"的语言方式达到预期的艺术效果,而"陌生化"的主要手段则包括"以拟人、移情等手法自铸奇峻新颖之语";"以寻常语度入音律"以及"创造性地使用叠字、叠句和排句"这三个方面[③]。李岚则将李清照作品的语言特色归纳为"含蓄深沉,情藏言外""清新妍丽,剥锈除斑""一字点睛,生动传神"以及"圆熟和谐,严守词律"四个方面,认为李清照这样的语言风格来自于儒家中庸思想和古典音乐、舞蹈含蓄蕴藉的审美标准[④]。沈荣森则将"酒"与"愁"联系在一起,强调在李清照词中反复出现的"酒"意象,正是词人个体以及家国之"愁"的外在载体,同时将李清照酒词的特色,归纳为"情感真""蕴意善"和"表现美"三个方面[⑤]。

这一时期,对于李清照《词论》的研究,取得重大进展。一些研

[①] 张忠纲:《李清照的女性意识》,《文史哲》2001年第5期。
[②] 王绪霞:《李清照文学成就原因的女性主义阐释》,《河南师范大学学报(哲学社会科学版)》2002年第4期。
[③] 李秋菊:《从"陌生化"看李清照词的语言创新》,《湘潭大学社会科学学报》2003年第3期。
[④] 李岚:《试论李清照词的语言美》,《攀枝花学院学报》2005年第5期。
[⑤] 沈荣森:《李清照酒词浅探》,《东岳论丛》2003年第1期。

究者将李清照的词论放置于纵向的理论坐标之下进行研究。顾易生分述婉约词和豪放词在北宋时期的发展动态,将《词论》作为北宋末年对于词艺发展的小结①。顾易生也对于旧著中认为李清照"片面强调格律","反对以诗为词"等观点加以反思,认为李清照在对词律提出严格要求的同时,也展示了词律自有其宽松的一面,并为以声律服务于写景抒情作出示范;另一方面,在李清照对于南唐君臣以至晏几道等人的评述中,反映出她审美兴趣宽广,力图兼采众美,以诗赋散文的表现手法来充实开拓词境等词学观点②。周桂峰提出,李清照的词论建构,很大程度上受到了晁补之词说的启发,晁补之关于词应"系统性","重本色","倡高雅"以及"自主性"的观点,在李清照《词论》中同样出现。该文提到,李清照的《词论》,较之晁补之更为准确和大胆,同时也更具有理论的深度和广度③。黄宝华认为,李清照的词学观点很大程度上受到晏殊、欧阳修等人的影响,重视将自身的学养性情加诸词内,在深情绵渺之外,注入闲雅旷达之致。该文指出,李清照标榜词体本位,也是受到了宋代以来重视文章辨体的风气的影响;她只是以散点式的写作方式通过评述作家来表达个人词学观点,并没有建构起成体系的理论构架④。

　　以女性主义观照李清照这一研究方式同样涉及李清照的词论方面,如王昊认为,《词论》是词体建构发展到该阶段对词体内部音乐

---

① 顾易生:《北宋婉约词的创作思想和李清照的〈词论〉》,《文艺理论研究》1982 年第 2 期。
② 顾易生:《关于李清照〈词论〉的几点思考》,《文学遗产》2001 年第 3 期。
③ 周桂峰:《李清照师事晁补之论》,《南阳师范学院学报(社会科学版)》2003 年第 7 期。
④ 黄宝华:《李清照的词与〈词论〉》,《上海师范大学学报》1993 年第 2 期。

性和文学性这一矛盾的一种共时性把握,其词体本质论的思想基础正是女性意识,而不仅是来自儒家观念下"温柔敦厚"的诗教传统。而这种女性意识,使得她对于男性视角下的词学有着不同的看法,如对柳词中的市井趣味和狎玩态度存在颇多不满之处[①]。

---

① 王昊:《论李清照〈词论〉的女性主义话语立场》,《吉林大学社会科学学报》2001年第2期。

第七章　南渡诗词的发展态势研究

"靖康之难"的发生,不仅使北宋王朝归于灭亡,也使诗坛、词坛发生了根本性的改变。被江西诗风所笼罩的北宋末年诗坛,在党禁和文字狱的高压之下,不得不远离现实、致力于艺术上的雕章琢句,而南渡之后,诗坛的变化不仅在于重新贴近现实,产生了大批反映家国巨变、具有突出的时代色彩的作品,还在于因新的政治文化背景而出现新的审美追求,并进而形成新的诗歌特征,为中兴四大诗人的出现和南宋诗歌高潮的到来奠定了基础。百年以来,学者们对这一段文学创作进行了一些研究。

第一节　陈与义诗歌研究

绍兴年间,一种"新体"诗流行于世,他的创作者就是被称为"南渡诗人之冠"的陈与义。陈与义与当时的吕本中等,是在北宋苏黄之后直至南宋中兴四大诗人之间的著名诗人。因此,对陈与义及其诗歌的研究,受到了近百年宋诗研究者的重视。

民国时期,对于陈与义诗歌的研究,成果不多。柯敦伯认为,陈与义诗出黄庭坚,而其"天分绝高,工于变化,风格遒上,思力沉挚,而卓然自辟蹊径"①。而梁昆则指出,陈与义的"简斋体"具有独到的特点,可谓宋诗重要流派:"精苦高洁,清远纡徐,扫繁缛,去典涩,出入杜、陈、陶、韦之间,而兀然独为一宗。"②可以说,民国时期学者对陈与义及其诗歌的研究才刚刚开始。

1949—1980年间,学术界对于陈与义诗歌的研究,成果也不多。钱锺书把陈与义看作是南北宋之际最杰出的诗人,认为"陈与义前期的诗歌古体诗主要受到了黄、陈的影响,近体诗往往从黄、陈过渡到杜甫的风格"。又认为陈与义诗歌"尽管意思不深,可是语句明净,而且音调响亮,比江西派的讨人喜欢"③。刘大杰认为陈与义是江西诗派诗人,能够"参透各家,融会贯通,创造自己的风格。"④游国恩等也认为,陈与义是南北宋之交的杰出诗人,前期多表现个人生活情趣的留恋光景之作,写的清新可喜。后期趋向悲壮,写了不少感怀家国的诗篇⑤。

1980—2000年左右,陈与义诗歌研究也开始取得新的进步。这一时期,一些研究者尝试从不同角度来研究陈与义及其诗歌。其中,需要重视的是白敦仁的《陈与义年谱》。该年谱对陈与义的生平、诗歌编年记载等搜罗殆尽,资料完备,为相关研究提供了重要基础性文献。其他方面,这一时期也取得了若研究成果。

陈与义南渡之后所作的咏物写景诗往往感慨良多、寄托遥深,大不同于前期的清淡萧散。一些学者立足文学本位对陈与义诗歌的题

---

① 柯敦伯:《宋文学史》,商务印书馆,1934年版,第111页。
② 梁昆:《宋诗流派论》,商务印书馆,1938年版,第114页。
③ 钱锺书:《宋诗选注》,人民文学出版社,1989年版,第131—132页。
④ 刘大杰:《中国文学发展史》,上海古籍出版社,1982年版,第689页。
⑤ 游国恩等主编:《中国文学史》(三),人民文学出版社,1964年版,第92页。

材、风貌、意象等进行研究。陈祥耀认为,陈与义比较接近杜甫的是其七言律诗。他反对胡应麟的说法,认为陈与义"善炼虚字,善用宽对和活对,善于在闲淡处取神"①。白敦仁认为,陈与义早期写作的诗歌全是韦、柳风格,晚期则学杜而有其"简"②。王锡九指出陈与义七古在"靖康事变"前后有一定发展变化,从而形成他自己"简严""清俊"的特色③。查洪德指出方回论诗标举"一祖三宗",即以唐杜甫为祖,以宋黄庭坚、陈师道、陈与义为三宗。但这是仅就唐宋律诗说的。研究者把方回的律诗学理论当做他诗学理论的全部,如此理解方回是不全面的。从诗学理论发展史的角度看,方回是从宋人论诗各守门户到元人论诗不立门户之间的过渡④。其它重要的论文尚有:姚大勇《陈与义诗歌新论》⑤,杨庆存、张玉顺《论陈与义及其诗歌创作》⑥等。

研究者也对陈与义到底是否属于"江西诗派"阵营展开了讨论。高利华指出,从吕本中到方回,是江西宗派学说内涵和外延不断明确延伸的发展过程。江西诗派是一个历时的概念,后人没有理由把江西宗派学说凝固在吕本中时代。方回举陈与义为江西诗派三宗之一的诗学依据,是因为南宋诗坛关于江西诗派学说舆论的充分铺垫和陈与义"诗宗已上少陵坛"的创作实绩,其深层的意义在于方回对黄

---

① 陈祥耀:《宋诗的发展与陈与义诗》,《文学遗产》1982年第1期。
② 白敦仁:《陈与义年谱》,中华书局,1983年版。
③ 王锡九:《论陈与义的七言古诗》,《扬州师院学报(社会科学版)》1994年第4期。
④ 查洪德:《关于方回诗论的"一祖三宗"说》,《文史哲》1999年第1期。
⑤ 姚大勇:《陈与义诗歌新论》,《中国韵文学刊》2001年第1期。
⑥ 杨庆存、张玉顺:《论陈与义及其诗歌创作》,《菏泽师专学报》1994第1期。

庭坚及江西宗派理论的深切把握①。此外,对陈与义是否属于"江西诗派"进行研究的论文尚有:李琨《陈与义属于"江西诗派"吗?》②,胡明《关于陈与义诗歌的几个问题》③,莫砺锋《江西诗派的后起之秀陈与义》④,高利华《论方回的江西宗派学说及其对陈与义的评价》⑤等。

总的看来,百年来学术界对陈与义及其诗歌研究,取得了比较充分的研究,要想再有更大的突破,已属不易了。

第二节　南渡词坛研究

从靖康之变到绍兴和议的十多年,北方众多大族、士大夫随朝廷南迁,反映在词坛领域里,便形成了一个颇具规模的南渡词人群体。传统上,"南渡词人群体"一般指的是以叶梦得、朱敦儒、朱淑真、张元幹、李纲等为代表的词人群体。

民国时期,研究者对于南渡词坛代表性作家的研究刚刚开始,基本上停留在一般意义上的文献整理和作者文学史地位的评述上。这一时期,对于南渡词坛代表性作家的研究,较为深入的是胡适。胡适简单介绍了朱敦儒,认为他出生于神宗元丰初年(1080)而卒于孝宗

---

① 高利华:《方回奉陈与义为"江西"宗师的诗学依据》,《山东师范大学学报》2003年第3期。
② 李琨:《陈与义属于"江西诗派"吗?》,《辽宁大学学报》1999年第4期。
③ 胡明:《关于陈与义诗歌的几个问题》,《中州学刊》1989年第2期。
④ 莫砺锋:《江西诗派的后起之秀陈与义》,《社会科学战线》1984年第1期。
⑤ 高利华:《论方回的江西宗派学说及其对陈与义的评价》,《社会科学战线》2004年第6期。

淳熙初年(1175)。胡适把朱敦儒的词分为三个时期,认为南渡之前为少年时期,第二时期是南渡时期,这一时期的词颇多家国感慨,身世悲哀;第三时期为晚年闲居时期,饱经世故,变成了一个乐天自适的词人。比较而言,胡适更为推崇其晚年的词作,认为其词《樵歌》"很像诗中之有《击壤集》,但以文学的价值而论,朱敦儒远胜邵雍了。将他比陶潜,或更确切罢"①。薛砺若则将朱敦儒与李白相提并论。他认为后世选家没有把朱敦儒列于辛、姜、史、吴之列,有埋没其成就之憾②。

相比之下,这一时期对南渡词坛其他词人的研究,成果则少得多。圣旦对朱淑真生卒年进行了考察,认为其"大概比李易安后数十年"③。柯敦伯则对叶梦得的词史地位给予了积极评价,他因毛子晋言:"叶公妙龄词甚婉丽,绰有温、李之风,晚岁落其华而实之,能于简淡时出雄杰,合处不减东坡。"④

1949—1980年,这一时期对于南渡词坛的研究基本上是空白。只有郭绍虞的《宋诗话考》值得注意。他提及叶梦得的《石林诗话》时指出:"论诗推崇王安石者不一而足,而于欧阳修、苏轼诗皆有所抑扬于其间,盖梦得……本绍述余党,故与公论大明之后,尚阴抑元祐诸人。"又指出该书论诗宗旨颇与《沧浪诗话》相近,为后者所自出,并强调叶梦得虽推崇安石但并非一味推重⑤。

---

① 胡适:《中国文学史》上册,《胡适学术文集》,中华书局,1998年版,第466—467页。
② 薛砺若:《宋词通论》,上海书店,1985年版,第216页。
③ 圣旦:《朱淑真的恋爱事迹及其诗词》,《文艺月刊》8卷3期,1936年。
④ 柯敦伯:《宋文学史》,商务印书馆,1934年版,第145页。
⑤ 郭绍虞:《宋诗话考》,中华书局,1979年版,第38—39页。

第七章　南渡诗词的发展态势研究

1980—2000年左右,南渡词坛及其代表性作家研究取得了重要突破。表现在:

其一,研究对象和研究的视域较之以前扩大了。如顾友泽指出,朱敦儒与道教中神仙人物有着共同的性格基础,他的行事方式以及思维模式都与神仙具有很大的合拍之处,因而在一定外在条件的刺激下,他会以超过常人的程度接受道教,并进而影响到其词的创作。朱词中表现的思想、内容以及词的风格,词人的审美趣味、思维模式等,无不显示出受道教影响的痕迹,从而使其词区别于他人而独具仙风道骨之态①。何春环指出,宋代南渡时期唱和词在特定时代文化背景下兴盛起来,词被人们广泛运用于交际应酬,充分发挥了表达友情、交流思想、切磋词艺、逞才角技、交游娱乐、宴饮酬赠等重要功用②。张高宽指出,李纲《梁溪词》雄健慷慨,气调宏迈,不但绝异于周邦彦、万俟的大晟乐调,即与苏辛相比,也自具特色。在宋词由北转南、由婉入豪、由苏向辛的转变途中,李纲有着搴旗拓路的功劳③。后来姚惠兰有文《李纲是两宋之交豪放词派的领袖吗?》④与张高宽商榷,推动了学术界对李纲词的研究。

其二,注意到当时词人群体的文化承传以及苏黄等诗文的影响,从文学史的演变、承递视角来研究这一时期词人的词作。如潘殊闲

---

① 顾友泽:《试论道教对朱敦儒词的影响》,《内蒙古社会科学》2003年第9期。
② 何春环:《词亦"可以群":论宋代南渡唱和词》,《西南师范大学学报(人文社会科学版)》2005年第5期。
③ 张高宽:《李纲〈梁溪词〉与豪放词刍议》,《文学评论》2003年第2期。
④ 姚惠兰:《李纲是两宋之交豪放词派的领袖吗?》,《南京师范大学文学院学报》2004年第3期。

指出叶梦得与苏轼门人、后人及其追随者有着复杂的情缘、学缘和血缘关系,叶梦得心中有浓郁的"景苏"情结,表现在文学创作上刻意规模苏轼,在"以诗为词"的道路上更进一步,已初露"以文为词"的端倪等,体现出一种的特殊的创作取向[①]。沈松勤认为,靖康覆国,宋室南渡,宣告了"绍述"政治的结束和"党元祐"政治的开始,在"绍述"中惨遭禁锢的元祐党人苏轼及其文学,也随之获得了新生,并在高宗和孝宗两朝生发了奉之若狂的"崇苏热"。这一现象既属于政治的,又属于文学的。政治上是南渡后的"拨乱反正"。文学上则全面改变了词学命运,给宋词的发展注入了新的艺术生命力,也孕育了"雅正"说词学理论体系。但由于该体系是"拨乱反正"的翻版,具有严重的政治偏见,阻碍了词向主体的多重性、功能的多样性和流变的多向性的发展之路[②]。罗方龙也对周邦彦对于张元幹词风形成的影响进行了探讨[③]。

其三,研究视角更加全面。这一时期,既有从总体上考察南渡词坛的研究成果,又有深入探讨个体词人的力作。从总体上考察的文章,视野广阔,引人注意。薛瑞生指出,南渡词实为一不可忽视之存在。如以宣和至庆元间为南渡词之大体界划,则词人多至四百余家,为全宋词人三分之一强;词多至八千八百余首,几占全宋词之半。从词史之角度观察,则南渡词恰横亘于周清真与姜白石之间,遂使同宗词风迢递遥承。然南渡词自有其丰采,既有别于北宋词之浑涵深邃,

---

[①] 潘殊闲:《石林词与东坡乐府》,《西华大学学报》2006年第6期。
[②] 沈松勤:《宋室南渡后的"崇苏热"与词学命运》,《文学评论》2004年第3期。
[③] 罗方龙:《论周邦彦沉郁顿挫词风对张元幹的影响》,《广西师范大学学报》研究生专辑1995增刊。

第七章　南渡诗词的发展态势研究

又不同于南宋词之晶莹工细,实为宋词繁衍擅递过程中不可或缺之一环①。王兆鹏《宋南渡词人的诗社唱和》指出宋南渡之际,"禁锢初开,诗社勃兴",结社唱和,蔚然成风。文章对这一时期的"入社""诗社""社中""结社"等聚会赋诗酬唱活动进行了考察②。他的另外一些文章也对南渡词坛的词人文化心态等进行了考察。这一时期,其他重要的成果尚有:刘建国、金五德《试论南宋四名臣的词》③,李萍《试论南渡前后词风之变化》④,邱昌员《江西南渡词人述论》⑤,钱建状《宋室南渡与词坛唱和之风的兴盛》⑥等。

对个体词人进行研究,成果就更多一些。这一时期,除了朱敦儒、朱淑真、叶梦得等词人之外,研究者还注意到了另外一些词人,对他们的生活经历和词作进行了考察。如刘扬忠《简论向子諲及其〈酒边词〉》⑦,赵晓岚《论向子諲及其〈酒边词〉》⑧,刘配镜《胡铨和他的〈澹庵文集〉》⑨,胡浙平《李光词略论》⑩,张清华《岳飞词论》⑪等。

---

① 薛瑞生:《南渡词论略》,《西北大学学报》1987年第2期。
② 王兆鹏:《宋南渡词人的诗社唱和》,《湖北大学学报》1992年第2期。
③ 刘建国、金五德:《试论南宋四名臣的词》,《湘潭大学学报》1988年第1期。
④ 李萍:《试论南渡前后词风之变化》,《南京理工大学学报(社会科学版)》1999第10期。
⑤ 邱昌员:《江西南渡词人述论》,《赣南师范学院学报》2001年第10期。
⑥ 钱建状:《宋室南渡与词坛唱和之风的兴盛》,《厦门教育学院学报》2005年第1期。
⑦ 刘扬忠:《简论向子諲及其〈酒边词〉》,《学习与思考》1981年第1期。
⑧ 赵晓岚:《论向子諲及其〈酒边词〉》,《中国文学研究》1985年第1期。
⑨ 刘配镜:《胡铨和他的〈澹庵文集〉》,《江西图书馆学刊》1999年第1期。
⑩ 胡浙平:《李光词略论》,《浙江教育学院学报》2001年第1期。
⑪ 张清华:《岳飞词论》,《殷都学刊》1985年第2期。

第八章　中兴诗坛研究

经过二三十年的沉寂之后,南宋诗坛迎来了以"中兴四大诗人"为代表的复兴时期。这一时期,伴随着士人追求政治复兴、恢复故土等理想的呼吁,诗歌也迎来了全面复兴,在诗歌主张、创作等方面都取得了很大成就。因此,对南宋诗歌的研究,也往往以此时期为重点。新时期以来,学术界对"中兴诗坛"的研究,取得了很大进步。

第一节　陆游诗歌研究

陆游作为南宋"四大中兴诗人"之一,一生创作诗歌近万首,诗歌风格多样,在艺术上取得了很高的造诣。近代以来,因为陆游诗歌中包含着浓郁的爱国主义思想,对于奋发图强以改变祖国面貌的人们而言,无疑具有凝聚人心、鼓舞士气的巨大作用。因此,自民国以来,对陆游的诗歌进行研究,就超越了学术价值而具有更广阔的意义。

民国时期,陆游及其诗歌研究并没有得到全面的展开,学者们重点关注的是陆游的文学地位问题。刘经庵评价说:"宋南渡后,……其中陆为第一,堪称南宋的代表性作家。"他认为,陆游的诗风凡三变:"初喜藻绘,中务宏肆,晚归恬淡。总其全集而论,不但清新拔俗,而且悲壮慷慨,实不失为一爱国诗人。"①评价精当得体。稍后李维以"悲壮"概括陆游诗风②。刘麟生则论及理由诗歌的风格多样性:"他的古诗,感时伤世,颇有老杜气势。他的七律,属对工致,遣词流利,后人模仿最多……他的七绝,实在很有远味。"③而郑振铎则评价说:"陆游诗存者不下万首,当为古今诗人最多产的一人。他能别树一风格,表现出他自己的创作风格。他意气豪迈,常欲有所作为。所以灏漫热烈的爱国之呼号,常见于他的词里诗里,而在诗中尤其活跃。"④

1949—1980年,学术界对陆游诗歌的研究成果并不太多,但亦有值得重视的研究成果,如欧小牧、于北山、齐治平等人的研究,颇为后来学者所重视。但这一时期,大多数研究成果皆无可取。而自1981年开始,学术界对于陆游诗歌的研究则佳作倍出,引人瞩目。学术界涌现出大量的研究陆游及其诗歌的作品,这大概是由于陆游诗歌重视抒写爱国主题。因此,下文把两个时段合并在一起论述。这一时期,学术界对陆游及其诗歌的研究,内容广泛,很有深度。

一是对陆游的家世、生平、事迹、交游等进行了比较详尽的文献考察,基本弄清了陆游及其诗歌的文献问题。在陆游生平研究方面,欧小牧、于北山都有《陆游年谱》⑤出版,其中欧小牧重视在南宋政治

---

① 刘经庵:《中国纯文学史纲》,东方出版社,1996年版,第111页。
② 李维:《诗史》,东方出版社,1996年版,第183页。
③ 刘麟生:《中国诗词概论》,世界书局,1936年版,第47页。
④ 郑振铎:《插图本中国文学史》(三),人民文学出版社,1957年版,第601—602页。
⑤ 欧小牧:《陆游年谱》,人民文学出版社,1958年版;于北山:《陆游年谱》,中华书局,1961年版。

事件的背景下,排列陆游的人生经历及诗作,对陆游的诗文进行了系年,于北山则考证更为精详完备,订正了清人赵翼、钱大昕两家年谱的某些疏漏。齐治平的《陆游传论》①更是后来居上,对陆游的家世、童年、婚姻悲剧、政治生活等进行了疏解。朱东润的《陆游传》②则在描述诗人生平同时,探讨了陆游诗歌创作的不同时期风格的变化。关于陆游生卒年问题,研究者进行了考证。朱东润考证,陆游卒于嘉定二年十二月③。钱仲联、于北山又据相关文献,定为嘉定二年十二月二十九日卒④。学者也对于陆游家世多所关注。钱仲联认为,《会稽陆氏族谱》是宋人的记载,完全可靠,他认为陆秀夫为陆游的第六子之孙⑤。而柴德赓则提出反对意见,认为陆游与陆秀夫没有关系⑥。王致涌考证陆游的籍贯应为会稽县人,而非山阴人⑦。邹志方也认为陆游为会稽人⑧。

学者也对自宋代以来多人批评陆游"不能全其晚节"问题进行了研究。庐荪田认为,陆游晚年虽有意附炎趋势,其晚节仍为可堪推崇⑨。

---

① 齐治平:《陆游传论》,古典文学出版社,1958年版。
② 朱东润:《陆游传》,中华书局,1980年版。
③ 朱东润:《陆游研究》,中华书局,1961年版,第56—60页。
④ 钱仲联:《关于陆游和陆秀夫的新材料——〈会稽陆氏族谱〉读后记》,《光明日报》1961年9月1日;于北山:《陆游年谱》,中华书局,1961年版,第467页。
⑤ 钱仲联:《关于陆游和陆秀夫的新材料——〈会稽陆氏族谱〉读后记》,《光明日报》1961年9月1日。
⑥ 柴德赓:《陆秀夫是否为放翁曾孙》,《光明日报》1961年9月15日。
⑦ 王致涌:《陆游故居考》,《浙江师范学院学报》1982年第2期。
⑧ 邹志方:《陆游籍贯考略》,《绍兴师专学报》1985年第2期。
⑨ 庐荪田:《爱国诗人陆游所谓晚节问题》,《文学遗产》增刊第5辑,作家出版社,1957年版,第204—205页。

朱东润则认为,陆游晚年与韩侂胄有关联的原因,仍是因为爱国①。后来,白敦仁又发表文章,对陆游"晚节"进行辩护②。

关于陆游的交游,除了于北山有过较为详细的考证之外,孔凡礼对陆游的师长、同僚、同学、同辈好友及故人子弟等105人进行了梳理③,后又撰文对葛胜仲、许了威等数人进行了考证④。朱东润考证了陆游在南郑与王炎的关系⑤,傅璇琮、孔凡礼考证了陆游与王炎的汉中交游⑥,于北山对陆游与郑唐志、韩元吉等人的交游等都有考证⑦。

二是对陆游诗歌中体现出的爱国主义思想有比较深入的探讨。对爱国题材及表现爱国主义精神的诗歌的研究有:陈功、李海玲分析了陆游"梦诗"中所表现出来的深沉的爱国意蕴,解读了陆游虽无法实现光复国土的伟大抱负却始终抱有心系祖国安危、民族复兴的高尚情怀。他们认为"梦诗"的笔调是浪漫的,也是悲愤的;"梦诗"的内容有虚构的,更多的却是纪实。在"梦"这一荒诞的形式中流露出来的是陆游终身无法释怀的爱国情结⑧。相类似的作品还有喻朝刚

---

① 朱东润:《陆游与韩侂胄》,《陆游研究》中华书局,1961年版,第44—53页。
② 白敦仁:《关于陆游的所谓"晚节问题"》,《成都大学学报》1987年第3、4期。
③ 孔凡礼:《陆游交游录》,《文史》第21辑,中华书局,1983年版,第219页。
④ 孔凡礼:《陆游的老师丹阳先生》,《文学遗产》1983年第3期。
⑤ 朱东润:《陆游在南郑》,《复旦学报》1959年第6期。
⑥ 傅璇琮、孔凡礼:《陆游与王炎的汉中交游》,《杭州师院学报》1995年第5期。
⑦ 于北山:《陆游生平事迹考略》,《南京师大学报》1980年第3期。
⑧ 陈功、李海玲:《"梦诗":陆游爱国情怀的另一种表达》,《玉溪师范学院学报》2005年第5期。

的《陆游的爱国思想》①、王立群的《感情宣泄与陆游的爱国诗章》②、路剑的《陆游爱国诗简论》③、蔡洁的《陆游诗中的"天山"情结——南宋爱国诗对中唐诗的继承》④、耿蕊的《论陆游爱国诗词中的"梦"意象——兼论宋代文人心态》⑤、张宏洪的《论陆游对屈原爱国主义思想的承传》等。

三是对陆游诗歌的艺术性及其表达方式、诗歌题材等方面的研究也取得了进展。王水照、熊海英指出钱锺书先生辨析陆游的诗学渊源,首先拈出其关键所在,即陆游诗与江西派和晚唐诗的关系;其次指出陆游诗歌创作遍参前代、沾溉本朝名作的特点⑥。徐丹丽《陆游效梅宛陵体初探》一文认为陆游诗风与梅尧臣完全不同,然而他对梅尧臣诗的评价很高,并且多次作"效宛陵体"诗,这在诗歌史上是个非常特殊的现象。陆游对梅尧臣的称誉,侧重于诗歌的创作理论;对他的学习,侧重于梅诗"覃思精微"的一面。陆游对梅尧臣的品评和学习,是站在诗歌史的高度,不仅在字句之间,也在字句之外⑦。类似作品还有胡明的《陆游的诗与诗评》⑧、吴建民《评陆游的

---

① 喻朝刚:《陆游的爱国思想》,《吉林大学人文科学学报》1959年第1期。
② 王立群:《感情宣泄与陆游的爱国诗章》,《河南大学学报(社会科学版)》1994年第5期。
③ 路剑:《陆游爱国诗简论》,《江西社会科学》1992年第3期。
④ 蔡洁:《陆游诗中的"天山"情结——南宋爱国诗对中唐诗的继承》,《宁波大学学报(人文科学版)》2001年第1期。
⑤ 耿蕊:《论陆游爱国诗词中的"梦"意象——兼论宋代文人心态》,《贵州工业大学学报(社会科学版)》2004年06期。
⑥ 王水照、熊海英:《陆游诗歌取径探源——钱锺书论陆游之一》,《中国韵文学刊》2006年第1期。
⑦ 徐丹丽:《陆游效梅宛陵体初探》,《中国韵文学刊》2006年第1期。
⑧ 胡明:《陆游的诗与诗评》,《社会科学辑刊》1988年第4期。

诗论系统》①、吴中胜、钱峰华的《"放翁前身少陵老"吗——论陆游学杜》②、许世荣的《放翁未必学杜》③等。

　　学者注意到了陆游诗歌的题材多样性，对其他题材的诗歌研究也不少。对其田园村居题材的研究有：张福勋认为，陆游的部分农村诗，闪烁着诗人理智与艺术光华的诗篇，对于全面了解和把握陆游的思想和创作，有不可忽视的重要意义。陆游一生，是由农村走向仕宦，又由仕宦返归农村的。这一生活的曲折反复，凝聚着他对人生真谛的挚着探求和经过阵痛以后的深刻反思④。曾明认为，"山水诗在陆游的手里，可以说获得了一次新生，取得了突破性的进展。从刘宋时期的谢灵运自发钟情山水起，发展为唐代的王维自觉热爱山水，到宋代的陆游，则完全是自由亲近山水，与山水精神独往来。这种对山水的亲近、心与山水的融合，于自然山水之形中，发现了山水之灵，已完全达到了人的内在精神气质与外在山水之形的有机结合"⑤。曾明也对陆游的咏梅诗有所探讨⑥。对陆游记梦诗的研究，成为这一时期的学术热点之一。吴长庚认为，陆游是大量创作记梦诗的第一人。梦之进入文学，在我国古代典籍中例不胜数，陆游的记梦诗具有

---

① 吴建民：《评陆游的诗论系统》，《赣南师范学院学报》1996年第5期。
② 吴中胜、钟峰华：《"放翁前身少陵老"吗——论陆游学杜》，《杜甫研究学刊》1999年第3期。
③ 许世荣：《放翁未必学杜》，《杜甫研究学刊》2000年第4期。
④ 张福勋：《白首为农信乐哉——论陆游的农村诗》，《内蒙古师大学报（哲学社会科学版）》1988年第3期。
⑤ 曾明：《陆游山水诗是中国古代山水诗走向心灵的美学归宿》，《西南民族大学学报（人文社科版）》1993年第1期。
⑥ 曾明：《一树梅花一放翁——陆游"咏梅"诗探微》，《成都大学学报（社会科学版）》1986年第1期。

独创性和独特艺术价值①。车永强也对陆游"写梦诗"的思想价值与艺术特色进行了比较详尽的探讨②。唐启翠的《陆游诗歌"梦"意象研究》也对陆游诗歌的"梦"意象进行了研究③。

除此之外,对陆游蜀中诗、饮酒诗、军旅诗、边塞诗、悼亡诗、读书诗、茶诗等的研究,也成为这一时期的陆游及其诗歌研究亮点之一。胡蓉蓉认为,陆游是南宋杰出的爱国诗人,中年入蜀,生活八年,写下了不少名篇佳什。他的这些蜀中诗,或追怀南郑从军生活,或抒发思乡悲老之叹,或借花抒怀,或歌咏巴山蜀水绮丽风光、风土人情,虽内容各异,手法不同,但其中无不贯注着强烈的爱国主义思想感情,不但是陆游生活经历、人格精神的真实写照,也是陆游诗的重要组成部分④。杨吉荣认为,南郑的从军生活,是陆游人生的转折点,是他恢复故土思想的体验,也是他的诗词创作跳出"江西派"窠臼的基础。南郑诗词诸体兼备,题材多样,内容丰富、艺术性强,是陆诗的主体,是陆游爱国主义思想的集中体现⑤。其它重要的代表性文章还有:朱东润的《陆游在南郑》⑥、傅璇琮、孔凡礼的《陆游南

---

① 吴长庚:《读陆游记梦诗——兼论梦与文学创作的关系》,《上饶师专学报(社会科学版)》1984年第3期。

② 车永强:《试论陆游"写梦诗"的思想价值与艺术特色》,《广东社会科学》1999年第3期。

③ 唐启翠:《陆游诗歌"梦"意象研究》,《海南师范学院学报(社会科学版)》2005年第2期。

④ 胡蓉蓉:《论陆游的蜀中诗》,《四川师范大学学报》(社会科学版)1994年第4期。

⑤ 杨吉荣:《陆游南郑从军生活与诗歌创作》,《汉中师范学院学报(社会科学)》1997年第4期。

⑥ 朱东润:《陆游在南郑》,《复旦学报(社会科学版)》1959年第6期。

郑从军诗失传探秘——兼论南宋抗金大将王炎的悲剧命运》[1]、莫砺锋的《陆游〈读书〉诗的文学意味》[2]、诸葛忆兵的《论陆游的"无题诗"》[3]等。

有一些学者对陆游诗歌中体现的思想内涵及人文精神进行了挖掘。莫砺锋指出陆游的巴蜀之游是其人生的重要阶段,且对其诗歌创作产生了巨大的影响。在陆游的诗中,回忆巴蜀的主题出现得非常频繁。他对巴蜀的回忆既指向蜀地的山川风物,也指向蜀中的人物。这些诗作与诗人的人生理想和人生感慨密切相关,具有抒情诗的本质[4]。胡守仁对陆游诗中所表现出的传统性、现实性作出了分析[5]。高利华以陆游的蜀中创作为切入口,对其尚武精神的内涵及其形成的原因作了具体深入的分析,认为该种精神实勃发于蜀中亦盛极于蜀中诗,蜀中诗作无论在艺术境界或精神力量方面,业已勾勒出放翁诗的基本格局,其后半生洋洋洒洒的抒发,究其实质亦不外乎蜀中创作的延伸与演绎,最终并没有超越突破自己[6]。此外,其它重要文章还有:高利华《放歌尚武情结川陕——陆游蜀中诗谈》[7]、许文

---

[1] 傅璇琮、孔凡礼:《陆游南郑从军诗失传探秘——兼论南宋抗金大将王炎的悲剧命运》,《文学遗产》2001年第4期。

[2] 莫砺锋:《陆游〈读书〉诗的文学意味》,《浙江社会科学》2003年第2期。

[3] 诸葛忆兵:《论陆游的"无题诗"》,《文史哲》2006年第5期。

[4] 莫砺锋:《陆游诗中的巴蜀情结》,《社会科学研究》2003年第5期。

[5] 胡守仁:《论陆游诗的传统性及其现实主义精神》,《科学与教学》1958年第1期。

[6] 高利华:《论陆游蜀中诗的尚武精神》,《绍兴文理学院学报(哲学社会科学版)》1997年第1期。

[7] 高利华:《放歌尚武情结川陕——陆游蜀中诗谈》,《古典文学知识》1998年第2期。

军的《论陆游英雄主义诗歌的幻想性质》①、曾明《陆游山水诗中的人文主义精神》②、莫砺锋《陆游诗中的生命意识》③等。

第二节　范成大诗歌研究

范成大是南宋四大"中兴诗人"之一,诗中价值最高的是使金纪行诗和田园诗。对其诗歌的研究主要集中在这两种题材上。一些研究者也对范成大的思想及他的其它题材的诗歌进行了研究。然而,从已有研究成果来看,民国时期单篇论文只有胡怀琛1924年载于《学灯》的一篇文章④。几部文学史类著作,基本上停留在对传统文献目录学著作的简单化介绍上。如李维说:"其诗初效晚唐,后溯苏黄遗法,惟不落窠臼,故清新妩媚,能自成一家。"⑤其基本判断来自《四库全书总目》提要。柯敦伯认为:"范成大虽毕生宦达,而集中田园杂兴诸作,颇能追挹储、韦疏旷之风,状物写景,是所长也。"⑥郑振铎评价说:"范为咏写田园的大诗人。像……之类,都是未经人写过的景色。"⑦可以说,民国时期学术界对于范成大及其诗歌的研究,还

---

　①　许文军:《论陆游英雄主义诗歌的幻想性质》,《陕西师大学报(哲学社会科学版)》1994年第1期。
　②　曾明:《陆游山水诗中的人文主义精神》,《西南民族学院学报(哲学社会科学版)》1997年第1期。
　③　莫砺锋:《陆游诗中的生命意识》,《江海学刊》2003年第5期。
　④　胡怀琛:《中国古代的白话诗人(范石湖的白话诗)》,1924年10月4日。
　⑤　李维:《诗史》,东方出版社,1996年版,第182页。
　⑥　柯敦伯:《宋文学史》,商务印书馆,1934年版,第115页。
　⑦　郑振铎:《插图本中国文学史》(三),人民文学出版社,1957年版,第602页。

没有展开。

1949—1980年间，虽只是范成大研究的初期阶段，但学者对范成大作品的系年、搜集、校注等已经取得了很大成就。尤其值得注意的是孔凡礼、于北山、傅璇琮三位先生搜集资料的考据成果。傅璇琮撰文对范成大佚文进行了相当广泛的辑佚和整理，其"系年"部分列出了篇目47篇，以下有"补目"4篇，在"附记"里列出了几篇见于《全蜀艺文志》的篇目①。其后，傅璇琮又撰成了《范成大佚文篇目》，包括佚文篇目83篇，"有目无文"的5篇。后在其主编的《古典文学研究资料汇编·杨万里、范成大卷》1985版"重印后记"中，又加上了程毅中提供的7篇佚文目录②。孔凡礼集中考辨了范成大早年生活的五个方面，包括赴南宫、入诗社、读书荐严寺、交旧、行踪等，对其早年生活有了一个比较详细的梳理③。于北山也对范成大交游进行了考证，对其中20人有详细考察④。

这一时期，受当时政治风尚的影响，一些学者对范成大田园诗中表现出的关心农民疾苦等思想予以注意，并对其诗歌的艺术特点等进行了研究。其中周汝昌、钱锺书的观点影响较大。周汝昌按照范成大的生平经历，将范成大的诗歌分为五个阶段，较为全面地论述了范成大的诗歌⑤。他认为范成大的爱国诗，"有思想，有识见，有议

---

① 傅璇琮：《范成大佚文的辑集和系年》（署名为徐甫），《文学遗产增刊》第11辑，中华书局，1962年版。
② 傅璇琮：《古典文学研究资料汇编·杨万里范成大卷》"附录"，中华书局，1964年版。
③ 孔凡礼：《范成大早期事迹考》，《文学遗产》1983年第1期。
④ 于北山：《范成大交游考略》，《中华文史论丛》1983年第1辑，上海古籍出版社，1983年版。
⑤ 周汝昌：《范石湖集》"引言"，中华书局，1962年版。

论,有批评,有愤慨,有呼吁,鉴往追来,惩前毖后,感情深婉,回味无穷","范成大的诗歌艺术,头一个印象就是风格清新,富于变化。……大率应以清新婉丽、温润精雅为主要特色","在思想上受释道两家的影响较多,常有消极情绪出现,更坏的是有时写些偈子式的诗,……他的农村诗,一般来说是应当肯定的,……在艺术上,也有粗率、浮滑、浅露、诡怪的缺陷又有时嗜奇骋博,好用僻典"①。钱锺书认为,范成大的《四时田园杂兴》不但是他的传诵最广、最有影响的诗篇,也是中国古代田园诗的集大成,"到范成大的《四时田园杂兴》60首,才仿佛把《七月》《怀古田舍》《田家词》这三条线索打成一个总结,使脱离现实的田园诗有了泥土和血汗的气息,……田园诗获得了生命,扩大了境地,范成大就可以跟陶潜相提并称,甚至比他后来居上","范成大的风格很轻巧,用字造句比杨万里来得规矩和华丽,却没有陆游那样匀称妥帖","没有断气的江西派习气时常还要还魂作怪……也许是黄庭坚以后,钱谦益以前用佛典最多、最内行的名诗人"②。

1980—2000年左右,学术界对于范成大及其诗歌的研究取得了很大进展。这一时期,不但在范成大生平事迹、作品系年等有总其成的文献整理著作出现,而且在范成大诗歌研究方面,也呈现出丰富多彩的局面。

这一时期,孔凡礼综合了前人及他个人的相关前期研究成果的基础上,完成了《范成大佚著辑存》一书,"凡不见于《范石湖集》(中

---

① 周汝昌:《范成大诗选》"前言",人民文学出版社,1959年版。
② 钱锺书:《宋诗选注》,人民文学出版社,1958年版,第216—218页。

华书局上海编辑所1962年排印本)及《全宋词》(中华书局1965年排印本)的范成大作品,即以佚著论,收入本辑。"[1]此外,栾贵明也辑有范成大佚文16条。至此,范成大生平事迹及作品系年、佚文辑佚等已完备了。

这一时期,对范成大诗歌的研究,呈现出更加深入的情形。胡明对范成大的田园诗、行旅纪游诗进行了分析,认为其田园诗既有描写民生疾苦的,也有"称美归隐"的。其后者可见范成大的归隐机杼和释道业缘,而其行旅纪游诗则有爱国、描摹山水等方面[2]。程杰则强调,范成大的诗歌具有鲜明的日记体游记的意味,"日记式的系列组合牵带到了各单篇作品的内容,每每使其中一些表现出明显的叙述语调和实录态度"[3]。对于范成大的行旅诗的研究较多,主要集中在对使金诗研究上。姜逸波对范成大的出使金国的诗篇中的爱国思想进行了研究[4]。对范成大农村田园题材诗歌的研究,历来是学者关注的重点。殷光熹认为,田园诗实际上是文人隐逸情趣的表现,它的特点是掩盖了农村生活中的矛盾,将乡村生活理想化,只有"农家乐"而无"农家苦"。从思想内容看,没有明显的害处,也没有多大积极意义,但在艺术形式方面仍有一定价值[5]。张福勋认为,石湖对山水自然、田园风光,怀有一种特殊的感知和敏锐的观察,能够体察自

---

[1] 孔凡礼:《范成大佚著辑存》,中华书局,1983年版。
[2] 胡明:《范成大诗歌主题新议》,《江海学刊》1988年第4期。
[3] 程杰:《论范成大以笔记为诗——兼及宋诗的一个艺术取向》,《南京师大学报》1989年第4期。
[4] 姜逸波:《范成大"使金"诗的爱国思想》,《湘潭大学学报(语言文学)》1985年第2期。
[5] 殷光熹:《"农家乐"与"农家苦"——范成大〈四时田园杂兴〉读后》,《曲靖师专学报》1986年第1期。

然的韵味,发现美的蕴藏,具备了表现自然美的审美情趣,使他成为中国诗史上一位卓越的认识和表现大自然美的能手,也是中国古代田园诗的集大成者①。刘琦对范成大的田园诗的文学贡献进行了研究②。

第三节 杨万里及"诚斋体"研究

在上个世纪80年代之前,学术界对于杨万里及其诗歌的研究是颇为寂寥的。1949年之前,有关杨万里的单篇论文不过三四篇。几部文学史类著作,也以简单的基本情况介绍为主,没有超出历代目录文献及文论的评价。如刘经庵的文学史介绍说:"其诗浅近易晓,可称为宋朝的白话诗人。其中虽时杂俚语,而意境幽雅,至其状物写情,无不入妙。"③这显然主要从《四库全书总目》而来。

1949—1980年间,发表的单篇论文也只有不足10篇。不过,这一时期的钱锺书、郭绍虞、周汝昌等人的相关研究成果,为后来学术界对于杨万里及其诗歌研究奠定了基本的文献基础。其中,尤其应该注意的是钱锺书、周汝昌等人的研究成果。

钱锺书主要对杨万里诗歌的艺术特征及其取法渊源进行了研究。他在《谈艺录》中指出:"(诚斋)以入画之景作画,宜诗之事赋诗,如铺锦增华,事半而功则倍,……如摄影之快镜,兔起鹘落,鸢飞

---

① 张福勋:《生命的自然诗化与哲学诗化——石湖山水田园诗论略》,《内蒙古师大学报(哲学社会科学版)》1995年第2期。
② 刘琦的《田园逸兴与悲悯之音——范成大的田园诗及其对传统田园诗的突破》,《长春师范学院学报》1999年第6期。
③ 刘经庵:《中国纯文学史纲》,东方出版社,1996年版,第111页。

鱼跃,稍纵即逝而及其未逝,转瞬即改而当其未改,眼明手捷,踪矢摄风,此诚斋之所独也。"① 又在《宋诗选注》中推崇说:"(杨万里诗)创辟了一种新鲜泼辣的写法,衬得陆和范的风格都保守或者稳健。"② 他又总结杨万里的艺术取法范式时说,"江西派的习气也始终不曾除根,有时机便要发作","杨万里的诗跟黄庭坚的诗虽然一个是轻松明白,点缀些俗语常谈,一个是引经据典,博奥艰深,可是杨万里在理论上并没有跳出黄庭坚所谓'无一字无来处'的圈套","杨万里……只肯挑选牌子老、来头大的口语,晋唐以来诗人文人用过的——至少是正史、小说、禅宗语录记载着的——口语。他诚然不堆砌古典,而他用的俗语都有出典,是白话里比较'古雅'的部分"③。在谈到杨万里的"活法"时,钱锺书说:"活法是江西派吕本中提出的口号,意思是要诗人又不破坏规矩,又能变化不测,给读者以圆转而'不费力'的印象。杨万里所谓'活法'当然也包含这种规律与自由的统一,但是还不仅如此。……他努力要跟事物——主要是自然界——重新建立嫡亲母子的骨肉关系,要恢复耳目观感的天真状态……不让活泼的事物作死书的牺牲品,……用敏捷灵巧的手法,描绘了形形色色从没有描写过以及很难描写的景象。"④

周汝昌重点对杨万里的"活法"等进行探讨。他认为,"讨论诚斋诗的,大都先要谈到他的奇趣和活劲儿",这就是所谓的"活法",包括"新奇、活、快、风趣、幽默等几层意思",也就是"层次曲

---

① 钱锺书:《谈艺录》,中华书局,1984年版,第118页。
② 钱锺书:《宋诗选注》,人民文学出版社,1958年版,第176页。
③ 钱锺书:《宋诗选注》,人民文学出版社,1958年版,第177—178页。
④ 钱锺书:《宋诗选注》,人民文学出版社,1958年版,第178—180页。

折,变化无穷"①。周汝昌又将"活法"归结为"透脱":"透脱就是不执著的结果","懂得了看事物不能拘以一迹、一象、一点、一面,而要贯通……企图达到一种全面透彻精深的理解和体会。"他认为,"诚斋的活法,……其真精神却早已跨越了吕本中的范围而指向作品内容方面的事情,关系到作者认识事物的方法问题,要探本穷源得多了"②。

这一时期,影响比较大的还有游国恩等人的观点。他们将诚斋体概括为:"富于幽默诙谐的风趣""丰富新颖的想像""自然活泼的语言"③,精当而简练,成为公认的归纳。

1980—2000年左右,伴随着学术研究高潮的到来,学术界对杨万里及其诗歌研究也取得了很大进步。主要体现在:

杨万里生平、著述、交游等得到系统而全面的整理。周汝昌在《杨万里评传》中,对杨万里的家世、生平、诗作结集情况、诗文等有系统考察④。后来王琦珍又对杨万里的家世衍变进行了详细梳理,认为杨万里的家族文化传统对其求学及诗歌风格的形成产生了重要的作用,尤其是其理学家族文化传统,对杨万里的理学家气质具有重要影响,"决定了他的抗金立场和谋道亦谋食、忧国亦忧贫的处世态度,决定了他诗论主张的发展与艺术创作道路"⑤。于北山按照杨万

---

① 周汝昌:《杨万里选集》"引言",中华书局上海编辑所,1962年版。
② 周汝昌:《杨万里选集》"引言",中华书局上海编辑所,1962年版。
③ 游国恩等主编:《中国文学史》(三),人民文学出版社,1964年版,第100页。
④ 周汝昌:《杨万里评传》,见于《中国历代著名文学家评传》(三),山东教育出版社,1984年版,第439—441页。
⑤ 王琦珍:《杨万里家世叙录》,《文学遗产》1989年第6期。

里年龄为序,梳理与杨万里交游的28人,为历来考察杨万里交游研究成果最为精审详细者。王琦珍又有《日文化戊辰刻本〈杨诚斋诗抄〉述考》,对杨万里诗歌的域外刻本进行了考察①。

这一时期,一些学者对杨万里的人格、思想等进行了深入研究。张瑞君指出,杨万里的诗歌创作成就与其高尚人格紧密相关。他安贫乐道,淡泊名利,刚正不阿,诚实磊落,耿介敢言;忠贞报国,关心百姓生活和国家命运,积极入世。杨万里的人格还有任真自适、追求自由、洒脱超然、进退随缘的一面。他一生乐观幽默,有着诙谐、睿智、达观的天性。这些人格精神,使他写出不少爱国诗篇和关心现实的诗作,更形成了"诚斋体"的风格,写出了不少别具一格的写景咏物诗②。有关杨万里思想的研究,胡明对此有所探讨③。

关于"诚斋体"的研究,是这一时期比较重要的成绩。关于"诚斋体"形成的研究,卓松章指出,"诚斋体"是对杨万里诗歌主导风格的界定,其生成因素是多方面的④。黄宝华认为,杨万里的诗学思想以对江西诗学的修正标志着宋代诗学的转型。他的诗学观包括了触物感兴、悟入活法、味外之味三个方面,他力图从自然万象中汲取灵感,创造出一种轻清活泼而又趣味隽永的新的诗风,被称为"诚斋体"。这种诗体虽对江西体有所突破与变革,但仍与之有内在的联

---

① 王琦珍:《日文化戊辰刻本〈杨诚斋诗抄〉述考》,《江西师范大学学报》1991年第3期。
② 张瑞君:《论杨万里的人格》,《天津师大学报(社会科学版)》1999年第6期。
③ 胡明:《杨万里散论》,《文学评论》1986年第6期。
④ 卓松章:《诚斋体诗歌哲学渊源探析》,《福建论坛(文史哲版)》1996年第6期。

系，本质上仍是"内圣"人格的一种表现。他对江西诗法，尤其是它的句法论，也多所继承，故后人仍目之为江西派诗人①。黄之栋指出，"诚斋体"是对杨万里诗歌主导风格的界定，其生成因素是多方面的。从诗学渊源看，江西体、晚唐体、俳谐体是形成"诚斋体"的三个重要因素。杨万里博学广取，分别对这三种诗歌风格进行了扬弃与重组，构建了别是一家的"杨诚斋体"②。关于"诚斋体"创作特点的研究，王星琦认为，杨万里"活法"作诗的艺术实践与吕本中的"活法"诗论不谋而合。"活"的主张与实践是这一时期文学发展的新方向，也是"诚斋体"的显著特色。"活"的精神体现在诗歌语言、艺术构思、思维方式以及艺术体验等各个方面，它的实质是对诗坛凝固、僵化风气的矫枉。"诚斋体"表现形式上的俗化倾向，亦"活法"之一方面，正是其艺术个性所在，具有强烈的创新意识③。关于"诚斋"的艺术特色的研究，熊大权进行了考察④。沈松勤认为，"诚斋体"的形成与朋党之争不无关系。党争使南宋士人凸现出"恒留余地以藏身"，"重抑其情而祈以自保"与竭尽"为己之学"的主体特征。"诚斋体"以自然为题材渊薮和灵感源泉，"修辞立诚"，形成了以生命为依归，以童心为理想，以"透脱"为特征的审美意境，典型地体现了"为己之学"，深刻地反映了时代心理⑤。

---

① 黄宝华：《杨万里与"诚斋体"杨万里诗学述评》，《上海师范大学学报》2002年第4期。

② 黄之栋：《论"诚斋体"形成的诗学渊源》，《阴山学刊》2003年第4期。

③ 王星琦：《"诚斋体"与"活法"诗论》，《南京师范大学文学院学报》2002年第3期。

④ 熊大权：《杨诚斋诗特色试探》，《南昌大学学报（人文社会科学版）》1982年第4期。

⑤ 沈松勤：《杨万里"诚斋体"新解》，《文学遗产》2006年第3期。

关于杨万里文学思想及诗学理论的研究,也是这一时期引人注目的学术热点之一。张鸣指出,杨万里与理学家过从甚密,理学对杨万里的艺术观及创作产生了深刻影响,杨万里作为理学修养较深的诗人,其胸襟抱负、观物态度和思维方式等势必渗透到诗中,体现杨万里对大自然的态度上,也体现在其"活法"上①。戴武军也认为,杨万里关于"变"与"诚"的哲学思考以及"以史证经"的思维方式,渗透在其创作中,使这种哲理的思辨化为诗意的灵性,从深层次上左右着作者的创作方向和取材意象②。龚国光指出杨万里对俗文学的情有独钟,不仅注意到民间歌谣的价值所在,而且能自觉地从中吸取鲜活的养料来丰富自己的诗歌创作,并试图达到某种效果③。熊志庭认为,杨万里的诗歌创作经历了学习前人而最终推陈出新的过程。其诗深得"活法"精髓。他的"诗味"和"活法"说也具有美学理论价值。④ 重要的文章还有:王琦珍的《论杨万里诗风转变的契机》⑤、傅义的《杨万里对江西诗派的继承与变革》⑥、胡迎建《论杨万里的文学思想及其诗论》⑦等。

---

① 张鸣:《诚斋体与理学》,《文学遗产》1987年第3期。
② 戴武军:《"诚斋体"的形成原因初探》,《湘潭大学学报》1992年第4期。
③ 龚国光:《诚斋体与俗文学——杨万里诗歌创作再认识》,《江西社会科学》1999年第3期。
④ 熊志庭:《杨万里的创作经历与诗论》,《湖南社会科学》2004年第6期。
⑤ 王琦珍:《论杨万里诗风转变的契机》,《江西社会科学》1989年第4期。
⑥ 傅义:《杨万里对江西诗派的继承与变革》,《中国文学研究》1990年第3期。
⑦ 胡迎建:《论杨万里的文学思想及其诗论》,《江西社会科学》1999年第3期。

第九章　辛弃疾与中兴词人群体研究

大部分南渡词人以余力作词,词的艺术品位多少有欠雕琢,并且他们的词往往显示出过渡的痕迹。在南渡词人集中,激越蹈厉之作是其主流,但也不乏要眇宜修的艳情之作。辛弃疾以他的六百余首词作,将"变体"、"旁宗"的歌词创作推向了顶峰,而这座顶峰周围,以张孝祥、陆游、陈亮、刘过等为代表的中兴词人群体形成了词坛创作的群山万壑。百多年来,研究者多注意到这一时期的词人及其代表性作家,并对之进行了研究。

第一节　辛弃疾及其词作研究

在20世纪以来的词人研究中,辛弃疾及其词作研究所取得的成就是比较大的,据已有研究文献来看,单篇论文已有接近千篇,年谱、评传有数十种。

民国时期,学术界对辛弃疾及其词作的研究,已经取得了比较丰硕的成果,其研究的主要领域为文献辑考与整理、辛词主题与内容、辛词艺术风格及表现方式、辛词的文学史地位等四个方面。

这一时期,学者在辛词的文献辑考与整理方面,取得了令人瞩目的成绩,为后来研究奠定了很好的基础。在年谱撰述方面,这一时期代表性的成果有:陈思《稼轩先生年谱》①、梁启超《辛稼轩先生年谱》②、徐嘉瑞《辛稼轩评传》③、邓广铭《辛稼轩先生年谱》④。

对辛词的爱国主义精神的研究,成为研究者关注的问题。重要的成果有:白桦《南宋爱国词人辛弃疾》⑤、刘寿松《辛稼轩的爱国词》⑥、林德占的《爱国词人辛弃疾作品之研究》⑦等,都对辛弃疾的爱国主义思想有所分析。

对辛词的艺术风格及其表现形式的研究,是民国时期辛词研究的热点之一,有一些令人瞩目的研究成果。早在1927年,胡适就认为,辛弃疾"才气纵横,见解超脱,情感深挚,无论作长调或小令,都是他的人格的涌现。古来批评他的词的,或说他爱'掉书袋',或说他的音节不够谐和,这都不是确论","辛弃疾的长词,或悲壮激烈,……或放恣流动,能传曲折的意思,……他的小令最多绝妙之作,言情、写景、述怀、达意,无不佳妙"⑧。他又认为,东坡到稼轩、后村,是诗人的词;白石之后,直到宋末元初,是词匠的词,认为辛词乃"诗人的词"之集大成者⑨。王国维认为,"稼轩之词豪",南宋词人"堪与北宋颉颃者,惟一幼安耳……幼安之佳处,在有性情,有境界"⑩。陆

---

① 陈思:《稼轩先生年谱》,辽海书社,1931年版。
② 梁启超:《辛稼轩先生年谱》,见《饮冰室合集》,中华书局,1936年版。
③ 徐嘉瑞:《辛稼轩评传》,重庆文通书局,1946年版。
④ 邓广铭:《辛稼轩先生年谱》,商务印书馆,1946年版。
⑤ 白桦:《黄钟》,1933年第一卷第23期。
⑥ 刘寿松:《国闻周报》11卷第43期,1934年。
⑦ 林德占:《待旦》第1期,1935年。
⑧ 胡适:《词选》,商务印书馆,1927年版。
⑨ 胡适:《词选》,商务印书馆,1927年版。
⑩ 王国维:《人间词话》,人民文学出版社,1960年版,第213页。

陆侃如、冯沅君也认为,辛词不独"横扫六合",且"包罗万有",就其大者而言,有"豪放""雅洁"的特点。① 他们认为,辛弃疾词"与苏轼的关系最为密切,他之以散文句法入词,以经子诗赋入词,以词说理,以此等同于苏,……辛弃疾是个英雄,处的是乱离时代,故辛多悲壮"②。王易的《词曲史》将辛弃疾词"格调"分为"豪壮""绵丽""隽逸""沉郁",认为其"各造其极",给予了很高评价③。此外,柯敦伯的《宋文学史》、薛砺若的《宋词通论》、刘经庵的《中国纯文学史纲》等都对辛弃疾词有所评价,但其观点大多袭自历代词话或者目录文献著作,并无新意。

在这一时期,对辛词文学史地位的探讨,也是研究者所关注的热点之一。研究者公认,辛词取法多元,转益多师,对楚辞、陶渊明诗歌、花间体、苏轼诗歌、易安体等多有学习和借鉴,词作内容广博奥深,举凡经史子集、野史笔记、诗论等多所采撷,具有鲜明的艺术风格。胡适认为,辛弃疾为南宋第一大词人,"他的词无论长调小令,都能放恣自由,淋漓痛快,确然可算是南宋第一大家"④。刘毓盘也说:"辛氏固为大家。"⑤吴梅以辛弃疾为南宋七大家之首,他认为,辛词有时"不免剑拔弩张",是其缺陷⑥。

这一时期,大多数学者都对辛词给予了很高评价。如王易《词曲史》认为:"南宋词人大声独发,高格首标者,厥推辛弃疾。"认为苏

---

① 陆侃如、冯沅君:《中国诗史》,作家出版社,1960年版,第678页。
② 陆侃如、冯沅君:《中国诗史》,作家出版社,1960年版,第638页。
③ 王易:《词曲史》,东方出版社,1996年版,第172页。
④ 胡适:《中国文学史》(上),中华书局,1998年版,第104页。
⑤ 刘毓盘:《词史》,上海群众图书公司,1931年版,第40页。
⑥ 吴梅:《词学通论》,华东师范大学出版社,1996年版,第85页。

轼尚且比不上他①。薛砺若说,"稼轩是中国最大词人之一……词学到了稼轩,风格和意境两方面都大为解放。他以圆熟流转的笔锋,写出悲壮流丽的歌声"②。推崇辛词的研究者,在此时期比较多见。陆侃如、冯沅君的《中国诗史》、郑振铎的《插图本文学史》、胡适的《白话文学史》等都持相似观点。在确定辛词文学史地位时,一个重要的研究方法就是把他的词放在诗歌发展史的脉络中,看其继承与影响。民国时期,一些学者已经展开了其研究的步伐。如邹啸发表了《论辛弃疾之崇拜陶渊明》③,周幼农有《辛稼轩与陶渊明》④等。不过,深入的研究,还要到20世纪80年代以后才逐渐展开。

1949—1980年间,辛弃疾及其词作研究取得了巨大成就,涌现出很多著名的学者。这一时期,研究者在继承民国时期研究格局及研究路数的基础上,又在辛弃疾及其词作的文献整理、辛弃疾的思想人格、词作主题及内容、艺术成就、词史地位等方面取得了重要进展。

这一时期,在辛弃疾及其词作研究方面取得比较大的成就的著名学者很多,其中比较有代表性的是邓广铭先生。邓广铭先生对于辛弃疾及其词作的研究,呈现出系统性、层次性和深入性等特点。在辛弃疾及其词作的文献整理及研究方面,邓广铭继续了他在民国时期的研究,从1956年开始,先后出版了《辛弃疾稼轩传》⑤、《稼轩词编年笺注》⑥,两书体例完备,考证严谨,资料宏富,被认为是辛弃疾

---

① 王易:《词曲史》,东方出版社,1996年版,第172页。
② 薛砺若:《宋词通论》,开明书店,1949年版,第237页。
③ 邹啸:《论辛弃疾之崇拜陶渊明》,《青年界》1934年第6卷第1期。
④ 周幼农:《辛稼轩与陶渊明》,《文艺月刊》1934年第9卷第6期。
⑤ 邓广铭:《辛弃疾稼轩传》,上海人民出版社,1956年版。
⑥ 邓广铭:《稼轩词编年笺注》,古典文学出版社,1956年版。

及其词作研究的集大成之作。后来,邓广铭又在1978年再版《稼轩词编年笺注》又有修订与补充。他对于辛弃疾的思想、辛词的文学史地位等问题的研究,影响极大,成为后来相关研究的重要基础①。

这一时期,还有一些学者在辛弃疾及其词作研究方面,也取得了值得注意的成果。在辛弃疾行实、交游方面,蔡义江、蔡国黄指出,辛弃疾在江阴签判任满后即弃官游吴楚,乾道三年春由吴地潜入金国,秘密考察敌情,当年秋天返回,期间创作了大量词作②。这一观点产生了极大影响,后来吴小如、辛更儒等人撰文与之商讨。吴、辛等认为,辛弃疾并无余暇潜入敌国考察敌情③。而后来蔡国黄又撰文,重申其观点的正确性④。辛弃疾与陈亮、韩侂胄等人的关系问题,也是这一时期学者关注的问题。樊维刚、刘乃昌对两人的交游作了详细梳理⑤。程千帆在《辛词初论》中,联系词人的生活经历认为辛弃疾赞同北伐而与韩侂胄产生了交集,对于破除学术界长时间来对于辛弃疾"晚年失节"的陈旧观点有廓清意义⑥。在对辛词艺术风格的研

---

① 邓广铭:《略论辛稼轩及其词》,见于《稼轩词编年笺注》,中华书局,1962年版;邓广铭:《爱国词人辛弃疾》,《新建设》1954年7月。

② 蔡文江、蔡国黄:《辛弃疾漫游吴楚考》,《北方论丛》1979年第2期。

③ 吴小如:《释顷——论辛弃疾1167年"潜入金国说"之不可信》,《北方论丛》1979年第6期;辛更儒:《辛弃疾南归后并无"潜入金国"之事》,《光明日报》1979年12月12日。

④ 蔡国黄:《再谈辛弃疾江阴签判后的行踪——兼论稼轩任广德军通判之说不可信》,《宁波师院学报》1995年第2期。

⑤ 樊维刚:《辛稼轩、陈同甫的交谊及鹅湖之会》,《浙江师院学报》1955年第1期;刘乃昌:《从陆游〈送辛幼安殿撰造朝诗〉看辛弃疾与陆游、韩侂胄》,《辛弃疾论丛》,齐鲁书社,1979年版。

⑥ 程千帆:《辛词初论》,《武汉大学学报》1957年第1期。

究上,这一时期大多数学者把辛弃疾词的风格归结为"豪放",但一些研究者也注意到辛词的丰富性。夏承焘认为,辛词风格为"肝肠如火,色笑如花",辛词以豪放格调出之,而又不失温婉本色,合此二者才是辛词特色①。朱德才认为,稼轩词的豪放,当是"沉郁悲壮"为主的美学特征②。

1980—2000年左右,辛弃疾及其词作研究出现了很多研究成果,在很多方面有突出成绩。这一时期,值得注意的研究动向,一是对于辛弃疾行实、交游、词作系年等问题的研究,向着细致、具体研究方向发展;二是在突出词作艺术本位研究方面,呈现出多层次、多样性的研究特点。

在辛弃疾的行实、交游、词作系年等方面,又取得了一些研究成绩。蔡国黄对辛弃疾是否考中进士,南归之初寓居何地,迎娶范夫人时间等,有所考述③。李德清对辛弃疾词中涉及信州的若干地名进行了考辨④。程继红对辛弃疾师承蔡松年等问题进行了考察⑤。刘乃昌对辛弃疾与开禧北伐的关联,陆游与辛弃疾关系等进行了考察⑥。佟培基对辛弃疾与史正志、辛弃疾与叶衡等人的交游作了考察⑦。

---

① 夏承焘:《谈辛弃疾的〈摸鱼儿〉词——纪念辛弃疾逝世750周年》,《浙江日报》1957年10月3日。
② 朱德才:《略论辛弃疾词的风格及其他》,《山东大学学报》1963年第3期;朱德才:《稼轩"豪放"词风说》,《上饶师专学报》1991年第1期。
③ 蔡国黄:《辛弃疾南归前后事历考辨》,《宁波师院学报》1986年第4期。
④ 李德清:《稼轩词中信州若干地名考辨》,《江西师大学报》1983年第3期。
⑤ 程继红:《辛弃疾师承述考》,《南昌大学学报》2002第10期。
⑥ 刘乃昌:《辛弃疾与开禧北伐》,《文史哲》1987年第4期。
⑦ 佟培基:《辛弃疾与史正志》,《文学遗产》1982年第4期;佟培基:《辛弃疾呈叶衡词考辨》,《河南大学学报》1986年第5期。

蔡国黄对辛弃疾与叶衡、辛弃疾与赵汝愚等人的关系进行了研究①。

从作品本位对辛词的风貌、审美、意蕴等进行研究,取得了一些进展。吴帆、赵彦指出"刚柔相济"是稼轩词主要的审美个性,大体分三种类型:一类是刚中杂柔,以阳刚之气为主,以阴柔之美为点缀、映衬,为词刷色添彩;第二类是柔中寓刚,阴柔为主,刚健为辅,借流丽、婀娜的外壳,揭示阳刚之底蕴;第三类是一些闲适词,虽无明显的艳色与豪情,但常常于行云流水般的描绘中,插进笔者的议论感喟,于不经意中拈出题外之远韵。这种"刚柔相济"的审美个性的形成,有两方面原因:稼轩特殊的人生经历;稼轩词的艺术渊源②。王兆鹏《英雄的词世界——论稼轩词的特质与新变》,指出辛弃疾是以英雄的身份登上词坛、载入词史的。辛弃疾在词中所创造的抒情人物(自我)形象,是唐宋词史上唯一的一位性格丰满、情怀复杂的英雄——当然是悲剧英雄③。杨新民认为,辛弃疾还有另一面——他同时又是一个不为大多数人理解的伟大孤独者,他把自己的雄心壮志与满腔激情以及壮志难酬的愤郁倾注于词中,表现出一种强烈而独特的个人主体意识④。

利用社会文化学的方法来探讨辛弃疾的文学创作成就及其特

---

① 蔡义江、蔡国黄:《辛弃疾与叶衡——兼考〈摸鱼儿·观潮〉上叶丞相》,《文学遗产》增刊第14辑;蔡国黄:《辛弃疾在福建的妒兼及与赵汝愚的关系》,《宁波师院学报》1985年第4期。

② 吴帆、赵彦:《雄深温婉悲凉意——论稼轩词刚柔相济的审美个性》,《吉林大学社会科学学报》2000年第3期。

③ 王兆鹏:《英雄的词世界——论稼轩词的特质与新变》,《河北大学学报》1993年第4期。

④ 杨新民:《英雄失路的悲歌——论稼轩的英雄主义和稼轩词的个人主体意识》,《内蒙古大学学报》2002年第1期。

征,成为这一时期重要的研究方法。谢桃坊认为,如果将辛词与当时深受理学诗派影响的诗作比较,可以发现其以文为诗的倾向,与其诗学邵康节体,用经史语等散文化手段,二者之间在表现方法上具有惊人的相似之处,说明南宋中期的文化思潮对辛弃疾创作有影响①。巩本栋认为,辛弃疾南归后,以宋孝宗淳熙八年(1181)落职退居为界,词的创作分为前后两个时期。前期词作多写其南渡之初的复杂心态和身世之感,手法多用比兴,词风兼具深婉细约和清疏刚健之美,而后期则直以词为陶写之具,无施不可,沉郁顿挫,雄奇悲怆。简单地以"豪放"或以词备众体论辛词,既不符合辛词创作发展的实际,也难以涵盖辛词的主要风格②。王延荣认为,稼轩极度嗜好《庄子》,其程度远远超过他所敬慕的屈原、陶渊明和其他前贤的作品③。

从作品的艺术风格及其表现手法等方面来研究辛词,成果较多。叶嘉莹指出,"辛词之感发生命的本质,多以英雄矢志的悲恨为主,然而他的词却又在风格与内容方面表现出了多种不同样式与不同层次的变化",而其艺术形式的丰富和迁曲,则加强了辛词这种"曲直刚柔、多姿多彩"的风格特色④。张玉奇从七个方面论述了辛词的艺术特征:悲壮激烈,沉郁顿挫;凌高厉空,桀傲雄奇;旷放俏傲,冲淡高洁;浩瀚流转,博大精深;秾纤绵密,婉转温柔;悲恨幽远,凄切苍凉;

---

① 谢桃坊:《辛弃疾以文为词的社会文化背景》,《学术月刊》1987年第5期。
② 巩本栋:《论辛弃疾南归前期词的创作》,《文学遗产》2004年第5期。
③ 王延荣:《〈庄子〉与稼轩词风的个性》,《浙江社会科学》1996年第4期。
④ 叶嘉莹:《论辛弃疾词的艺术特色》,《文史哲》1987年第1期;叶嘉莹:《论辛弃疾词》,《文史哲》1987年第4期。

雄健婉曲,雅正清空,而把辛词的整体风格概括为"雄深雅健,温婉悲凉"①。马兴荣则从"神奇的想像""象征的手法""形象化的议论""从需要出发的用典"等四个方面,分析了辛词的艺术特色,认为形成这些艺术特色的原因,是辛弃疾继承发展了包括屈原、庄子等在内的艺术传统,以及其理想与现实之间的矛盾②。其它重要论文还有:高宽《稼轩词的用典艺术》③,谢钧祥《试论稼轩词的用典特色》④,傅承洲《稼轩词风与南北文化》⑤、郝青云《嘈切错杂皆成曲韵——稼轩词的语言特色》⑥,赵义山《论稼轩俗词的曲体特征及其意义》⑦,张廷杰《略论稼轩词的比兴寄托》⑧,陈学祖、何诗梅《论稼轩词典故意象的组构方式——稼轩词用典新探之一》⑨等。

对辛词进行风貌意蕴以及题材方面研究的代表性论文,数量也是比较多的。张忠纲、董利伟认为,辛弃疾的恋情词情感执着真挚,

---

① 张玉奇:《辛词总体风格之分析综合》,《上饶师专学报》1993年第2、3、5期。
② 马兴荣:《稼轩词艺术特色探微》,《辛弃疾研究论文集》,中国文联出版公司,1993年版,第187—203页。
③ 高宽:《稼轩词的用典艺术》,《社会科学辑刊》1982年第2期。
④ 谢钧祥:《试论稼轩词的用典特色》,《河南师大学报(社会科学版)》1981年第4期。
⑤ 傅承洲:《稼轩词风与南北文化》,《烟台大学学报》1992年第4期。
⑥ 郝青云:《嘈切错杂皆成曲韵——稼轩词的语言特色》,《内蒙古民族大学学报(社会科学版)》2002第10期。
⑦ 赵义山:《论稼轩俗词的曲体特征及其意义》,《中国韵文学刊》2005年第3期。
⑧ 张廷杰:《略论稼轩词的比兴寄托》,《宁夏大学学报(社会科学版)》1986年第3期。
⑨ 陈学祖、何诗梅:《论稼轩词典故意象的组构方式——稼轩词用典新探之一》,《柳州师专学报》1999年第3期。

语言清新自然,表现出真率自然的审美情趣,意境含蓄深邃,呈现出婉转幽深、妩媚风流的阴柔之美;多惆怅悲凉之情,特别是在那些满含家国身世之感的恋情词中,悲剧色彩最为浓郁[1]。迟宝东强调,从历史文化背景、词体演进过程、词的美学特质三个角度来探讨辛弃疾的艳词,三个角度互有交叉,辛氏艳词的美学特质在于传达出了"春女善怀"之情、"秋士易感"之悲、不凡与不幸叠加而致的抑郁之气。辛词美学特质产生是因为早期令词形成了特殊的期待视野;时代之需要;稼轩本人的直觉体认和自觉创作;文学发展的自身规律使然[2]。其它重要文章尚有:邓魁英《辛稼轩的咏花词》[3],顾之京《辛弃疾农村词篇什探究》[4],钟振振《读稼轩词札记》[5],张潋《稼轩婉约词论》[6],薛祥生《稼轩咏物词刍议》[7],许宗元《论稼轩旅游词》[8],范学新《略论稼轩谐谑词》[9]等。

---

[1] 张忠纲、董利伟:《论辛弃疾的恋情词》,《文史哲》1992年第4期。
[2] 迟宝东:《析辛弃疾艳词》,《四川大学学报(哲学社会科学版)》2000年第2期。
[3] 邓魁英:《辛稼轩的咏花词》,《文学遗产》1996年第5期。
[4] 顾之京:《辛弃疾农村词篇什探究》,《河北大学学报》1987年第3期。
[5] 钟振振:《读稼轩词札记》,《北京大学学报(哲学社会科学版)》2005年第9期。
[6] 张潋:《稼轩婉约词论》,《华东师范大学学报(哲学社会科学版)》1994年第2期。
[7] 薛祥生:《稼轩咏物词刍议》,《山东师大学报(社会科学版)》1990年第3期。
[8] 许宗元:《论稼轩旅游词》,《上海师范大学学报(哲学社会科学版)》2005年第5期。
[9] 范学新:《略论稼轩谐谑词》,《新疆师范大学学报(哲学社会科学版)》2001年第10期。

第二节 中兴词人群体研究

中兴词人群体是以辛弃疾为核心,风格近似或者效仿辛词的一批词人。因此"中兴"不是一个绝对的时间范畴,而是有着特定的题材取向和审美追求的概念。这批词人出生于靖康之变之后,且大多数出生于南方。抗战情怀的激壮和理想在现实中幻灭的悲愤,仍然是这一时期词作的主调。他们比南渡词人群体有了更为自觉的追求,重视词的艺术境界和品格。

1911—1949年,学者对于中兴词人的研究,还处于起步阶段。大多数学者还没有把这一时期的中兴词人作为一个整体来展开研究,其基本的观点大多停留在历代词话及以《四库全书总目》为主的文献目录学的"提要"水平。除了对陆游词的研究较为深入以外,对于中兴词人群体中的其他人物如陈亮、刘过、刘克庄等人的词,几乎没有专门性的、较为深入的研究。

胡适《词选》选录了陆游21首,比苏轼和秦观都多,仅次于辛弃疾和朱敦儒,显示出胡适独特的择取标准。胡适认为,陆游词具有"激昂慷慨"与"闲适飘逸"两种境界,并引刘克庄的评价作证,以支持自己多取陆游词的原因[①]。胡适或是有意识地忽略了刘克庄本人经常有评骘诗词、小说等举措失当的情况。王易认为,"今观其词纤丽时复有之,要以舒爽处为多;盖其晚年返雄心于恬淡"[②]。薛砺若也认为,陆游词"兼具雄快、圆活、清逸数长,然终为其诗所掩","他

---

① 胡适:《词选》,商务印书馆,1927年版,第232—233页。
② 王易:《词曲史》,东方出版社,1996年版,第176页。

第九章 辛弃疾与中兴词人群体研究

虽悲愤，然颇近于颓废一流。……其造句之圆融清逸而富诗意，只有范石湖足与之并，而尚且未能如此圆细"①。与上述诸人不同，吴梅、刘麟生等却认为，陆游与辛弃疾词，不能并列，不应把陆游词看作"豪放"。刘麟生更是把陆游归为"闲适"派，认为"超爽"便是"闲适"，只不过陆游词中有"呜咽之音"罢了②。

较之对陆游的关注，民国时期学者对于中兴词人群体其他词人的研究热情，就淡了不少。如对刘克庄词的研究，仅有龙榆生、薛砺若、钱基博等人的文学史类的概述。龙榆生强调，刘克庄为辛派词人，并承宋末张炎之所说，认为"刘克庄为效稼轩而不及者"③。薛砺若、钱基博持同样观点，并评价说："刘克庄有胸襟，有抱负，而亦不知比兴，不知寄托。事著而文不微，言外而意无内，一览无余，其病只在直耳。"④评价精当深刻。这一时期，对陈亮、刘过等人词作的研究，成果就更少了。吴梅、陆侃如等认为，陈亮与辛弃疾词风相近，偏于"磊落豪迈"⑤。薛砺若提到刘过的词，只是说"词亦力摹稼轩，然粗率平直，……亦落下乘"⑥。吴梅评价刘过词："改之幼学幼安，而横放杰出……叫嚣之风，于此开矣。"⑦而陆侃如、冯沅君对刘过词评价较高："刘词近辛处有两点：一是辛词多慷慨悲壮语，刘词亦然"，"二是辛词多散文化，刘词亦然"，陆侃如、冯沅君同时认为，刘过词

---

① 薛砺若：《宋词通论》，开明书店，1949年版，第230—231页。
② 刘麟生：《中国诗词概论》，世界书局，1936年版，第79页。
③ 龙榆生：《龙榆生词学论文集》，上海古籍出版社，1997年版，第284页。
④ 钱基博：《中国文学史》，中华书局，1995年版，第722页。
⑤ 陆侃如、冯沅君：《中国诗史》（下），作家出版社，1956年版，第686页。
⑥ 薛砺若：《宋词通论》，开明书店，1949年版，第301页。
⑦ 吴梅：《词学通论》，华东师范大学出版社，1996年版，第99页。

较之辛弃疾词水平相去较远,刘词一味粗犷,而辛词则豪放中兼有清逸,刘词中有不少的艳词,也是其短处①。

1949—1980年,在特定的政治氛围下,中兴词人群体的研究进入低潮。在这期间,除了胡云翼、刘大杰、夏承焘等人的寥寥可数的研究之外,甚至连几种文学史著作都很少提及中兴词人群体,可以说,这一时期是学术界对于中兴词人群体研究的低潮期。因此,朱东润的研究就格外引人注意。他强调,陆游《钗头凤》、《青玉案》(西风挟雨)等词"一往情深,正是南唐北宋以来的一条路,是陆游从秦观那里接受过来的","陆游始终没有摆脱缠绵的本色,因此不能走向奔放的道路,这是辛、陆二人分手的所在"②。此期,胡国强的《心在天山,身老沧州——读陆游的爱国词》也颇有见地。他认为,陆游词重要是豪放的风格,并论及陆游词具有简练自然,言之有物,善用比喻等特色③。

1980—2000年左右,学术界对于中兴词人群体的研究,取得了很大进展。这一时期,学术界除了承续民国时期对于中兴词人个体的研究之外,开始更多地从整体上把握这一群体的特征及形成原因,更多地注意其整体性特征。

这一时期,对中兴词人群体中单个词人的研究,有一定突破。陆游词研究仍然得到重视。叶嘉莹认为,陆游对词的态度是由"否定到肯定的","全以诗人之笔法为词"④。邓乔彬论及了陆游词的"雄

---

① 陆侃如、冯沅君:《中国诗史》,作家出版社,1956年版,第685—686页。
② 朱东润:《陆游研究》,中华书局,1961年版,第163—170页。
③ 胡国强:《心在天山,身老沧州——读陆游的爱国词》,《西南师范学院学报》1979年第2期。
④ 叶嘉莹:《灵溪词说——论陆游词》,《四川大学学报》1985年第4期。

快"特色,认为陆游词"主要是继承了苏轼的'清旷'一面",认为陆游"在艺术上承认了词的文学进化","作为词人的陆游,就只能是苏、辛间的过渡人物"①。在刘克庄词的研究方面,胡明强调,刘克庄的"诗词轨迹完全地立体地反映了他的心路历程,真实、可信,富有典型意义"②。杨海明则认为,刘克庄词比起辛弃疾词来,反映的现实生活的"宽度"和"深度"更加深广。他认为,刘克庄词的地位和价值,较之辛弃疾似有过之。主张刘克庄词与辛弃疾词并无关系③。

这一时期,更多的研究成果,注意到中兴词人群体的整体性特征,注意对这一词人群体作出整体性的研究。这似乎已经成为这一时期研究者的共识。似乎受此影响,大多数研究者即使在对单个词人进行研究时,也往往注意从整体性的视野下来研究个体词人,这是值得注意的研究动向。

这一时期,重视考察中兴词人的派系划分、交际传承以及他们的思想价值,是中兴词人词作的重要研究方向。胡敦伦对刘过与辛弃疾交往之因由进行了考察。④ 其它重要的研究论文还有:明见《刘克庄爱国辛派词人辨》⑤和《刘克庄辛派词人辨》等。

从题材、审美、作品风貌、艺术特征、意蕴等方面,研究中兴词人的艺术特色,取得了进展。许山河算是比较早地对刘克庄词的思想

---

① 邓乔彬:《驿骑苏秦间——陆游词风格及成因浅议》,《杭州大学学报》1998年第3期。
② 胡明:《刘克庄诗词轨迹与心理历程》,《河北师院学报》1987年第4期。
③ 杨海明:《唐宋词史》,天津古籍出版社,1998年版。
④ 胡敦伦:《试析刘过与辛弃疾交往之因由》,《江西社会科学》1991年第1期。
⑤ 明见:《刘克庄爱国辛派词人辨》,《中国文学研究》1995年第1期。

内容进行研究的文章①。此后，从题材方面对刘克庄词的研究开始多了起来。刘锋焘《论陈亮词》强调，陈亮在其词作中反复陈述的"经济之怀""经纶之意"，便是渴望收复失地、重整河山的爱国情怀。之所以如此，最根本的原因是词人心目中有着一种难以消释的复仇报国的凝重情结。可悲的是，龙川的这类词作长期不被世人所理解。但这样的作品，不仅在当时词坛自具特色，在后世也有着重要的词史价值和社会意义②。诸葛忆兵指出，"辛派词人"以辛词为榜样，有意识地学习苏轼，其词作具有共同的爱国思想倾向。"辛派词人"之形成，与辛弃疾巨大的人格魅力与歌词艺术魅力密切相关。他们的政治主张与实践活动、个性与表现等等诸多复杂因素，都融合到了歌词创作之中，形成独特的风貌。"辛派词人"为了表述自己的政治主张，共同选择了"以文为词"、议论纵横的表达方式。因此，"辛派词人"自然形成了豪迈奔放、恣肆粗狂的创作风格③。这一时期，在题材、风貌等方面对中兴词人进行研究的较为重要的研究论文有：欧明俊《放翁隐逸词初探》④，宁大年《刘过其人及其诗词》⑤，薛祥生《刘过及其词简论》⑥，徐房明《论刘过的爱国词》⑦，刘

---

① 许山河:《爱国的诗篇 时代的悲歌——刘克庄词初探》，《湘潭大学社会科学学报》1984年第4期。
② 刘锋焘:《论陈亮词》，《陕西师范大学学报（哲学社会科学版）》2004年第1期。
③ 诸葛忆兵:《辛派词人论略》，《华中科技大学学报（社会科学版）》2004年第5期。
④ 欧明俊:《放翁隐逸词初探》，《齐齐哈尔师范学院学报》1994年第5期。
⑤ 宁大年:《刘过其人及其诗词》，《承德师专学报》1982年第7期。
⑥ 薛祥生:《刘过及其词简论》，《山东师大学报（哲学社会科学版）》1984年第4期。
⑦ 徐房明:《论刘过的爱国词》，《吉安师专学报（哲学社会科学）》1995年第11期。

银光《试论刘过的抗战爱国词》①,魏佳《于湖词略论》②,朱玲《论陈亮词》③等。

---

① 刘银光:《试论刘过的抗战爱国词》,《临沂师专学报》1997年第8期。
② 魏佳:《于湖词略论》,《重庆师院学报》1998年第2期。
③ 朱玲:《论陈亮词》,《中国青年政治学院学报》1995年第4期。

第十章　诗家别派研究

　　自北宋中期开始,时政积弊、边患不宁、社会风气侈诞的严峻现实,成为那些具有淑世情怀的士大夫密切关注以求解决的目标。政治理想、人生追求与社会现实的多重需要复加糅合,迫使仕宦群体与儒学之士不得不从形而上的高度,穷理尽致以寻求解决这些问题的哲理基础。以宋初"三先生"导夫先路,又有范仲淹、欧阳修、闽中四先生、齐鲁士建中、刘颜、浙东杜五子、永嘉儒志经行、蜀宇文止止等深研经学的风气相激相扇,最终成就了由周敦颐、二程、张载、邵雍等为代表的新儒学"道学",后发展为以南宋朱熹为集大成的"理学"。于此之际,两宋诗歌受到了理学文化思潮的巨大影响。除此之外,由于彼时文化以及朋党等多种因素的影响,佛教、道教等也直接渗透到两宋诗歌作者的文学实践中。因此,理学诗、僧道诗等,成为两宋不可或缺的诗歌组成部分。对此进行研究,显然是非常必要的。

第一节　两宋理学诗及相关问题研究

　　梳理已有研究成果可见,对两宋理学家的文道观念的研究,往往是与理学家诗歌、理学诗派等问题的研究相联系的。因此,对两宋理学家文道观念及其诗学实践问题进行研究,需要拓展视域,关注百多年来学术界对两宋理学诗、理学诗派及理学家文道观念、理学家诗论、理学家诗歌创作实践等若干研究领域的进展历程,如此才可能有较为全面的把握。

民国时期,两宋理学家文道观念及相关研究,基本上没有展开。一些代表性的文学史、美学史类著作除朱东润、郭绍虞、郑振铎外,其它专著没有提及两宋理学家及其文学观念及诗歌实践问题。同样,这一时期的一些哲学类著作,也基本上忽略了对理学家文道观念及其诗歌实践问题的探讨。朱东润只是简单地论及代表性理学家的文道观念,在"第三十二叶适""第三十三朱熹附道学家文论"中,对叶适、朱熹、二程等人的文道观念有所涉及①。因此,在几近荒芜之中,郭绍虞《中国文学批评史》对两宋理学家的文道观念进行了相当深入的探讨,就成为令人瞩目的现象。郭绍虞提出,"宋初之文与道的运动,可以视作韩愈之再生,一切论调与态度,无一不是韩愈精神之再现。"强调宋代的文统、道统两派,皆出于韩愈。强调"宋初一般人之'统'的观念,大致犹混文与道言之"。指出"唐人主文以贯道,宋人主文以载道,贯道是道必藉文而显,载道是文须因道而成"。把两宋主张文道观念的人群分为古文家、道学家与政治家三类②。尤其是,郭绍虞在其书中具有敏锐的历史判断,指出"近人反对文以载道之说,对道学家之文论往往一笔抹煞,……实则他们的主张,无论如何趋于极端,或不合现代潮流,而在文学批评史上总有他相当的地位与价值"③。郭氏在该书中,较为细致地梳理了古文家、道学家与政治家的文道观念。注意到了道学家的文道观念与古文家、政治家的

---

① 朱东润:《中国文学批评史大纲》,开明书店,1944年版。
② 郭绍虞:《中国文学批评史》,百花文艺出版社,1998年版,第232—236页。
③ 郭绍虞:《中国文学批评史》,百花文艺出版社,1998年版,第350—351页。

不同,在论及道学家的文道主张时,对周敦颐、二程、程门弟子、胡铨、朱熹、真德秀、魏了翁、张栻、包恢等人的相关主张进行了梳理。郭绍虞对两宋理学家文道观念进行了初步的考察,其学术眼光是非常敏锐的。不过,郭绍虞先生对宋代士人群体的分法有些问题,对道学家与古文家的分法是立足于这两类士人群体的学术指向,而对政治家的分法则显然取其社会身份,这样就造成了若干不易处理的问题,当然也就限制了对两宋士人群体文道观念的深入探讨。另外,限于文学批评史的撰写体例,郭氏在其专著中也未及理学家的诗歌实践、理学诗派、理学诗等问题,而实际上,文学观念与文学实践是很难分割的,理学诗的创作实践,往往与理学家的文道观念有紧密联系,缺少对理学家的创作实践的深层关注,所见的理学家文道观并不全面。尤可注意的是,郭氏在论及理学家文道观念时,没有注意到理学家的文道观念也是有区别的,这应该是郭氏《中国文学批评史》最为美中不足的地方。郑振铎则在《插图本中国文学史》中,评价朱熹及其诗论:"虽然是一位道学家,却最能欣赏文学,最知道伟大名著的好处所在。故他的批评论便能够发前人所未发之见解,纠正前人所久误的迷信。"①其学术眼光是超前的。

1949年新中国成立后,学术界对于理学家及其思想的有意无意地疏离,理学诗、理学诗派、理学家文道观念等问题的研究成果较少,但是在文学批评史、文学理论史、文学史、哲学史等研究领域,已经开始给予两宋理学诗、理学家诗歌创作、理学家的文道观念等一定的学术地位了。

这一时期,对理学家、理学诗及理学家文道观念等问题的批评,

---

① 郑振铎:《插图本中国文学史》,朴社,1932年版,第612页。

较之1949年前大有过之。如王运熙、顾易生《中国文学批评史》中就引朱熹"某不作诗"等语,认为这"不但表明了理学家对文学的偏见,而且说明他们完全没有理解文学的性质与作用"[①]。游国恩等《中国文学史》则对理学家的文道观念基本持否定态度。郭绍虞在其修订的《中国文学批评史》中专列"道学家的文论"章节,内容已比建国前的旧著大为减少,经过修订,已经用"唯心""形而上学性"等对两宋理学家的文论给出总结,而改变了1948年他强调的"理学家之文论"在"文学批评史上具有相当地位和价值"的认识[②]。不过,在这一时期,个别学者并不盲从政治风潮,而是坚持求是研究理念,所得结论比较客观。但是,由于当时政治思潮中的"左"的影响,占据主流的声音大多是对理学家、理学家文道观念等问题的批评。可以说,在1949—1980年的三十多年里,学界对于理学家文道观念及其诗学实践等问题的研究,绝大多数偏离了客观、科学的研究理念,研究指导思想上的先入为主,研究方法上的"贴标签",导致了几乎全部研究成果的低层次性、片面性。如钱穆在《朱子新学案》中对朱熹的文学、诗学等多有肯定,继承并发扬了民国时期重视朴学与西方哲学相结合的研究理念,基于文献基础之上的缜密、细致研究,得出了一些重要结论。

1949—1980年长达三十多年的时间里,虽然国内外学者在论述两宋哲学、思想、文学时对两宋理学家的诗歌、理学诗、理学诗派、理学家的文道观念等有些涉及,但或是做简单化处理,或是因为政治与

---

① 王运熙、顾易生主编:《中国文学批评史》,上海古籍出版社,1996年版,第112页。
② 郭绍虞:《中国文学批评史》,中华书局,1955年版。

意识形态等因素而持全面否定的态度,缺少从基本文献入手进行深入研究的成果。

总的看来,1911—1980年,理学诗的相关研究很不充分。产生这种情况的原因,大约出于三个方面:一是受到现实的政治和文化因素的影响与制约。如"五四"时期"打倒孔家店",解放后的"破四旧"、片面照搬西方特别是苏联的文学理论,一系列的政治事件和举措叠加在一起,严重削弱了儒学特别是理学赖以存在的社会基础,理学、理学家当然会被误解乃至贬低;二是受西方文化中心论的影响。百年来不少学者忽视了理学、理学家所代表着的中国传统的人生观、认识方式、思维方式的独特性,不是从整体而是从片面的角度对理学家及其思想、创作等进行阐释,而是热衷于以西方的文学理论来注解或者肢解宋明理学与理学家的作品,在研究理念、研究方法上所受到的制约是显而易见的;三是由于理学自身特点所限制或制约。理学及其相关问题具有统摄儒、释、道三家的特征,不用说其独有的体贴路径、道德底形而上学特性以及以道德理性而建构政治理性,并力图沟通宇宙论的把握世界图式的特殊逻辑架构,就是不同的理学家在某些概念的使用以及理论框架的建构上,往往也是取径各异。理学的这种复杂性,使很多研究者望而却步,也是造成理学、理学诗等相关问题极少被文学研究者关注的原因之一。上述情形,是与理学在历史文化传统中的重要地位极不相称的,也是与作为中国近古主流意识形态的理学影响下的文学历史存在不相称的。惟此之故,就为新时期学术界对于理学家文道观念、理学诗、理学诗派等问题的研究,提出了挑战。

1980—2000年左右,两宋理学家文道观念及相关研究取得一定进展。这一时期,伴随着包括学术研究在内的整个文化事业逐渐转入正常轨道,理学家的文道观、理学诗、理学家诗歌、理学诗派等问题在中国学术史上的地位与价值,开始为研究者所关注。一些具有敏锐学术眼光的学者,开始致力于相关问题的研究,随之出现了一批新时期奠基性的学术著作。较早并有代表性的有:马积高《宋明理学与文学》①、韩经太《理学文化与文学思潮》②、许总《宋明理学与中国文学》③、马茂军《北宋儒学与文学》④、〔美〕包弼德《斯文:唐宋思想的转型》⑤、张文利《理禅融会与宋诗研究》⑥、石明庆《理学文化与南宋诗学》⑦等。此外,王水照主编的《宋代文学通论》、张毅的《宋代文学思想史》、周裕锴的《宋代诗学通论》等,也提出若干值得重视的观点。这些学者或重视从历史的逻辑关联来展开对特定问题的研究,或注重研究特定文学现象与文学人物在理学风潮的文学表现,一些研究成果显示出研究者的敏锐眼光和深厚学术功力。除了上述专门性研究著作之外,这一时期的一些文学批评类教材、专著等也普遍注意到了两宋理学家文道观念的文学地位,开始关注相关问题。如顾易生、蒋凡、刘明今《宋金元文学批评史》⑧专列"理学家的文道观"一章,述及石介、周敦颐、邵雍、二程、朱熹、吕祖谦、楼钥、真德秀、魏了翁、陆九渊、包恢、薛季宣、叶适等人的文道观主张,此外在吕本中、杨万里等人的文论介绍中,也提及他们的文论与理学风潮的关系。虽然该书把石介列入理学

---

① 马积高:《宋明理学与文学》,湖南师大出版社,1989年版。
② 韩经太:《理学文化与文学思潮》,中华书局,1997年版。
③ 许总:《宋明理学与中国文学》,百花洲文艺出版社,1999年版。
④ 马茂军:《北宋儒学与文学》,暨南大学出版社,1999年版。
⑤ 〔美〕包弼德:《斯文:唐宋思想的转型》,江苏人民出版社,2001年版。
⑥ 张文利:《理禅融会与宋诗研究》,中国社会科学出版社,2004年版。
⑦ 石明庆:《理学文化与南宋诗学》,中国社会科学出版社,2006年版。
⑧ 顾易生、蒋凡、刘明今:《宋金元文学批评史》,上海古籍出版社,1996年版。

家欠妥,但本书给予理学家文道观以如此多的笔墨,已属难能可贵。

除此之外,在这一时期,也出现了一批较有分量的专题论文,对理学家文道观念、理学诗、理学诗派等问题的研究论文,主要集中在下列问题上:

理学家文学观念的研究。理学家的文学观念是中国文学发展历史上关于文、道关系探讨的理性认知的最高峰。正确认识理学家的文道观念,对于把握理学家的诗歌创作,以及探讨理学与诗歌关系等问题意义重大。近二十年来,一些学者对此展开了深入研究。代表性论文有:罗玉舟指出,张戒《岁寒堂诗话》为理学最终形成自己道德与文学相统一而又让文学更好地服务于其道的道德诗学思想开启了思路,客观上折射出了理学文学观由北宋到南宋的演进之迹①。高云萍认为,《濂洛风雅》代表了"风雅"理学诗观的建立②。邓莹辉、林继中强调,理学家借助于体用论的思维模式来阐释情与性的关系,并且通过"心统性情"说和"性体情用"说,将性与情统一于心,以此展开对"性"与"情"关系的讨论③。除此之外,尚有论文:李冬红《论理学对宋代诗论的影响》④、许总《论理学文化观念与宋代诗学》⑤、许总《论理学与宋代诗学中的情理关系》⑥、石明庆《论宋末金华朱子

---

① 罗玉舟:《从〈岁寒堂诗话〉看两宋之际理学文学观的演进》,《四川师范大学学报》1997第2期。

② 高云萍:《〈濂洛风雅〉与理学诗观》,《江西社会科学》2008年第6期。

③ 邓莹辉、林继中:《"诗以道情性之正"——论宋代理学文学的情性观》,《福建师范大学学报》2008年第2期。

④ 李冬红:《论理学对宋代诗论的影响》,《重庆社会科学》2003年第4期。

⑤ 许总:《论理学文化观念与宋代诗学》,《学术月刊》2000年第6期。

⑥ 许总:《论理学与宋代诗学中的情理关系》,《社会科学研究》2000年第1期。

后学的极端化理学诗论》①等。

理学诗及理学诗派的概念、特质以及文学史地位和历史价值的研究,是学术界对于理学诗及理学诗派问题研究的热点,也是近百年来很难突破的研究难点。一些学者于此用功甚勤,取得了若干突破性的成果。代表性论文有:杨光辉考察了陆九渊与朱熹诗作,认为陆九渊的诗和朱熹的诗都形象地再现了各自独特的理想人格形象,透示出相似的理学文化精神②。杨光辉认为理学诗是理学家的文化人格之投影。理学诗总体上分为山水题咏诗,交游、感事诗,哲理诗三大类;理学文化人格主要由理学家与自然、社会、宇宙三方面关系组成,三大类诗与三方面关系存在一定的对应关系③。王利民强调,"濂洛风雅"是以理学为精神底蕴、代表"濂洛诗派"审美倾向和艺术风格的诗作。从周敦颐、程颢到杨时、陈渊等的诗歌创作,显示为濂溪范式、明道范式和道南范式的承传延衍过程。"濂洛风雅"所表现的诗歌语言风格、诗歌审美境界以及独特文化心理意识、社会心理意识,在比较深刻的层次上反映了理学家的灵魂,它的各种范式都融入了各自的学术个性④。邓莹辉强调,理学家虽然主张"存天理,灭人欲",这种情感在理论上规范于"情""理"合一的中庸尺度之中,以理节情,以性范情,因此显示出与纯粹文学家的发愤抒情有所不同的言

---

① 石明庆:《论宋末金华朱子后学的极端化理学诗论》,《湖州师范学院学报》2008年第5期。

② 杨光辉:《理学成熟期之理学诗——试论陆九渊与朱熹的诗》,《宁波大学学报》2000年第3期。

③ 杨光辉:《理学文化视野中的宋代理学诗》,《中国文学研究》1996年第4期。

④ 王利民:《濂洛风雅论》,《文学遗产》2006年第2期。

情特点。重要的论文和专著还有：邓莹辉《两宋理学美学之形成初探》①、马茂军《北宋理学诗派诗文创作述论》②、孙慧玲《宋代理学诗派研究》③、许总《中国古代哲理诗三阶段的特征及发展轨迹》④、梅俊道《周敦颐的诗歌创作及其在宋代理学诗派中的地位》⑤等。

  理学与诗歌关系的研究，事关文化学界密切关注的"自然界—道德界"的会通问题，也与西方学者持续争论数千年的"哲学—诗"的关系问题密切相关。很长一段时间以来，限于研究者的学术积累以及意识形态影响等多方面原因，这一重要问题事实上处于被学术界冷落的地位。近三十年来，这一问题已经引起了学术界的重视，出现了一批有影响的研究成果。祝尚书强调，晚宋至元代，"新文统"论孕育出《文章正宗》等四个诗文总集，晚宋诗文在相当大的幅度上成了理学家们说"理"的工具。但"新文统"因不近人情之事，终不能强行于天下⑥。此外，重要的论文还有：任竞泽《论宋代"语录体"对文学的影响》⑦、陈庆元《宋代闽中理学家诗文——从杨时到林希逸》⑧等。

---

① 邓莹辉：《两宋理学美学之形成初探》，福建师范大学博士论文，2006年。
② 马茂军：《北宋理学诗派诗文创作述论》，《新疆师范大学学报》1997年第3期。
③ 孙慧玲：《宋代理学诗派研究》，《乐山师范学院学报》2006年第3期。
④ 许总：《中国古代哲理诗三阶段的特征及发展轨迹》，《晋阳学刊》1998年第1期。
⑤ 梅俊道：《周敦颐的诗歌创作及其在宋代理学诗派中的地位》，《九江师专学报》1994年第1期。
⑥ 祝尚书：《论宋代理学家的"新文统"》，《文学遗产》2006年第4期。
⑦ 任竞泽：《论宋代"语录体"对文学的影响》，《文学遗产》2006年第6期。
⑧ 陈庆元：《宋代闽中理学家诗文——从杨时到林希逸》，《福建师范大学学报》1995年第2期。

总的看来,近三十年来两宋理学诗及理学诗派研究取得了比较多的研究成果,但是存在的问题也不少。迄今为止,学术界对理学诗、理学诗派的认识尚未取得统一。一些学者对理学诗及理学诗派的研究也存在着很难逾越的界限,绝大多数文学研究者的理学乃至儒学素养比较匮乏,研究时一旦涉及理学问题,就往往显得力不从心甚至不知所云。很多研究者思想认识水平仍然局限在一些传统认识上,罔顾两宋理学诗、理学诗派的实际,特别是一些学者受长期以来的极左思想等影响,因为把理学定位为"唯心主义"而有先验地看低理学的倾向,这一态度直接导致了研究者对理学诗、理学诗派的过低或者错误判断。一些研究者极少有人关注到理学对于诗学概念范畴的潜转、转移、变化的作用,也很少有人注意到理学诗及理学诗派对于理学传播、理学体系构建等问题的重要价值。作为两宋理学诗及理学诗派研究中的重要问题,对此进行研究,很可能会因此促进学术的发展。

第二节 僧诗与道诗研究

宋代佛、道两教的发展昌盛,人才辈出,佛、道、儒三教汇通在宋代文学创作中有所体现。此时宗教文学的内容与功用得到扩展,文人们在出世与入世的描绘与思考中展现出的新的哲学观点和道德态度。随着僧道群体文学素养的提升,他们的文学作品丰富了中国文学宝库。尤其是诗歌,在自家教义的基础上所进行的文学性完善,使得宋代的僧诗和道诗比前代有了较大发展,涌现出一批著名的诗僧和诗道。从已有研究成果来看,对僧道诗的研究,在1980年之后,尤其是2000年前后才开始展开。

《全宋诗》中收录的僧诗多为参禅悟佛的偈语诗或颂古诗,大多缺少诗意,流于枯燥抽象的术语展览。但也有不少作品能将佛语禅理与诗歌艺术巧妙融合,富有禅机诗趣。成明明指出,历来文人士夫在提及诗僧时,多喜用"蔬笋气"、"钵盂气"、枯寂寒瘦等字眼。但惠洪却很少与这些评价相联系,其创作表现出了与文人诗歌相近的审美追求,对传统僧诗有着大胆的突破和超越,自宋以来获誉极高。考究其因,这与他"规模东坡,而借润山谷"殊甚相关。具体而言,惠洪在妙观逸想上师法苏东坡,在句法笔力上则标举黄山谷[1]。潘显一指出,白玉蟾以真快活为核心的审美趣味说,无心于山,无山于心的终极的自然审美论,及其强调忘笔知书以契道为目标的艺术美学观,都体现其美学思想的宗教化特点,也能反观其文学艺术成就的思想基础、时代和民族文化的根源[2]。许红霞通过考察历代人们对"蔬笋气"意义的不同理解和评论,进而探讨了僧诗的审美价值[3]。其他重要论文还有:李贵《试论北宋诗僧惠洪妙观逸想的诗歌艺术》[4],李舜臣、欧阳江琳《〈四库全书总目〉中的诗僧别集批评》[5]等。

宗教作家的诗法取材于宗教思想与文学方法,其特征明显区别

---

[1] 成明明:《"规模东坡,而借润山谷"——论北宋诗僧惠洪的诗歌》,《求索》2004年第9期。

[2] 潘显一:《水向石边流出冷风从花里过来香——白玉蟾美学思想初探》,《社会科学研究》2003年第3期。

[3] 许红霞:《"蔬笋气"意义面面观》,《中国典籍与文化》2005年第4期。

[4] 李贵:《试论北宋诗僧惠洪妙观逸想的诗歌艺术》,《四川大学学报(哲学社会科学版)》1999年增刊。

[5] 李舜臣、欧阳江琳:《〈四库全书总目〉中的诗僧别集批评》,《武汉大学学报(人文科学版)》2006年第9期。

于纯文学的作品。刘文刚指出,诗歌与宗教历来关系密切。现存道诗估计在十万首以上,单从遗存的数量也可想见繁荣时的盛况。道诗有着鲜明的群体特征,内容宏博精深,艺术缤纷多彩,在诗坛中占有重要的地位。从学术的角度看,道诗含蕴着很多重要的道教史料和文学史料,具有重要的学术价值①。此外,近期比较重要的论文有:詹石窗的《南宋咏道诗与爱国主义》②、刘延刚的《白玉蟾的三教合一思想及其宗教调适性》③、樊林《论宋代僧诗的士大夫化》④、刘文刚《论道教诗歌的道教史料价值》⑤、祝尚书《论南宋蜀僧宝昙居简的文学成就》⑥等。

  随着僧人与士大夫的来往愈加密切,在题材的选择、人文意象的运用、审美情趣的表现上也更加接近士大夫之流,但由于个人经历、材性不同在诗歌中又各有所擅。作为一门宗教,教门中人必然以证道为指归,共同的信仰下滋生出不同的流派,各有不同的修炼方法,也生成了不同风格的作品。高慎涛指出释道潜是北宋著名诗僧,能诗善文,与当时文人士大夫苏轼等多有交游⑦。

---

① 刘文刚:《论道诗》,《四川大学学报(哲学社会科学版)》1999年第3期。
② 詹石窗:《南宋咏道诗与爱国主义》(一、二、三),《道教论坛》1999年第6期、2000年第1期、2000年第2期。
③ 刘延刚:《白玉蟾的三教合一思想及其宗教调适性》,《宗教学研究》2004年第2期。
④ 樊林:《论宋代僧诗的士大夫化》,《辽宁广播电视大学学报》2004年第2期。
⑤ 刘文刚:《论道教诗歌的道教史料价值》,《宗教学研究》2003年第3期。
⑥ 祝尚书:《论南宋蜀僧宝昙居简的文学成就》,《新国学》2000年第二卷。
⑦ 高慎涛:《北宋诗僧道潜生平事迹考略》,《宁夏大学学报(人文社会科学版)》2006年第4期。

僧诗与道诗在当今的学术研究领域也获得了更多的关注,以僧诗群体或者代表性作者为研究对象的概述性研究论文在近些年也逐渐增多,这些研究将涉及诗歌的各个可能方面进行分析后,统一规整,得出更加全面的结论。然而宽泛的研究虽然全面,但宏大的组织架构也给论文带来了新的难度。这种研究也越来越成为硕博士论文选题的重要方向之一。可以预料,僧诗与道诗在宗教上的划分决定了他们有不同于文人诗歌的体例和题材,在审美取向上也必定符合两家各自的观点。僧诗与道诗的情怀与价值建立在各自地域与交游基础上。相关的研究类别也必然不是绝对独立的,以融会贯通的角度去思考这些研究,必能收获良多。

第十一章　南宋中后期诗词研究

尽管江湖诗派因大大偏离传统道德和审美标准常为人诟病,但当我们把惯常对雅文化、士大夫意识、古典文学的审视观念、标准改换一下,我们会发现江湖诗派的诸多优长。南宋文化正是雅文化衰落,而俗文化逐渐兴盛的转折时期,江湖诗派泛学众体,具有许多转折时期的特征——即雅即俗,雅俗杂糅,而且因为江湖诗人的社会地位更接近下层平民,其诗歌所表现出来的平民意识以及俗文化特色更加浓厚一些;同时它还是传统诗歌由古典文言向通俗白话发展的一个重要环节,将江湖诗派放在传统诗歌发展史上考察,它的意义自然就会浮现出来。

第一节　"永嘉四灵"与江湖诗派研究

在十二世纪末至十三世纪初,陆游、杨万里等人的诗歌创作已步入晚期,江西诗派也弊病日深。在此时机,由于陈起刻书促进了诗集的传播,而复得大儒叶适的倡导,因此在宋末诗坛悄然滋生出"永嘉四灵"这样一个颇具影响的诗派。稍晚于"永嘉四灵"而起的是江湖诗派诗人群体。江湖诗派适逢宋季时局变乱的时刻,代表了部分知识阶层的生存状态和思想取向,其诗风具有鲜明的阶层性特征。因此,要对宋末诗歌进行研究,这两个诗歌流派是不可忽略的。百多年来,对"永嘉四灵"及江湖诗派的研究,经过了一个颇为矛盾的研究过程,人们对于宋末这两个诗派的认识也表现出明显的歧异。

民国年间,学者对于"永嘉四灵"诗派的研究,基本上是处于述介历代诗论及目录学提要的程度上。但一些学者已经注意到,在当时"江西诗派"诗风流行的时代风貌下,"永嘉四灵"诗派自有其贡献。如李维认为,"四灵于江西势力之下,首倡复古,乃取法仅及晚唐,诚不免破碎尖酸之病,至其清捷,实能矫宋人长篇论理之陋习。"①刘经庵也说:"盖南宋中叶以还,除陆、范、杨等,多承江西派末流,而失于拘束粗涩,于是四灵乃效晚唐,以清新便利,来矫正江西派之粗犷……(四灵)诗中全不用典,能道人所知不能道者,令人读后爽口沁心,较之末流之江西派,不啻一清凉剂也。"②钱基博评价为:"其原出于姚合贾岛,……四灵之为瘦炼者,则有见江西之恣睢流猖狂,矫其枉而相救;……盖灵之诗,止于'流连光景'而已,无胸襟,故无抱负;无寄托,故无比兴。"③这些观点,实际上已经成为当代专门化研究的基石。

这一时期,学术界对于江湖诗派的研究,除了祖述历代诗话、文献目录提要之外,学者对江湖诗派代表性作家的研究已经取得一些成绩。胡云翼对江湖诗派有所提及,但基本算是对《四库全书总目》及历代诗话内容的介绍④。梁昆则认为,江湖乃隐士布衣栖游之地,他特地提到,陈起所刻之江湖诸集散佚很多,清四库馆臣整理之《江湖小集》《后集》等,其中之洪迈、吴渊等人非陈原书所有,"实不当列

---

① 李维:《诗史》,东方出版社,1996年版,第185—188页。
② 刘经庵:《中国纯文学史纲》,东方出版社,1996年版,第113页。
③ 钱基博:《中国文学史》,中华书局,1995年版,第710页。
④ 胡云翼:《宋诗研究》,商务印书馆,1933年版,第184—185页。

第十一章 南宋中后期诗词研究

入江湖诗派……其最足述者,惟姜夔、戴石屏、刘过、高翥与刘潜夫五人"①。至于民国时期学者对于江湖诗派代表性作家的研究,成果也不多。柯敦伯认为,戴复古诗"苦吟求工,不能无四灵余习者,然清健轻快,无斧凿痕。精思研刻,实能自辟町畦"②。胡云翼对方岳也仅述及《宋诗钞》等评价,认为其诗"多田园之作,描写亦极像真"③。相对来说,这一时期对于刘克庄诗作的研究,算是成果较多的。如梁昆述及"其诗辞质意浅,体近诚斋"④。李维强调:"学诗于真西山,四灵盛行,后村年甚少,刻琢精丽,与之并驱,已而厌之,……乃自为新体,然格亦不甚高。"⑤柯敦伯亦云:"刘克庄诗近杨万里,大抵词病质俚,意伤浅露,然其清新独到处,亦未可尽废。"⑥评价最为得当。至于刘克庄研究的相关文献,这一时期有张荃的《刘后村先生年谱》⑦、宋湖民有《刘后村年谱》⑧等,虽然简略,但毕竟为后来刘克庄年谱的编纂打下了基础。

1949—1980年,对"永嘉四灵"与江湖诗派的研究,颇为寂寥,创见不多。这一时期,除了几部文学史著作提及南宋末年的这两个诗派外,值得注意的只有钱锺书、刘大杰等数人的研究成果。这一时期,对"永嘉四灵"与江湖诗派的主流看法,体现在几部文学史著作中。如游国恩主编的《中国文学史》(三)评价说:"南宋中期以后有

---

① 梁昆:《宋诗派别论》,商务印书馆,1938年版,第145页。
② 柯敦伯:《宋文学史》,商务印书馆,1934年版,第122页。
③ 胡云翼:《宋诗研究》,商务印书馆,1933年版,第178页。
④ 梁昆:《宋诗派别论》,商务印书馆,1938年版,第153—154页。
⑤ 李维:《中国诗史》,东方出版社,1996年版,第189页。
⑥ 柯敦伯:《宋文学史》,商务印书馆,1938年版,第122页。
⑦ 张荃:《刘后村先生年谱》,《之江学报》1934年第3期。
⑧ 宋湖民:《刘后村年谱》,《兴化文献》,1947年。

所谓四灵诗派、江湖诗人,他们是江西诗派的反响,代表南宋后期诗歌创作上一种倾向。"① 刘大杰认为,江湖诗派"并没有确定的主张,虽不满意江西诗派,但也有学江西诗者,虽不满意四灵,但许多也感受着四灵的影响"②。在这一时期,钱锺书先生对于江湖诗派诗歌的研究,影响很大。他提到:"江湖派反对江西派运用古典成语、'资书以为诗',就要尽量白描、'捐书以为诗'、'以不用事为第一格';江西派自称师法杜甫,江湖派就抛弃杜甫,抬出晚唐诗人来对抗。"③ 比较精当地指出了江湖诗派的主要风格特征和艺术手法。

1980—2000年左右,学术界对于"永嘉四灵"和江湖诗派的研究,取得了重大进展,在诗派诗人生平及交游、诗歌史地位、诗歌本体研究等方面,都取得了很多可观的成绩。

关于四灵诗派研究,一方面,文献研究取得进展。陶第迁考证后指出,"永嘉四灵……亦是江湖诗人,……四灵于江湖派的诗歌风格亦基本相似"④。尽管所得结论尚可商榷,但能发成说之覆,颇为难得。葛兆光对赵师秀的生平事迹做了大致勾勒对其生卒年、交游、仕宦等进行了考证⑤。此后,丁夏又对葛文有所补充⑥,华岩也对葛兆光之文提出了新的看法⑦,而陈增杰又对葛文有所匡正,并梳理出了

---

① 游国恩等主编:《中国文学史》(三),人民文学出版社,1964年版,第149页。
② 刘大杰:《中国文学发展史》,上海古籍出版社,1982年版,第705页。
③ 钱锺书:《宋诗选注》,人民文学出版社,1989年版,第221页。
④ 陶第迁:《江湖诗集和江湖诗家考略》,《暨南大学研究生学报》1990年第6卷第2期。
⑤ 葛兆光:《赵师秀小考》,《文学遗产》1982年第1期。
⑥ 丁夏:《赵师秀生年小考》,《文学遗产》1983年第4期。
⑦ 华岩:《赵师秀卒年小议》,《文学遗产》1985年第1期。

四灵诗的版本系统。上述考证,推进了学界对于四灵诗派的研究。其它重要的文献整理与考证文章还有朱则杰《永嘉四灵丛考》①等。

对四灵诗派的地域文化背景、诗派生成的文化生态等问题的研究上也取得显著进展。钱志熙认为,永嘉四灵是一个地域性很强的诗歌流派,他尝试从两宋时期温州地域士大夫文化与诗歌创作的背景中研究永嘉四灵,对其成因与特点做近距离的考察②。刘德重指出,"四灵"的诗歌在艺术风格、创作题材和写作技巧等方面对宋初的"晚唐体"都有所继承和发展,有着鲜明的时代特点和积极的革新意义③。其它较为重要的论文有:朱则杰《严羽与永嘉四灵》④,赵敏、崔霞《叶适与永嘉四灵之关系论》⑤等。

这一时期,学者对于江湖诗派的研究,取得了很大成就,出现了张宏生的《江湖诗派研究》等专门性的研究成果。大致而言,这一时期的研究成果突出表现在以下几个方面:

其一,学者对江湖诗派形成时间、成员界定等有了大致公认的看法。张继定强调,江湖诗派是在"光宗宁宗期间逐步形成的,而且在嘉定之后逐步取代了四灵在诗坛上的主导地位,而到了南宋后期及理宗宝定以后更是江湖派的发展时期",刘克庄称为江湖派领袖的

---

① 朱则杰:《永嘉四灵丛考》,《杭州师院学报》1984 年第 4 期。
② 钱志熙:《试论"四灵"诗风与宋代温州地域文化的关系》,《文学遗产》2007 年第 2 期。
③ 刘德重:《"永嘉四灵"对宋初"晚唐体"的继承与发展》,《苏州大学学报》(哲学社会科学版)2006 年第 1 期。
④ 朱则杰:《严羽与永嘉四灵》,《浙江学刊》1994 年第 2 期。
⑤ 赵敏、崔霞:《叶适与永嘉四灵之关系论》,《广州大学学报(社会科学版)》2003 年第 11 期。

时间大约在嘉定后期①。张宏生认为,江湖诗派的出现应该以嘉定二年划线②。他考证,江湖诗派的成员计有138位,结论比较可靠③。胡益民认为,江湖诗派是南宋诗坛上一个相当重要的诗歌流派。但对这一重要流派的鉴别标准和成员人数向无定说。他根据四库本所据的《永乐大典》及同时人的笔记,对四库辑本的矛盾、讹误处——提出纠正,认为即以"四库提要"所说凡有诗人《江湖》诸集即为"江湖派"成员,其所漏辑也在三十五家之上。同时文中对如何梳理江湖派与四灵派的承传关系等也提出了自己的看法④。其它一些研究成果,如陈庆元《刘克庄和闽籍江湖派诗人》⑤、张继定《严羽戴复古异同论》⑥等也涉及相关问题。

其二,学者对江湖诗派的作品的风貌意蕴,以及江湖诗派诗歌师法传承等问题,也展开了深入研究。胡明认为,江湖派打出晚唐旗号来与江西派抗衡,其原因在于:一是以捐书以为诗来攻"江西"的资书以为诗;二是以一字一句浮声切响之锻炼精巧来攻江西诗派的连篇累牍、汗漫无禁。所以,江湖派的诗"显得格卑而气弱,流于尖纤薄碎、窘促寡苦的可怜境地"⑦。费君清则强调,笼统指责江湖诗派为没落王朝

---

① 张继定:《论南宋江湖派的形成和界定》,《浙江师大学报》1994年第1期。
② 张宏生:《江湖诗派研究》,中华书局,1995年版,第297页。
③ 张宏生:《江湖诗派研究》,中华书局,1995年版,第317—318页。
④ 胡益民:《〈江湖〉诸总集"名录"新考》,《复旦大学(社会科学版)》2000年第2期。
⑤ 陈庆元:《刘克庄和闽籍江湖派诗人》,《福州师专学报(社会科学版)》1995年第6期。
⑥ 张继定:《严羽戴复古异同论》,《浙江师大学报(社会科学版)》2001年第5期。
⑦ 胡明:《江湖诗派泛论》,《文学遗产》1987年第4期。

装点门面和粉饰太平的说法值得商榷,他认为,一些优秀的江湖诗人"已经认识到诗歌的社会作用,因而能自觉地用诗歌来表现自己忧国忧民的思想情绪,发挥诗歌的社会作用"①。张毅认为:"江湖诗人有的自称为理学家的门生,有的兼有理学家的身份,在他们的诗歌创作中可以看到儒家正统思想的影响。但江湖诗人多为布衣游士和仕途不达而遭贬谪的末宦,……期创作带有先穷而后工的性质,……由于地位身份和创作心态的不同,江湖派的文学思想与代表官方意志的正统文学思想格格不入。最突出的是不以读书穷理、诚心正意为务,属意于苦吟,追求别材别趣,倡诗禅合一之论;进而讲体格,论工拙。探讨诗法词法,醉心于诗词格律和艺术表现技巧。"②张宏生以"衰气"来切入对江湖诗派诗人的精神气质的评价,而把其诗歌看作是这种"衰气"的外在表现,从四个方面概括了江湖诗派的审美情趣:纤巧之美、真率之情、俗的风貌、清的趣味③。他又进而对江湖诗派之所以生成的这种艺术审美取向进行了探讨,认为其形成的社会因素有六条④,大致是通过社会政治文化的考察,来总结其产生原因。其它较为重要的研究文章有:张瑞君《戴复古诗歌的思想内容》⑤,李越深《江湖派诗歌风格论》⑥,张瑞君《论江湖派的诗歌渊源及在文学史上的地位》⑦,

---

① 费君清:《对南宋江湖诗人应当重新评价》,《文学评论》1987年第6期。
② 张毅:《宋代文学思想史》,中华书局,1995年版,第258—259页。
③ 张宏生:《江湖诗派研究》,中华书局,1995年版,第94—169页。
④ 张宏生:《江湖诗派研究》,中华书局,1995年版,第14页。
⑤ 张瑞君:《戴复古诗歌的思想内容》,《西南师范大学学报》1987年第2期。
⑥ 李越深:《江湖派诗歌风格论》,《温州师院学报(哲学社会科学版)》1988年第2期。
⑦ 张瑞君:《论江湖派的诗歌渊源及在文学史上的地位》,《河北大学学报(哲学社会科学版)》1992年第4期。

张继定、李圆疆《江湖诗派名家戴复古及其诗歌》[1]等。

第二节 姜夔、吴文英词研究

姜夔与吴文英作为南宋中后期最具影响力的两位词人,分别以"野云孤飞,去留无迹"和"七宝楼台,眩人眼目"的独特创作风格在词史上占有重要地位,而两者在词论方面亦颇有见地,故均受到研究者的广泛关注,这当然也就反映为研究成果的深厚积淀。从研究深度和成果的数量来看,百多年来对于姜夔与吴文英词的研究,算是宋词研究中的重点之一。

民国时期学者对于姜夔与吴文英词的研究,在作者年谱、生卒年考辨、交游、作品风格特征、文学史地位等方面,已有很多成果。

有关姜夔及其词作的文献研究,在民国时期取得了重要研究成果。最为令人关注的是对姜夔的年谱、生卒年等问题的考辨。重要的年谱、传记类著作计有:易艺林的《南宋词人姜白石》[2]、马维新的《姜白石先生年谱》[3]、邹啸的《姜白石词系年》[4]、夏承焘的《白石道人行实考》[5]等。在姜夔生卒年考辨上,成果比较多。关于姜夔的生年考辨,陈思定为绍兴二十八年(1158)[6],胡适等考证为绍兴二十五

---

[1] 张继定、李圆疆:《江湖诗派名家戴复古及其诗歌》,《浙江师大学报》1991年第4期。
[2] 易艺林:《南宋词人姜白石》,《湖南大学期刊》1932年第7期。
[3] 马维新:《姜白石先生年谱》,《励学》1卷,1933年1、2期。
[4] 邹啸:《姜白石词系年》,《青年界》第6卷,1934年第1期。
[5] 夏承焘:《白石道人行实考》,《燕京大学学报》1938年第20期。
[6] 陈思:《白石道人年谱》,四部丛刊本《白石道人诗集》附录。

年(1155)前后①。后者为陆侃如、冯沅君、薛砺若、刘大杰、游国恩等人所赞同,成为公认的说法。关于姜夔卒年,胡适定为1235年,陈思认为是1231年②。后来,陈尚君考证为1209—1210年间,束景南认为是1209年5月至8月间③。另外,这一时期,围绕着"姜石帚"与吴文英唱和词的问题,这一时期的学者也对"石帚"其人展开了讨论。一些人认为,"姜石帚"即姜夔。坚持此说的有刘毓盘等人④。一些学者则认为"石帚"另有其人,夏承焘、杨铁夫等人持此看法⑤。

对姜夔词风特征的研究,也是这一时期的重要学术热点。不过,民国时期学者对于姜夔艺术特征及其文学史地位的探讨,表现出明显的差异。大多数的学者,对姜夔艺术风格比较推崇。如刘毓盘认为,姜夔为"清空骚雅"派词人之首,认为其词"为南渡一人,论定久矣"⑥。吴梅认为,白石词于词中有感慨,有比兴,因此"含蓄不露""沉郁",为南渡第一流词人⑦。王易认为,姜夔词"语无不隽,意无不婉,韵饶而气能运,字稳而情不沾"⑧。有的人有所保留,既指出姜夔

---

① 胡适:《词选》,商务印书馆,1927年版。
② 胡适:《词选》,商务印书馆,1927年版;陈思:《白石道人年谱》,四部丛刊本《白石道人诗集》附录。
③ 陈尚君:《白石卒年考》,《复旦学报》1983年第2期;束景南:《古籍整理研究学刊》,1992年第4期。
④ 刘毓盘:《词史》,上海群众图书公司,1931年版,上海书店1985年影印,第111页。
⑤ 夏承焘、杨铁夫:《姜石帚非姜夔辨》及《石帚非白石之考证》,《词学季刊》第1卷第4号。
⑥ 刘毓盘:《词史》,上海群众图书公司1931版,上海书店1985年影印,第111页。
⑦ 吴梅:《词学通论》,华东师范大学出版社,1996年版,第86—90页。
⑧ 王易:《词曲史》,东方出版社,1996年版,第180—181页。

词的长处，又不忽略其短处。如陆侃如、冯沅君强调，姜夔词重音律、求工巧，有黍离之悲，具备"清越绝伦"的意味，"大约以高雅而多情的性格为根底，沉郁的气魄为主干，工巧的词句为枝叶，另辅以和谐的音律。所以姜词的成功处便是精工而清挺。"但同时他们又认为，姜夔与辛弃疾并称而略次于辛①。薛砺若认为，姜词"集古今风雅派之大成，不独格调高旷，而且音韵清越，为南宋词坛巨擘。"但指出其词"惟好用典，……不独斧痕全现，而且抒写上亦隔一层纱幕"②。有的学者对姜词的艺术造诣及文学史地位持否定态度。王国维就认为，"白石虽似蝉蜕尘埃，然终不免局促辕下"，"古今词人格调之高，无如白石，惜不于境界上用力，觉无言外之味，弦外之响，终不能与于第一流之作者也"③。此外，胡适、柯敦伯等人也对姜词持批判态度。

这一时期，对姜夔词文学史地位的判定，也引起了研究者的注意。胡适注意从词史的角度来看姜夔词的贡献："姜白石是个音乐家，他要向音律上去做工夫。从那以后，词便转到音律的专门技术上去。"④陆侃如、冯沅君也说："我们应该承认姜词替词人开了'恶道'……第一，他在南宋词坛上造成一种过重视音律的习气……第二，他在南宋词坛上造成过重辞句的习气。这种风气的流弊便是使作品晦涩、匠气。"⑤而与之不同的是，也有一些学者对姜词推崇备至。如薛砺若强调，姜夔"继承了周邦彦一条路线……走上了一个

---

① 陆侃如、冯沅君：《中国诗史》（下），原大江书铺，1932年版，作家出版社，1956年版，第698—700页。
② 薛砺若：《宋词通论》，开明书店，1949年版，第266—267页。
③ 王国维：《人间词话》，人民文学出版社，1960年版，第209—213页。
④ 胡适：《词选》序，商务印书馆，1927年版，第6—7页。
⑤ 陆侃如、冯沅君：《中国诗史》（下），作家出版社，1956年版，第700页。

风雅派正统派词人的平稳道路。他遂成为南宋词的惟一开山大师……也可以说是元明清以来的惟一巨擘。"①由上可见,这一时期学者对于姜夔文学史地位的探讨,所持观点是截然相反的。

较之学术界对姜夔的关注而言,民国时期学者对于吴文英及其词的研究稍微薄弱一些。从文献整理及研究来看,由于史存吴文英材料比较匮乏,这一时期仅有杨铁夫《吴梦窗词笺释》②及其后所附的《吴梦窗事迹考》。

这一时期,学者对于吴文英词的评价,主要集中于对其艺术风格及表现手法等方面的认识上。总的看来,此时期学者对于吴词评价呈现两派。一派认为,吴文英为词坛领袖,其词具有极高的地位。其中,王易、吴梅等人的观点具有代表性。王易认为,历史上由南宋末年张炎发其端的"七宝楼台"之说皮相之论。他说:"比事属辞,为辞赋家长本领。惟梦窗善于隶事,故其辞蕴藉二人不刻露;惟其工于修辞,故其辞隽洁而不粗率。且梦窗故长于行气者,特其潜气内转,不似苏、辛之显,安得遂谓之其无脉络耶?……梦窗确有晦处,当时歌舞宴席间,必有乍听而不解者,……虽然,梦窗之词,盖《雅》而非《风》也,浅人不能为,不能识,夫何害哉!"③吴梅则评价说:"梦窗词以绵丽为尚,运意深远,用笔幽邃,炼字炼句,迥不犹人,貌观之,雕镂满眼,而实有灵气行乎其间。……此其与清真、梅溪、白石,并为词学正宗,一脉真传,特稍变期面目耳。……梦窗精于造句,超逸处则仙

---

① 薛砺若:《宋词通论》,开明书店,1949年版,第267—268页。
② 杨铁夫:《吴梦窗词笺释》,1932年自刊初版选笺本,1935年第三版全集本。
③ 王易:《词曲史》,东方出版社,1996年版,第209页。

骨珊珊,洗脱凡艳,幽索处则孤怀耿耿,别缔古欢。"①吴梅为词学泰斗,其评价独居慧眼,其观点得到80年代以来研究者的推崇。

一类则对吴文英及其词评价极低,甚至视吴文英为"匠人""乡愿",指斥吴词"没有真情""太讲究用事"等。其中王国维、胡适、刘经庵等人的观点具有代表性。王国维认为:"梦窗以下,则用代字更多,其所以然者,非意不足,则语不妙也,盖意足则不暇代","若梦窗、梅溪、玉田、草窗、中(当作西)麓辈,面目不同,同归于乡愿而已。"②刘经庵也认为:"他的词多是古典和套语堆砌而成,并没有真情绪,真意境",认为白石、梦窗"他们只知雕琢字句,以纤丽为工;他们只知致力新语,以奇彩为妙。"③上述观点,在80年代后仍然有一定市场。

1949—1980年间的姜夔、吴文英及其词研究,总体上颇为寂寥,不仅所得成果不多,极少超出民国年间的学者研究水平,就是在研究领域和研究规模上也颇为萎缩。这一时期的研究,除了几本文学史著作之外,只有夏承焘、唐圭璋、龙榆生等为数不多的几位学者的观点还值得关注。

在文献研究与整理方面,这一时期学者的研究基本上延续了民国时期争论的几个问题。关于吴文英的生卒年,夏承焘认为应生于1200年前后,卒年为1260年前后,张凤子认为吴文英生年为1217年以后④。杨铁夫则认为吴文英卒年应为1276年以后。关于吴文英与贾似道的关系,夏承焘考证认为:"梦窗以词曳裾侯门,本当时江湖

---

① 吴梅:《词学通论》,华东师范大学出版社,1996年版,第93—94页。
② 王国维:《人间词话》,人民文学出版社,1960年版,第215页。
③ 刘经庵:《中国纯文学史纲》,东方出版社,1996年版,第179页。
④ 夏承焘:《唐宋词人年谱》,上海古籍出版社,1979年版,第455—483页。

游士风气,故不必诮为无行。"①关于姜夔研究中的文献问题,这一时期学者们是无暇顾及了。

值得注意的是,在对姜夔、吴文英词作的艺术特征、文学史地位等问题的看法上,这一时期一些文学史著作有些尚能持公允之论,影响深远,但也有一些文学史著作囿于作者的学术观点,对姜夔、吴文英词作给予了不太恰当的评价。前者如游国恩等主编的《文学史》将姜夔词的艺术成就归为三点:首先,通过暗喻、联想等手法赋予它所吟咏的事物以种种动人的情态,把咏物与抒情结合得较好。再是,在语言上多用散句,声律上多用拗句拗调,适当纠正婉约派词人平熟软媚的词风,给读者以清新挺拔的感觉,认为这是"有批判地继承婉约派词人成就的结果,对以后词家的影响也大大超过二晏、秦周诸家"②。后者如郑振铎认为,吴文英的缺点是用深词来掩盖浅意,说他是"一个第二期中的一位与姜、高、史、卢同流的工于铸词,能下苦工的作家","是一个精熟的词手,却不是一个绝代的诗人"③。同时期的刘大杰也认为,到了吴文英的词,"特别强调形式,把格律派的词发展到了极端,协律、用典、咏物、修辞种种条件,都在他的词里更加注重……所以他的作品缺少血肉和风骨"④。显然,这一时期深受苏联影响下的重视作品内容的文学理论,对文学史家的评价标准产生了一些重要影响。

这一时期的一些学者,对姜夔词、吴文英词的艺术成就和表现手法进行了研究。夏承焘认为,姜夔"把江西派的内在美和他的创格

---

① 夏承焘:《唐宋词人年谱》,上海古籍出版社,1979年版,第484—486页。
② 游国恩等:《中国文学史》(三),人民文学出版社,1964年版,第150—151页。
③ 郑振铎:《插图本中国文学史》,人民文学出版社,1957年版,第590页。
④ 刘大杰:《中国文学发展史》,上海古籍出版社,1982年版,第661页。

铸辞融入新体文学的词里来"①。这一观点,在当时产生了一些影响。后来,他又把周邦彦、姜夔与吴文英的词作了比较,认为"姜夔、吴文英的词都受到周邦彦的影响……周词的訾病是软媚无力,姜词救之以清刚瘦硬……而吴词比周词色泽更浓也更加软媚,往往弄到凝滞晦涩的地步,他有些作品读了数遍还体会不出是说些什么"②。龙榆生也强调,姜夔"把慢词的表现技法大大地推进了一步"③。陈廉贞认为,吴文英是一位被误解的词人,他分析其原因在于"梦窗生平事迹隐没""词中用典较多""寄托比较深远",只有读懂之后才可对梦窗词有所领略④。

1980—2000年左右,姜夔、吴文英及其词作研究,取得了显著进展。尤其是,这一时期学者对于姜夔、吴文英词的艺术特征及表现手法的研究,大大超越了前人而呈现出鲜明的时代色彩。此外,这一时期学者在吴文英及其词作的考证方面也取得了显著进展。

在姜夔词研究方面,对姜夔词艺术特征和创作成就的探讨,是这一时期的研究重点。在一定程度上,这可以说是对建国后一段时期内文学研究界推扬苏、辛而贬抑周、姜、吴等流行风气的反动。万云骏认为,刘大杰、胡云翼等人存有过分贬抑婉约派的倾向,他认为包括姜夔在内的婉约派词人,"他们的感情是真切的,其形式、格律也是恰当地表现了它的内容的,是为情造文"⑤。这篇文章,在当时具

---

① 夏承焘:《论姜夔词》,《文学研究》1957年第1期。
② 夏承焘:《张炎的〈词源〉——词史丛札之一》,《光明日报》1960年2月7日。
③ 龙榆生:《宋词发展的几个阶段》,《新建设》1957年第8期。
④ 陈廉贞:《读吴梦窗词》,《北京日报》1979年4月5日。
⑤ 万云骏:《试论宋词的豪放派与婉约派的评价问题》,《词学论稿》,华东师范大学出版社,1986年版,第47—51页。

有重要的影响,它在很大程度上更新了人们的认识,为宋词学界对于包括姜夔等在内的研究,打开了独立思考的大门。与之相近,唐圭璋也认为,姜夔"用健笔写柔情,情深而韵胜,不用粉泽浓妆,丰神独艳,艺术成就颇高,确可称一代巨匠。"①这一时期,乔力论文《论姜夔的创作心理与艺术表现》的观点,值得重视。他在文章中指出,姜夔词有三个方面的特点:其词的伤感情调、宁静气质、高雅素养共同形成一种较稳定的心理状态,由之对客观物象进行整体把握,它不注重抒发描写而多议论叙述,用理性的、直露硬峭的形式表现感性的、隐曲绵邈的内蕴,另具飞宕之趣。其二,其词的自然景物滋味构思起始和基础的某种意绪情思,具有明显的层次和过渡线索,所以使其词的意境、结构趋向疏朗空灵,用语却瘦硬峭拔,呈现出清简和谐的整体风貌。其三,姜夔运用通感,包纳多种艺术表现要素,创造出物我同一、情景互生的审美境界②。其它如詹安泰《宋词散论》③、吴熊和《唐宋词通论》④、王兆鹏《宋词流变史论纲》⑤、蔡起福《试论白石词的朦胧美》⑥等,都对姜夔艺术风格及文学史地位有所论及,这些论断对于改变当时受建国以来贬低姜夔等人词作的认识,起到了重要作用。

这一时期,一些研究者将姜夔置于历史的坐标之下进行观照,注意考察姜夔在词学理论和创作方面的影响。孙克强认为,姜夔词的隐

---

① 唐圭璋:《姜夔评传》,山东教育出版社,1985年版,第556页。
② 乔力:《论姜夔的创作心理与艺术表现》,《学术月刊》1987年第11期。
③ 詹安泰:《宋词散论》,广东人民出版社,1980年版。
④ 吴熊和:《唐宋词通论》,浙江古籍出版社,1985年版。
⑤ 王兆鹏:《宋词流变史论纲》,《湖北大学学报》1997年第5期。
⑥ 蔡起福:《试论白石词的朦胧美》,《人文杂志》1995年第2期。

显往往标志着词坛风尚的转变和人们对词体认识的变化,姜夔无疑对于词学史具有极其重要的意义①。赵海菱认为,白石词与杜诗中显出某些"同构"之迹象②。李康化认为,苏轼"清旷"与姜夔"清空"具有内在的联系维度,两者之间存在着较为完整的递传嬗变的历程③。

对白石词音乐性的研究,有一些成果。陶尔夫认为,姜夔之所以能够取得独到的艺术成就并对后世产生深远影响,很大程度上因为他将音乐家的艺术思维以及作曲家的艺术技法成功运用于歌词创作,做到词中有乐,乐中有词,将词推向了一个新的高度。他从词中有乐,乐中有词,声情并茂,三位一体等几个方面分别加以评述④。赵曼初通过对于《白石道人歌曲》旁谱的统计学研究,从音阶、音高、音长、音程等不同角度,分析了白石词语音四声与乐音的联系形式,探求了姜夔词调的声辞配合规律,指出词的格律形式已由平仄规律发展为四声规律且宏观守平仄规律,局部守四声规律,体现了宋词格律的基本原则和完美标准⑤。蔡起福以《扬州慢》为研究对象,从字声律,轻重律,长短律,反复律,对比律,协韵律六个方面分析姜夔词感情深挚,词曲契合,音调流美的艺术特色⑥。这些论文,拓展了姜

---

① 孙克强:《白石词在词学史上的影响和意义》,《中国韵文学刊》2000年第2期。
② 赵海菱:《试论白石词与老杜诗的暗通之处》,《南昌大学学报(人社版)》2003年1月第1期。
③ 李康化:《从清旷到清空——苏轼—姜夔词学审美理想的历史考察》,《文学评论》1997年第6期。
④ 陶尔夫:《论姜白石词:音乐与歌词》,《文学评论》1995年第6期。
⑤ 赵曼初:《姜夔词调声辞配合关系浅说》,《中国韵文学刊》1998年第1期。
⑥ 蔡起福:《从〈扬州慢〉看姜夔词的音乐性》,《苏州教育学院学报(社会科学版)》1995年第4期。

夔词的研究视域,具有较高的独创性。

在吴文英词研究方面,这一时期,值得注意的是,在吴文英及其词的补正、考证方面出现了不少佳作,这对推动吴文英词作研究的深入起到了重要作用。重要的论文有:吴梅《汇校梦窗词札记》①、钟振振《读梦窗词札记》②,张如安《梦窗词笺释补正》③,张如安《吴梦窗生平考证二题》④,何林天《吴文英考辨》⑤,周茜《吴文英与权贵的关系考辩》⑥,胡运飚《吴文英张炎等南宋浙江词人用韵考》⑦等。

从文学作品本位中的题材审美以及风貌意蕴的角度,对吴文英词进行研究,是这一时期的热点之一。林越军分别从结构、语言、意象及意境几个方面分析了梦窗词对立于当时南宋词坛"清空"风气的"质实"的艺术特色,并从梦窗重情感、重神韵的角度,论述了梦窗词追求在形式技巧之中更强烈、更独特地表达情感的倾向⑧。叶嘉莹认为,吴文英是周邦彦的继承者,但其"写景物的兴象之高远,有时颇近于柳永、苏轼之处,而其情谊之深挚处,也曾被人认为有近于辛词之处"⑨。谢思炜认为,"梦窗词把原本属于形式技巧的用典真正转变

---

① 吴梅:《汇校梦窗词札记》,《文学遗产》增刊第14辑,1982年版。
② 钟振振:《读梦窗词札记》,《文学遗产》1999年第4期。
③ 张如安:《梦窗词笺释补正》,《古籍整理研究学刊》1997年第6期。
④ 张如安:《吴梦窗生平考证二题》,《中国韵文学刊》2000年第2期。
⑤ 何林天:《吴文英考辨》,《山西师大学报》1994年第2期。
⑥ 周茜:《吴文英与权贵的关系考辩》,《重庆大学学报(社会科学版)》2002年第5期。
⑦ 胡运飚:《吴文英张炎等南宋浙江词人用韵考》,《西南师范大学学报》1987年第4期。
⑧ 林越军:《幽邃凄丽话梦窗》,《浙江大学学报》1991年第6期。
⑨ 叶嘉莹:《论吴文英词》,《唐宋词名家论稿》,河北教育出版社,1997年版,第304页。

成为作为真实心理活动表现的象征缩写",在心理描写上,梦窗词比起李商隐为代表的古典爱情诗大大前进了一步①。其它重要的文章还有邓乔彬《梦窗词艺术初论》②、谢桃坊《试论梦窗词的艺术特征》③、蒋晓城、张幼良《情爱的伤逝之歌——晏几道、吴文英恋情词比较》④、钱锡生《论梦窗怀人词之艺术特色》⑤、杨柏岭《梦窗词的艺术个性试探》⑥、陶尔夫《梦窗词与梦幻的窗口》⑦、孙虹《吴文英词朦胧化现象的思考》⑧、周茜《情词的两大转变与梦窗情词的特殊成就》⑨、蔡起福《梦窗的词意识流手法初探》⑩、吴晟《试论梦窗词的构思艺术》⑪等。

---

① 谢思炜:《梦窗情词考索》,《文学遗产》1992年第3期。
② 邓乔彬:《梦窗词艺术初论》,《齐鲁学刊》1983年第1期。
③ 谢桃坊:《试论梦窗词的艺术特征》,《学术月刊》1984年第4期。
④ 蒋晓城、张幼良:《情爱的伤逝之歌——晏几道、吴文英恋情词比较》,《广西社会科学》2003年第9期。
⑤ 钱锡生:《论梦窗怀人词之艺术特色》,《苏州大学学报(哲学社会科学版)》2004年第11期。
⑥ 杨柏岭:《梦窗词的艺术个性试探》,《安徽师大学报》1994年第1期。
⑦ 陶尔夫:《梦窗词与梦幻的窗口》,《文学遗产》1997年第1期。
⑧ 孙虹:《吴文英词朦胧化现象的思考》,《扬州师院学报(社会科学版)》1996年第3期。
⑨ 周茜:《情词的两大转变与梦窗情词的特殊成就》,《华东师范大学学报(哲社版)》2004年第9期。
⑩ 蔡起福:《梦窗的词意识流手法初探》,《江西教育学院学报》1990年第1期。
⑪ 吴晟:《试论梦窗词的构思艺术》,《江西师范大学学报》1985年第3期。